Mia Herbst

Besessen

Kriminalroman

KNAUR

Bitte besuchen Sie uns im Internet:
www.facebook.de/droemerknaur

FSC
www.fsc.org
MIX
Papier aus verantwortungsvollen Quellen
FSC® C083411

Redaktion: Franz Leipold
Covergestaltung: ZERO Werbeagentur, München
Coverabbildung: © FinePic®, München
Druck und Bindung: CPI books GmbH, Leck
ISBN 978-3-426-21657-6

Prolog

Zum Abschied lässt er langsam seinen Finger über ihre Brust streifen, ihren Bauch hinunter. Sehnsüchtig blickt er auf ihren Körper. Seufzend sinkt er auf die Knie, rollt das Kondom ab, knotet es zu und steckt es mit einem Lächeln in seine Jackentasche. Er stellt sich hin, zieht die Jeans hoch, schließt den Reißverschluss. Beim Aufstehen überkommt ihn ein Schwindel. Er taumelt einige Schritte zurück, wirft einen letzten Blick auf die Frau, nach der er sich die letzten Monate gesehnt hatte.

Ihre Augen sind immer noch geschlossen. Stolz hebt er den Blick. Er hatte nicht einen Ton von sich gegeben. Sie würde seine Stimme nicht wiedererkennen können und sie hatte ihn nicht gesehen. Ein Glücksgefühl durchströmt ihn. Sein Plan würde aufgehen! Er fühlt es genau in diesem Moment. Sie würde ihm gehören, vollkommen, nicht nur ihr Körper. Aber heute musste er sich damit begnügen.

Er schneidet ihre rechte Handfessel los, legt ihr Handy in Reichweite und bewegt sich mit langsamen Schritten rückwärts auf den Wald zu, bis sie aus seinem Sichtfeld verschwunden ist.

Dann erst dreht er sich um und läuft geübt durch das Unterholz. Nach einigen Minuten wird er langsamer und tastet sich im Dunkeln den Abhang hinunter Richtung Bergstraße. Kurz bevor er die kleine Nebenstraße erreicht, in der er sein Auto geparkt hat, überkommt ihn die Übelkeit. Er kotzt sich auf die alten Laufschuhe. Ärgerlich wischt er sich mit dem Jackenärmel über den Mund.

Sein Kopf dreht sich. Die Euphorie weicht der Angst. Hatte er Spuren hinterlassen? Hatte er sie zu schwer verletzt? Würde sie rechtzeitig gefunden werden, um zu überleben? Er hält sich am Dach seines VWs fest und schließt die Augen. Nach drei tiefen Atemzügen wird er ruhiger. Er greift nach dem grauen Handtuch auf dem Beifahrersitz, wischt sich erst den Schweiß vom Gesicht, dann die Kotze von den Schuhen. Daran hatte er nicht gedacht, in seinem Plan gab es keine vollgekotzten Schuhe. Folglich hatte er keine Ersatzschuhe eingepackt. So wenig Zubehör wie möglich, so unauffällig wie möglich. So lautete sein Plan.

***

Die Schmerzen explodieren in ihrem Kopf. Sie spürt, wie sich das Seil bei jedem seiner Stöße spannt und in ihre Hand- und Fußgelenke schneidet. Ihre Augen sind fest zugepresst. Nicht hinschauen. Ihn nur nicht ansehen. Wenn er denkt, sie könne ihn wiedererkennen, würde er sie umbringen. Sie will nicht sterben.

Ihr Kiefer brennt vor Anspannung. Kein Blick, kein Schrei. Als kleines Mädchen hatte sie sich oft die Hände vor die Augen gehalten, weil sie dachte, ihre Eltern könnten sie dann nicht sehen. Jetzt hofft sie, wenn sie die Augen geschlossen hielte, könne sich sein Bild nicht in ihr Gedächtnis brennen. Das würde ihr helfen, alles zu vergessen. Die Schmerzen, den Gestank nach süßem Schweiß, gemischt mit dem torfigen Geruch des Waldbodens nach leichtem Regen, sein heiseres Stöhnen und das leise Rauschen der Blätter in ihren Ohren.

Ein letzter harter Stoß, dann spürt sie seine Erleichterung. Ein Finger zieht seine Bahn von ihrer linken Brust hinunter zu ihrer Scham. Ein kalter Windstoß lässt ihren Körper zittern und alle schmerzenden Muskeln anspannen. Sie erahnt das

Abrollen des Kondoms, hört das Knacken von kleinen Ästen, den Reißverschluss, weitere knackende Äste.

Sie verliert jegliches Zeitgefühl. Es scheinen Stunden vergangen zu sein. Dann piepst ihr Handy, eine SMS. Sie dreht ihren Kopf zur Seite. Es dauert einige Sekunden, bis sich die Augen an das Licht gewöhnen. Mit letzter Kraft greift sie zu und wählt den Notruf.

1. Kapitel

Die Bremsen ihres Fahrrads quietschten, als Lena es schwer atmend vor dem grauen Altbau in der Goethestraße zum Stehen brachte. Hastig schloss sie das Rad an der Laterne fest und nahm die drei Steinstufen zum Haus auf einmal. Um Punkt 9.00 Uhr drückte sie auf den messingfarbenen Klingelknopf.

Das leise Summen ertönte. Sie schob die schwere Haustür auf. Sofort atmete sie den vertrauten Lavendelduft ein und ihr Körper entspannte sich ein wenig. Sie hasste diese Sitzungen, aber gleichzeitig wusste sie, wie wichtig sie für sie waren.

»Zahlen, bitte!«

Das Gefühl unendlicher Überlegenheit durchströmte seinen Körper. Er war ihr wie immer unbemerkt gefolgt. Er hatte an der Ecke gewartet, bis sie aus dem Haus trat. Dann hatte er innerlich bis fünf gezählt und war ihr nachgegangen. Es machte ihn nicht nervös, ihr einen kurzen Vorsprung zu gewähren, schließlich kannte er ihr Ziel. Kurz hatte er überlegt, sich in dem gegenüberliegenden Café ein Frühstück zu bestellen und die fünfundvierzig Minuten abzuwarten, bis sie das Haus wieder verlassen würde. Er brauchte den Kick, sich unerkannt in ihrer Nähe zu befinden. Einerseits verlieh ihm sein Talent, sich unsichtbar zu machen, ein Gefühl der Dominanz. Andererseits machte ihn die Tatsache wütend, dass sie ihn nicht wahrnahm. Diese innerliche Zerrissenheit nagte an ihm. Wenn die Wut anfing, seine Stimme zittern zu lassen, holte er seine Kamera mit dem kleinen Display hervor und klickte sich durch seine Fotos. Das erinnerte ihn an sein Ziel und führte schließlich dazu, dass seine Wut abklang.

Lena betrat das Wartezimmer und ließ sich in einen der dick gepolsterten Korbsessel fallen, der bei jeder Bewegung leise knarrte. Sie mochte das Gefühl, ganz in diesem Ungetüm zu versinken. Automatisch griff sie mit der Linken nach einer Zeitschrift und fing an darin zu blättern, ohne wirklich zu lesen. Beschäftigungstherapie für ihre Hände, während die Gedanken kreisten.

Seit jenem verfluchten Abend im November vor fünf Jahren hatte sie unzählige Therapiestunden durchlaufen, um wieder ein halbwegs normales Leben führen zu können. Es hatte sie einige Psychologen, viele schlaflose Nächte und einen kurzen Ausflug in eine geschlossene Abteilung gekostet. Manchmal, wenn sie die Augen schloss, konnte sie die roten Blutfäden sehen, die von ihren Armen ins Wasser verliefen und kleine Wolken bildeten.

Sie hatte Helene den Schock ihres Lebens verpasst. Ihre Oma hatte sie abends in der Badewanne gefunden, kalt und farblos, aber noch bei Bewusstsein. Ihrer schnellen Reaktion war es zu verdanken, dass Lena jetzt noch lebte. Der Notarzt und die Sanitäter hatten es gerade noch rechtzeitig geschafft. *Helene*, Lena seufzte tief. Helene und Gerd, Lenas Großeltern, bräuchten selbst einen guten Therapeuten. Erst hatten sie ihre Tochter verloren, dann beinahe ihre Enkelin. Vielleicht war ihre Oma deshalb so übervorsichtig mit ihr gewesen.

In diesem Moment öffnete sich die Tür zum Sprechzimmer. Frau Dr. Schneider-Michelsen lächelte ihr zu und bat sie mit einem kaum merklichen Nicken zu sich herein.

Fünfundvierzig Minuten später trat Lena mit dickem Kopf aus dem Behandlungsraum, völlig erschlagen von ihrem Gespräch. Halb betäubt ließ sie den Lavendelduft hinter sich, lief zurück auf die menschenleere Straße und kletterte auf ihr Rad.

Sie hielt sich die nächsten zwei Stunden nach einer Sitzung immer frei. Heute war wieder einer dieser Tage, an denen sie sich völlig hohl und ausgelaugt fühlte – als wären alle Gefühle aus ihr herausgeschwemmt worden und einzig ihre lose Hülle zurückgeblieben. Die Worte von Frau Schneider-Michelsen hallten durch ihren Kopf. »Sie müssen wieder anfangen zu leben! Es wird Zeit!«

Lena wusste, dass Frau Schneider-Michelsen recht hatte. Sie musste endlich wieder den Schritt hinaus wagen. Nicht nur funktionieren, sondern wirklich leben, sich auf etwas einlassen. Auch wenn die Angst vor den möglichen Folgen ihr den Hals zuschnürte.

***

Christoph ließ seinen Blick durch den Ballsaal schweifen. Er hörte das metallene Klingen der Schläger durch den Raum peitschen. In der Nase den Geruch von Holz, Schweiß, kaltem Rauch und Leder. Die tägliche Paukstunde der Vestigen fand immer im großen Ballsaal statt. Der Raum war holzvertäfelt und mit dunklen Dielen ausgelegt. An der langen Wand rechts der Fenster waren die Ahnentafeln der alten Herren angebracht. Fünf Reihen hoch und dreißig Bilder pro Reihe. Alle in Schwarz-Weiß mit dunklem Holzrahmen. Alle Herren trugen Anzug, Band und Mütze.

Ein Schauer lief durch Christophs Körper. Dieser Saal flößte ihm Respekt ein. Er versuchte sich vorzustellen, wie viele Männer hier schon gestanden, geschwitzt und geblutet hatten. Früher wurde noch offen trainiert. Bis die ersten Paukbrillen erfunden wurden, die die Augen des Fechtenden schützen sollten. Schon vor über hundert Jahren pflegten die hier lebenden Studenten das sogenannte »Pauken«. Jeden Morgen um acht trafen sich die aktiven Studenten, um sich im studentischen Fechten zu üben. Die Forderung nach körperlicher und geistiger Fitness zwang die Studenten zu einer besonderen Disziplin. Wer unpünktlich oder gar unentschuldigt abwesend war, bekam die Strafe umgehend zu spüren. In einem Haushalt mit zehn männlichen Studenten fielen genügend unliebsame Arbeiten an.

Christoph legte den schweren Armschutz und den Paukhelm beiseite, griff nach seinem Handtuch und wischte sich den Schweiß aus der Stirn. Er mochte die Ursprünglichkeit des Fechtens und die Einfachheit der Regeln: keine Stöße, keine Hiebe zum Körper. Einzig der Kopf des Gegners war als Trefferfläche erlaubt. Hieraus resultierten die sogenannten »Schmisse«: Verletzungen im Gesicht, die vernarbten und den Verbindungsstudenten zeichneten. Sein Gesicht war noch nicht gezeichnet.

Christoph wischte sich eine Haarsträhne aus der schweißnassen Stirn. Er war mit seiner Partie bereits fertig, nahm auf einem der alten Holzsessel Platz und griff nach Papier und Stift, um das Protokoll zu führen. Darin hielt er fest, ob alle vollständig angetreten waren, wie lange sie trainierten und weitere Einzelheiten.

Verstohlen blickte Christoph zu Steffen hinüber, dessen rechte Wange von einer tiefen Narbe durchzogen war. Er hatte oft erlebt, wie Steffen auf der Straße von anderen Menschen gemustert wurde und die Leute zu tuscheln begannen. Auf diese Art der Aufmerksamkeit konnte Christoph gut verzichten.

Als hätte er seinen Blick gespürt, kam Steffen zu ihm herübergeschlendert.

»Na Fuchs, alles im Blick?« Er klopfte ihm brüderlich auf die Schulter. »Warst gut heute! Wird Zeit, dass du deine erste richtige Partie bestreitest.« Er nickte ihm lächelnd zu und ging wieder zurück zu seinem Trainingspartner. Seine Worte aber blieben in Christophs Kopf hängen. Sie klangen beiläufig, aber er wusste genau, was der Satz für ihn bedeuten sollte. Er fühlte sich noch nicht bereit, gegen Studenten aus anderen Verbindungen anzutreten. Doch Steffen war nicht nur sein Leibbursch und damit quasi sein direkter Chef, sondern daneben zuständiger Organisator der Fechtpartien zwischen den einzelnen Studentenverbindungen. Damit hatte Christoph keine Möglichkeit, der soeben angekündigten Partie zu entkommen. Er beschloss, seine Trainingszeiten auszuweiten.

Wieder und wieder sausten die Degen durch die Luft und durchbohrten die Stille.

»Halt!«

Der Ruf hallte durch den Raum und riss Christoph aus seinen Gedanken. Stephan, der Fechtmeister, ging zu den Paukanten und fing an, mit beiden Händen raumgreifend zu gestikulieren.

»Hey, Schwuchtel, bist du heute Abend dabei?«

Jemand schlug Christoph von hinten auf die Schulter. Als er herumfuhr, sah er Richard vor sich, der ihn herausfordernd anblickte. Mit seinen schwarzen, nach hinten gegelten Haaren sah er aus wie ein Zuhälter, aber die Frauen schien das anzuziehen. Christoph hatte schon mehrfach beobachten dürfen, wie eine Horde aufgeregter Mädchen um den aufgeblasenen Richard herumschwirrte wie Motten ums Licht. Wahrscheinlich in der Hoffnung, in dem großen dunkelhaarigen Typen mit Stoffhose und Hemd den ersehnten Prinzen gefunden zu haben. Er brauchte nicht einmal fadenscheinige Versprechungen zu machen. Stattdessen war er hochmütig und unfreundlich. Trotzdem landeten die Frauen in seinem Bett, um am nächsten Morgen auf höchst unfreundliche Weise wieder hinausgeworfen zu werden. Christoph war jedes Mal aufs Neue fasziniert.

Das war der größte Nachteil, wenn man auf dem Haus wohnte. So nannten sie das hier, ›Auf dem Haus wohnen‹. Jeder Vestige wusste, was der andere tat und wen er mit aufs Zimmer nahm. Christoph war der Einzige, der noch nie eine Frau mitgebracht hatte. Er wohnte seit einem Semester hier.

»In drei Wochen ist Stiftungsfest, daran nehmen deine Eltern doch bestimmt teil?« Richard schien kurz zu überlegen und schenkte Christoph ein breites Grinsen. »Da sollte ich wohl mal ein ernstes Wort mit deinem Vater reden und ihn fragen, ob sein Sohn vielleicht ein kleines Frauenproblem hat.«

Christoph kämpfte gegen den Wunsch an, Richard mit der Faust ins Gesicht zu schlagen. Er wusste, dass dieser nur darauf wartete. Doch diese Genugtuung würde er ihm nicht gönnen.

»Gute Idee! Während du seinen Sohn beleidigst, kannst du ihn gleich nach einer Spende für das neue Kneipgestühl fragen.«

Er hasste es, aber die Drohung, dass der Verbindung Gelder verloren gehen könnten, die sie dringend brauchte, zog immer. Trotzdem war sich Christoph bewusst, dass er sich bald etwas einfallen lassen musste, um nicht weiter im Fadenkreuz von Richards Häme zu stehen. Er musste die Aufmerksamkeit auf etwas anderes lenken, wenn er sein Geheimnis wahren wollte.

2. Kapitel

Lena wechselte nervös von einem Bein auf das andere. 14.15 Uhr. Sie würde schon wieder zu spät zur Arbeitsgruppe kommen. Jetzt war nur noch eine Mama mit Kinderwagen vor ihr in der Schlange. Ein Hauch von Chloé mischte sich mit dem Duft von frischem Kaffee. Lena sog die Luft ein und streckte die Nase in die Herbstsonne. Der Duft des »Café-Rollers«, einem hüfthohen roten Wagen mit einer Espressomaschine, die unablässig heißen Dampf ausspie, lockte immer eine große Zahl Genießer an. Der Roller stand direkt neben dem Hauptgebäude der Bonner Universität, am ehemals kurfürstlichen Hofgarten, auf Lenas direktem Weg zwischen Wohnung und Uni. Sie konnte auf diesen Kaffee nicht verzichten und nahm die Verspätung bewusst in Kauf.

Lena balancierte die eierkartonähnliche Pappverpackung mit den zwei Kaffeebechern vorsichtig in ihrer Linken, während sie die Lennéstraße entlangradelte, an deren Straßenrand sich die orange-roten Kastanienbäume aneinanderreihten. Ihr Ziel war ein überaus graues viereckiges Gebäude mit dem Charme der 1970er-Jahre. Lena überquerte den kleinen Vorplatz und eilte durch die geöffnete Glastür zu den Hörsälen.

Er sah auf die Uhr und lächelte. Sie kam wie immer zu spät. Die blonden Haare waren zu einem schnellen Dutt hochgebunden, wobei sich einige wirre Strähnen herausgewunden hatten. Wie gerne würde er mit seinen Händen durch ihre Haare streichen. Aber noch musste er seine Begierde zügeln. Durch den Fahrtwind schimmerten ihre Wangen rosig. Der Anblick sorgte für ein warmes Gefühl in seinem Bauch. Er warf einen kurzen Blick auf die Fotos. Mit einem leisen Seufzer ließ er das Handy in die Jackentasche gleiten und stand auf.

Der Linoleumfußboden quietschte unter Lenas Turnschuhen. Sie öffnete zaghaft die Tür zum Hörsaal C und schlich auf einen der hinteren Plätze, wo ihr Blick auf zwei kleine braune Augen traf, die sie tadelnd anblickten. Lena grinste schief, ließ den zweiten Pappbecher erkennen und stellte ihn vor Katrin ab, die leise aufatmete. Die beiden verstanden sich nach vier gemeinsamen Semestern Jura blind.

Lena verlagerte ihr Gewicht auf dem unbequemen Holzstuhl, aber auch das half nicht, ihre Konzentration zu steigern. Sie schloss kurz die Augen. Ihre Gedanken schweiften ab.

Ein Ellbogencheck von Katrin knapp unter ihre rechte Rippe holte sie zurück in die Gegenwart. Sie schaute nach vorn und bemerkte, wie Eva sie über ihren Brillenrand fokussierte.

»Könnten Sie die Frage bitte noch mal wiederholen?«

»Ich wüsste gern von dir, wie die Definition von ›Anwartschaftsrecht‹ lautet.«

»Das wüsste ich auch gern«, flüsterte Lena.

»Weniger träumen, mehr zuhören wäre hier angebracht. Die Klausur findet in sechs Wochen statt.«

Lena atmete tief ein. Die restlichen zwanzig Minuten nahm sie zwar den Wortlaut auf, allerdings schien es, als würde Eva in einer Fremdsprache reden. In diesem Moment wurde Lena klar, dass sie sich unbedingt wieder an ihre Bücher setzen musste, wenn sie ihr Studium weiterhin gut durchziehen wollte.

Während sie noch einmal tief Luft holte, streckte sie ihre Wirbelsäule durch, um sich gerade aufzurichten in der Hoffnung, dass sie dadurch zumindest aufmerksamer aussah.

»Hat jemand für mich angerufen?«, fragte Eva, noch während sie die Tür öffnete, um in das Doppelbüro zu eilen. Mark war es gewohnt, dass seine Kollegin meist mehrere Dinge gleichzeitig tat. Sie teilten sich nun bereits seit einem Jahr ein Büro. Im Abstand von anderthalb Metern standen sich zwei schwere Holzschreibtische gegenüber, auf denen vergilbte Monitore die Hälfte des Platzes einnahmen. Die Wände waren bis oben mit silbernen Metallregalen verbarrikadiert, in denen sich abgegriffene Bücher aneinanderreihten.

»Eine Frau Braun von KPMG wollte dich sprechen, aber ich habe gesagt, du hättest gekündigt, um eine Weltreise anzutreten.«

»Sehr witzig«, entgegnete Eva lächelnd.

Mark wusste, dass Eva eine solche Bemerkung von anderen Kollegen für unangemessen befunden hätte, aber ihn, diesen unscheinbaren Mann mit den dunkelblonden Wuschelhaaren und der runden Brille, konnte sie einfach nicht ernst nehmen. Es kostete ihn einige Anstrengung, dieses Bild aufrechtzuerhalten. Eva legte die Unterlagen auf die einzig freie Stelle ihres Schreibtischs und blinzelte kurz zu ihm hinüber. Mark bemühte sich, graue Unauffälligkeit auszustrahlen.

Eva und Mark hatten ihr erstes Staatsexamen beide mit Prädikat abgeschlossen und arbeiteten nun zusammen als wissenschaftliche Mitarbeiter am Institut für Internationales Privatrecht. Neben ihrer wissenschaftlichen Arbeit und dem Schreiben der Doktorarbeit mussten beide eine gewisse Anzahl von Lehrveranstaltungen abhalten. Eva leitete die Arbeitsgruppe »Sachenrecht« für Studenten, die ihre Zwischenprüfung bereits abgelegt hatten.

Mark hingegen betreute die Arbeitsgruppe »BGB Allgemeiner Teil«, kurz BGB AT, die als Erste von den Studenten belegt werden musste. Daher kamen regelmäßig verängstigte Studentinnen, denn die Klausur im Allgemeinen Teil war Grundvoraussetzung für das Bestehen der Zwischenprüfung. Wer hier zweimal durchfiel, wurde exmatrikuliert, das bedeutete, das Studium war damit zwangsbeendet.

Mark rieb seine schweißnassen Hände an seiner braunen Cordhose, während er Eva dabei beobachtete, wie sie mit geschlossenen Augen den Kopf vor- und zurückrollte.

»Ich mach für heute Feierabend.«

Mark nickte ihr zu:

»Zumba oder Pilates?«

»Heute steht Pilates auf dem Programm. Gut gegen diese Nackenverspannungen.«

»Dann viel Spaß!« Sein Kopf senkte sich wieder über das Buch, das aufgeklappt vor ihm lag.

»Und du: Arbeite nicht wieder so lang. Bis morgen!« Eva schnappte sich ihre schwarze Lederhandtasche und verließ das Büro.

Mark stöhnte auf, nachdem sie die Bürotür hinter sich geschlossen hatte. Im letzten Jahr hatte er seine Rolle bis zur Perfektion vorangetrieben. Er wusste genau, was er tun oder sagen musste, um Eva zum Lachen zu bringen. Er wusste, wie wichtig es war, sie bei Laune zu halten. Falls eines seiner Schäfchen einmal den Mund zu weit aufsperren sollte, würde er Eva brauchen. Wenn sie, die schlanke Vorzeigejuristin, die seit einem Jahr mit ihm ein Büro teilte, ihn als zuvorkommenden, hilfsbereiten und schüchternen Mann darstellen würde, wäre es einfacher für ihn, Anschuldigungen einer jungen Studentin als üble Nachrede abzutun. Er hatte sein Konzept von Anfang bis Ende durchdacht.

Zufrieden lehnte er sich in seinem Drehstuhl zurück und

streckte die Arme in die Luft. Er erwartete noch Besuch. Seine Vorfreude war bereits so groß, dass er kurz überlegte, seinen Besuch warten zu lassen und sich erst in Ruhe einen runterzuholen. Aber da klopfte es bereits an der Tür.

3. Kapitel

Nach neunzig Minuten Arbeitsgruppe hatten Lena und Katrin den Raum verlassen wie zwei Profiboxer nach einer Punktniederlage am Ende der zwölften Runde.

»Na, heute Abend Ersti-Party?« Katrin stupste Lena an und zeigte lachend nach rechts. Lena blickte den grauen Flur entlang bis zum schwarzen Brett und zu dem orange-pinkfarbenen Party-Plakat: »Saufen, bis der Anwalt kommt!«

Lena war bislang auf keiner einzigen Studentenparty erschienen. Sie machte sich rar und tauchte in der Masse der Studenten unter. Normalerweise schloss sich Katrin Lena an, und die beiden verbrachten den Abend im Kino oder in der WG-Küche. Lena war eine begeisterte Tänzerin, aber der Gedanke, auszugehen und Männer zu treffen, machte ihr Angst.

Sie sah, dass Katrins Blick länger auf dem Plakat verharrte. Dann blickte Katrin zu Boden und sagte etwas leiser: »Ich glaub, ich frag Julia mal, ob sie Lust hat hinzugehen.« Dann setzte sie hinzu: »Ich war schon so lange nicht mehr aus!«

Lena stutzte. Es klang, als versuche Katrin sich bei ihr zu rechtfertigen, warum sie ausgehen wollte. Lena hörte die Worte ihrer Therapeutin im Ohr. »Sie müssen wieder anfangen zu leben! Es wird Zeit!«

Ein Ruck ging durch Lenas Körper; sie atmete tief durch und hörte sich sagen:

»Okay, ich bin dabei!«

Noch ehe ihr bewusst war, was sie da gesagt hatte, bemerkte sie, dass Katrin stehen geblieben war und sie wortlos anstarrte. Ein nervöses Kribbeln lief durch Lenas Körper. Sie hatte es laut gesagt! Sie würde ausgehen.

Katrin fing an, an ihrer Jackentasche zu nesteln, und zog ihr Handy heraus. »Ich muss Julia anrufen!«

Julia war nicht nur Lenas Mitbewohnerin, sie war ihre älteste Freundin. Julia und Lena hatten beide nach dem gemeinsamen Abi einen Studienplatz in Bonn erhalten. Julia für BWL, Lena für Jura. Ohne Julia wäre der Wegzug aus Bad Honnef zu der Zeit undenkbar gewesen. Auch wenn Lena ihrer besten Freundin den wahren Grund für ihren Selbstmordversuch immer verschwiegen hatte, war Julia dennoch ihr wichtigster Bezugspunkt. Seit der Grundschule waren sie unzertrennlich! Julia hatte einen festen Platz in ihrem Leben, und nun teilten sie sich eine Wohnung. Sie hatten sich bei Barbara eingemietet.

Lena verabschiedete sich von Katrin und radelte nach Hause. Sie sprang gut gelaunt die Stufen zum sonnengelben Altbau hinauf, blieb auf der obersten Stufe abrupt stehen und verbrachte geschlagene drei Minuten mit der eingehenden Untersuchung ihrer Handtasche, bis sie den Haustürschlüssel triumphierend zutage förderte. Das leise Klicken der Kamera nahm sie nicht wahr. Ebenso wenig wie den Mann, der scheinbar die Altbaufassaden fotografierte.

Bereits auf den Stufen zu ihrer Wohnung im ersten Stock spürte Lena die Klangwellen in ihrem Körper vibrieren. Sie werkelte einige Sekunden, bis sie die Tür zu ihrer Wohnung aufschließen konnte. Ihre Finger zitterten ein wenig, und sie fragte sich, wie Julia reagieren würde. Julia hatte ihr nie Fragen gestellt. Sie hatte sie nie bedrängt, sich ihr anzuvertrauen. Lenas Familie hatte damals allen erzählt, dass sie sich aufgrund des Verlusts ihrer Eltern umbringen wollte.

Lena schloss die Wohnungstür hinter sich. Die Dielen knarrten kurz auf, und die kleine Glasschale klapperte, als Lena ihren Schlüssel hineinlegte. Sofort wurde sie von den Red Hot Chili Peppers eingehüllt. Lena folgte dem Sound bis zu Julias Zimmertür. Sie hielt kurz inne und klopfte. Keine Antwort. Sie erhöhte den Kraftaufwand und pochte heftiger, um damit die Musik zu übertönen. Nach dem nächsten Versuch gab sie auf, öffnete schwungvoll die Tür und brüllte ein deutlich hörbares »Hey!« in Julias Richtung. Ihre Mitbewohnerin lag mit geschlossenen Augen auf dem Bett. Ihre Zehen, die aus abgewetzten Jeansbeinen schauten, wippten im Takt.

»Hey Julia!«

Ihre Augenlider hoben sich nur schwer. Dann setzte sich Julia langsam in Bewegung, ging zur Musikanlage und drehte den Volume-Regler so weit herunter, dass sie ihre eigene Stimme hören konnte.

»Was ist denn los?«

»Katrin kommt gegen neun.«

»Ach«, Julia grinste unter ihrem blonden Pony hervor. Lena spürte die unterdrückte Neugier, die von Julia ausging, und versuchte, locker zu wirken.

»Katrin und ich dachten, das wäre eine gute Gelegenheit, um mal das neue Angebot in Augenschein zu nehmen.«

Julia lachte schallend. »Ausgerechnet ihr beiden? Eure Männerbekanntschaften im Studium kann jemand zählen, dem beide Arme amputiert wurden.«

Julia sah sie mit einem Blick an, der deutlich machte, dass sie Lenas geistigen Gesundheitszustand in Frage stellte.

»Es ist eine Juristenparty. Seit wann stehst du auf Typen mit Babyface und angegelten Haaren in beigefarbenen Anzughosen?«

Lena wusste, dass Julia keine Party auslassen konnte und

Männern gegenüber ziemlich aufgeschlossen war. Jedem das Seine.

»Wer weiß! Katrin kommt jedenfalls um neun zum Vorglühen. Ich gehe nach dem Training noch rüber zum Supermarkt. Willst du was Bestimmtes?«

»Ich verlass mich da auf deinen guten Geschmack!«

Julia lächelte schief, drehte erst den Lautstärkeregler höher und dann sich selbst um die eigene Achse, um sich wieder auf ihr Bett fallen zu lassen.

Lena verließ Julias Zimmer und öffnete die Tür zu ihrem Reich, die jedes Mal leise knarrte. Sie schmiss ihre Tasche rechts in den großen grünen Ohrensessel und warf sich auf ihr breites Bett.

Ihr Körper kribbelte. Sie starrte an die Decke und fühlte, wie sich ihre Lungen mit Luft füllten. Sie hatte es gewagt! Der Anfang war gemacht, und es gab für heute Abend kein Zurück! Sie spürte eine wahnsinnige Nervosität, gleichzeitig platzte ihre Brust vor Stolz.

Die Vorfreude ließ einen leichten Gänsehautschauer über seinen Körper gleiten. Lena würde heute Abend ausgehen. Lange hatte er auf diesen Schritt gewartet. Diese Verabredung heute bedeutete eine weitere Öffnung. Sie würde bald bereit sein für seine Annäherung. Der Gedanke ließ ihn den Atem anhalten, und er rieb seine Hände aneinander. Sie würde ihm gehören. Schon bald. Er fühlte es.

»Schlag mit rechts zum Kopf. Ichimonji no Kamae, Schlag mit linker Hand aufnehmen, Windgefühl. Dann Omote Gyaku. Festlegen.« Toms unverkennbar tiefe Stimme hallte schwer durch die kleine weiß gekalkte Halle.

Lena lief der Schweiß den Rücken hinab, als sie mit dem rechten Fuß nach hinten auswich, um mit der linken Hand den Schlag ihres Trainingspartners aufzunehmen. Dann kam der Handhebel nach links, ein Schritt nach vorne, und Tobias Wagner lag auf dem Rücken vor ihr. Sie hebelte seinen rechten Arm, dessen Hand sie noch immer festhielt, an ihrem linken Schienbein vorbei, sodass er sich unter Stöhnen auf den Bauch rollen musste. Nach wenigen Sekunden lag ihr rechtes Knie auf seinem rechten Schulterblatt, während sie seinen Arm in die Höhe hielt. Tobias würde sich so schnell nicht wegbewegen.

»Sehr schön, Lena. Aber achte auf den 90-Grad-Winkel bei der Ichimonji.« Tom Brown, ihr Trainer, hatte seine Augen überall. Seine Stimme dröhnte so laut, dass Julia das Gefühl hatte, die Hallenwände müssten sich nach außen dehnen; wenn er jedoch nach dem Training in seinen VW Amarok stieg, konnte er nur knapp über das Lenkrad schauen.

Lena trainierte seit ihrem Umzug nach Bonn bei Tom Selbstverteidigung.

Vorher hatte sie in Bad Honnef zusammen mit Julia die typischen Mädchenklischees erfüllt: Kinderturnen und Volleyball. Sie hatten es nie weit gebracht, waren aber immer mit Spaß dabei gewesen.

Seit fünf Jahren hatte sich Lenas Einstellung geändert. Sie trainierte regelmäßig an drei Abenden in der Woche, nahm an jedem Wochenendseminar teil, das angeboten wurde, und ging jeden Morgen eine Stunde joggen.

Mittlerweile kannte sie ihre Trainingspartner sehr gut: Tobias Wagner, ein Polizist, der sich in seiner Freizeit hier fit hielt. Oder Ute Heinze, die als Lehrerin arbeitete.

»Du scheinst ja heute besonders motiviert zu sein.« Tobias'

Stimme klang vorwurfsvoll. Er rieb sich noch immer die Hand, die Lena gerade für den Hebel genutzt hatte. Sie lächelte nur.

»Die Ersti-Party?« Tobias ließ nicht locker.

»Woher weißt du denn davon? Biste seit Neustem unter die Studenten gegangen? Oder steht ein cooler Undercover-Einsatz an?« Lena konnte nicht umhin, ihn wegen seines Jobs regelmäßig aufzuziehen.

Tobias grinste nur. »Wohl eher die vielen Alkoholleichen, die uns hinterher die Wache vollkotzen! Nur damit das klar ist, für dich gibt's keine Sonderbehandlung. Ich hole dich da nicht raus!«

»Ha, keine Sorge. Ich komme schon klar.«

Nach anderthalb Stunden intensiven Trainings wurde abgegrüßt. Alle knieten sich in einer Reihe hin, Tom drei Meter vor ihnen.

»Shihan ni rei.« Seine Stimme hallte durch den Raum.

»Domo arigato gozaimasu«, antworteten die zehn Trainierenden zum Abschied.

Lena schnappte sich ihre Tasche, die am Hallenrand stand, und lief durch den kleinen Flur zur Damenumkleide. Sie schmiss ihre Sporttasche auf die hölzerne Bank und beeilte sich, unter die Dusche zu kommen, damit sich ihre Muskeln unter dem heißen Wasser entspannten.

Als sie von der Dusche in die Umkleide zurückkehrte, klopfte es an der Tür. Tobias' tiefe Stimme drang zu Lena herein.

»Denk dran: keine Sonderbehandlung!«

Lena musste lachen, setzte sich auf die Holzpritsche und zog ihre Socken an. Sie blickte zu Ute, die – in ein pinkfarbenes Saunatuch gewickelt – auf einer Dampfwolke zu schweben schien.

»Ich bin dann weg. Muss mich beeilen, bevor der Supermarkt zumacht.«

»Na dann viel Spaß heut Abend und pass auf dich auf!« Ute zwinkerte ihr zu.

In sportlichem Tempo fuhr Lena den schmalen Radweg von Bad Godesberg Richtung Norden, immer am Rhein entlang. Es war kurz nach acht, und der Weg lag bereits in Dämmerlicht getaucht. Lena genoss den kühlen Herbstwind, der ihr vom Rhein entgegenschlug, und atmete tief ein. Wind war in Bonn eine Seltenheit, die man wertschätzen sollte.

Am Wegrand fiel ihr Blick auf einen Touristen, der die abendliche Rheinpromenade zu fotografieren schien.

4. Kapitel

Als Lena die Wohnungstür aufzog, stand Julia im Flur. »Havana?« Julias Lächeln zauberte kleine Fältchen um ihre Augen, als sie auf die durchsichtige Flasche in Lenas Hand deutete. »Musst du dir Mut antrinken?« Sie zwinkerte ihr zu und verschwand im Bad.

Lena fühlte sich ertappt. Sie ging in die Küche, um die Flaschen kühl zu stellen, und stöberte nach einer letzten Scheibe Brot mit Käse, die sie mit in ihr Zimmer nahm. Im Schneidersitz hockte sie sich aufs Bett, das Notebook auf ihrem Schoß, und klickte sich durch ihre Musikdateien. Einerseits war sie froh, endlich wieder einmal auszugehen, andererseits machte sie der Gedanke furchtbar nervös. Die erste Melodie der Playlist erklang, als die Türklingel ertönte.

Wenige Augenblicke später saßen Katrin, Julia und Lena auf einem Kissenmeer auf den alten Holzdielen in Lenas Zimmer. Eine Sektflasche machte die Runde, während im Hintergrund »She moves in her own way« erklang.

»Auf unseren ersten gemeinsamen Tanzabend!« Julia hob ihr Glas und stieß mit Katrin und Lena an. Sie ließen den ersten Schluck langsam den Hals hinabperlen, da klopfte es an der Tür.

Barbaras brauner Lockenkopf schob sich vorsichtig durch den Türspalt.

»Hey Barbara, wenn du dir ein Glas mitbringst, teilen wir gerne unseren Sekt mit dir.«

»Oh, nein danke. Keinen Sekt.« Barbara kam langsam herein, als ob sie sich überwinden müsste, ein feindliches Lager zu betreten. »Ich suche nur den Kellerschlüssel. Der liegt sonst immer auf der Kommode im Flur, aber jetzt ist er weg. Habt ihr ihn zufällig eingesteckt? Ich habe noch ein paar Kartons mit Büchern unten, die ich gerne hochholen würde.«

Lena und Julia blickten sich fragend an und schüttelten gleichzeitig die Köpfe. Barbara nickte enttäuscht und entschwand aus dem Zimmer, ohne ein Geräusch zu machen.

»Seltsame Person«, meinte Katrin. Die anderen beiden nickten zustimmend.

»Irgendwie tut sie mir leid«, sagte Julia. »Ich habe sie nie mit Freunden unterwegs gesehen oder mal was trinken gehen, geschweige denn tanzen. Einen Freund hat sie auch nicht. Habt ihr nichts zu berichten? Ihr studiert immerhin zusammen?«

Lena zog die Augenbrauen hoch, sie überlegte kurz: »Wir haben keine Vorlesungen zusammen. Sie ist bereits in der Examensvorbereitung. Da sieht man sich kaum.« Sie zögerte. »Außerdem sollte ich nicht mit Steinen werfen, wenn ich selbst im Glashaus sitze.«

Julia schüttelte den Kopf. »Du igelst dich zwar ein, aber anders. Du sprichst mit den Leuten, hast einen festen Freundeskreis. Barbara hat noch nie Freunde nach Hause mitgebracht.«

»Vielleicht hat ihr jemand fies das Herz gebrochen und sie zieht sich deswegen so vollkommen zurück?«, schob Katrin ein.

Ein wenig betreten schwiegen die drei, bis Julia anfing zu lachen:

»Auf Männer kann man aber vielleicht auch besser verzichten!« Darauf hoben alle drei erneut ihre Gläser. »Aber na ja, wer nicht wagt, der nicht gewinnt! Da muss man halt mit dem einen oder anderen Reinfall rechnen.«

»Was gewinnt man denn?« Katrin blickte in ihr halbleeres Glas Sekt:

»Wer nichts wagt, der nicht gewinnt! Phf! Und dann gewinnt man einen Typen, der beim ersten Kennenlernen schon die Vögeltauglichkeit der Freundinnen erkundet? Der einem später den besseren Job wegschnappt? Warum zum Teufel sollte es besser sein zu zweit?«

»Es ist wohl Zeit, zum Havana überzugehen«, stellte Lena nüchtern fest.

Julia warf ihr einen dankbaren Blick zu:

»Gute Idee! Ich übernehme die Mischung!«

»Perfekt, dann verschwinde ich kurz im Bad und kümmere mich ums Make-up, solange ich dieser koordinativ höchst anspruchsvollen Aufgabe noch gewachsen bin.«

Im Bad nahm Lena sich Zeit für sich, ließ aber in Gedanken die letzten Minuten zu dritt Revue passieren. Sie hatte sich oft gefragt, was hinter Katrins Ablehnung Männern gegenüber steckte. Ob sie – ohne es zu wissen – ein ähnliches Schicksal teilten? Doch genau wie Lena blockte Katrin beim Thema Männer meist ab. Bei einem derart hohen Schutzwall musste man sich vorsichtig anpirschen, Geduld zeigen und abwarten. Gerade Lena wusste dies nur zu gut, schließlich bewahrte sie ihr Geheimnis nun schon fünf Jahre auf – fest verschlossen in ihrem Inneren. Allerdings trug sie ihr Männerproblem nicht so offen zur Schau.

Bei Julia war es anders. Sie war unkompliziert, selbstbewusst und sehr direkt. Vielleicht war es mit ihr leichter, weil sie sich bereits so lange kannten und einiges miteinander erlebt hatten. Jeder entwickelte sich aufgrund von Erfahrungen und der ihm oder ihr eigenen Art, damit umzugehen. Einige zogen sich nach negativen Erlebnissen zurück und versteckten sich hinter einer dicken Mauer aus Zynismus und Abfälligkeit, getarnt als Abgeklärtheit. Andere leckten still ihre Wunden und versuchten den Neustart.

Die zweite Gruppe, das wusste Lena, würde das Negative nie vollkommen vergessen. Es würde in einer kleinen Schublade im hinteren Teil des Gehirnschranks schlummern. Sie brachte nun schon einige Jahre damit zu, ihre Flashbacks zumindest so weit zu beherrschen, dass sie ein angepasstes Leben führen konnte. Sie kannte die inneren Kämpfe nur zu gut.

Heute Abend wartete eine neue Herausforderung auf sie.

Sie war fest entschlossen, der Arbeitsanweisung ihrer Therapeutin Folge zu leisten. Sie lächelte ihrem Spiegelbild aufmunternd zu und verließ das Bad.

Ihr Gang wirkte federnd, aber er konnte erkennen, dass ihre Schultern hochgezogen waren. Ein Zeichen der Anspannung, dass er als guter Beobachter sofort ausgemacht hatte. Er lächelte gedankenverloren, und ein warmes Gefühl breitete sich in ihm aus. Er war stolz auf sie – auf ihren ersten Schritt in die Freiheit. Er würde sie nicht aus den Augen lassen.

»Schöne Location! Wusste gar nicht, dass es hier eine alte Fabrikhalle gibt.« Julia sah sich aufmerksam um.

Die weitläufige Halle war ideal für Partys im großen Stil, denn sie sorgte dafür, dass sich die Menschenmassen unauffällig verteilten. Als die drei eintrafen, herrschte bereits eine ausgelassene Stimmung.

Der Bass hämmerte so laut, dass es schmerzte; gleich schien er durch ihren Gehörgang ins Stammhirn einzuschlagen. Sie liefen durch den schmalen dunklen Gang zur Garderobe. Zwangsläufig folgte der Besuch der Bar.

»Einen Sekt und zwei Cuba Libre, bitte!« Schließlich sollte

man nicht durcheinandertrinken. Während Julia und Katrin sich einen Platz an einem der freien Stahlpfeiler suchten, stand Lena an der Bar und ließ ihren Blick über die Warenreihen schweifen. Es waren schon ein paar nette Exemplare der Gattung Mann zu sehen. Fraglich war allerdings, ob diese auch die Fähigkeit des einfachen Satzbaus beherrschten.

***

Thomas drückte Hendrik eine Flasche Bier in die Hand. »Wer umsonst bei der Organisation der Party hilft, darf umsonst mittrinken!«

Das ungleiche Paar sah aus wie Opa und Enkel, Hendrik mit seiner abgewetzten Cordhose, Thomas mit seiner löchrigen Baggy-Jeans, die den Rand seiner kleinkarierten Boxershorts zu erkennen gab. Sie hatten sich in der ersten Studienwoche kennengelernt, im Kurs »Englisch für Juristen«. Gleich zu Anfang des Pflichtkurses mussten sie gemeinsam ein Referat zum englischen Rechtssystem ausarbeiten. Nach kleinen Startschwierigkeiten stellten sie fest, dass sie ein gutes Team waren, wenn es ums Lernen ging. Thomas hatte die schnelle Auffassungsgabe und konnte gut erklären, Hendrik hatte den nötigen Ehrgeiz und das Durchhaltevermögen.

Die beiden ließen ihre Flaschen mit einem lauten Klirren aneinanderschlagen.

»Immer gern!«

»Alter, deine Hilfe hat mir bei der Orga den Arsch gerettet! Schön, dass du so kurzfristig eingesprungen bist.«

Hendrik lächelte. Oft beneidete er Thomas um seinen Vorstandsposten bei der Fachschaft. Hier wurden Partys für die Studenten organisiert, Hilfestellungen gegeben oder Sprechstunden angeboten, aber Hendrik musste sich mit ganzer Kraft auf sein Studium konzentrieren, um mithalten zu können. Er freute sich umso mehr, wenn er durch den Kontakt zu Thomas wenigstens kurz in dessen Leben eintauchen konnte.

»Kein Problem. Hat sogar Spaß gemacht.«

Thomas folgte Hendriks Blick zur gegenüberliegenden Seite der Halle. Der Raum war erst spärlich gefüllt, und Thomas ahnte sofort, wo Hendriks Blick gelandet war.

»Deine Freundin?«

»Was?«

»Die Kleine da drüben mit dem blonden Pony und den unschlagbaren Argumenten.«

Hendrik schien verwirrt. »Meinst du Julia?« Er schüttelte den Kopf. »Ne, danke. Die kannst du gerne haben.«

»Etwa eine von den anderen beiden Schnecken? Die mit dem Zitronenblick oder die Bohnenstange?«

»Spar dir deine Kommentare!«

»Hey, Mann. Wenn du die süß findest, umso besser. Dann bleibt der Hauptgewinn für mich.«

»Der Hauptgewinn besteht aus Riesenbrüsten?«

»Klar! Allerdings kann ein wenig Hirn auch nicht schaden.«

»Oh Mann.«

»Ich will sie ja nicht heiraten. Ein bisschen Spaß, das reicht mir fürs Erste.«

Thomas leerte sein Bier. Erst jetzt fiel ihm auf, dass er Hendrik noch nie mit einer Frau gesehen hatte.

»Kein Interesse an Frauen?«

»An der richtigen schon.«

Thomas musterte Hendrik aus dem Augenwinkel. Die ausgebeulte Cordhose war sein Markenzeichen. Alles sehr altbacken.

Er war noch nie bei ihm zu Hause gewesen. Sie trafen sich meist in Thomas' WG, der Uni oder der Bibliothek. Thomas wusste, dass Hendrik noch zu Hause wohnte – was für Studenten in seinem Alter ziemlich ungewöhnlich war. Zudem hatte er keine Freundin. Vielleicht könnte Thomas da ein wenig nachhelfen.

»Lass uns mal rübergehen!«

»Was?«

»Na rübergehen. Du kennst die Mädels doch. Wir gehen hin, du stellst mich vor, und während du mit deinen Gebetsschwestern über die neuste Strafrechtstheorie diskutierst, schau ich mir die andere Dame mal genauer an.«

»Vergiss es, Mann.«

»Jetzt komm schon. Gib dir einen Ruck!«

»Ich sagte: Vergiss es!«

»Wie willst du denn so … Shit! Zu spät.«

5. Kapitel

Hey!«

Lena blickte nach links und sah in ein paar große braune Augen unter einem blonden Wuschelkopf, dazu ein zahnpastaweißes Lächeln:

»Du hast Glück, ich habe gerade heute mein Bett frisch bezogen.«

Lena stutze, ihr Mund öffnete sich automatisch:

»Aber erlaubt deine Mama Frauenbesuche?«

Der Typ zog die Augenbrauen hoch und brach in schallendes Gelächter aus. Er hob seine Bierflasche und prostete ihr zu. »Gut gekontert!«

Lena sah ihn belustigt an, bevor sie ihren Blick fragend auf die Mädels richtete. Julia nickte auffordernd, während Katrin mit dem Rücken zu ihr stand und auf die Tanzfläche schaute. Julia knuffte sie in die Seite und zeigte in Lenas Richtung. Ihre Reaktion bekam Lena allerdings nicht mehr mit.

»Ich bin übrigens Christoph.« Für diese Info erwartete der Typ wohl Applaus. »Und nebenbei: Ich habe da eine Wette laufen: Siehst du die drei Typen da drüben? Gestreifte Poloshirts, helle Hosen. Wenn du mir deine Telefonnummer gibst, verspreche ich, den Gewinn mit dir zu teilen! Aber nur bei absolutem Stillschweigen deinerseits. Die Art der Bezahlung überlasse ich dir. Wir könnten zusammen Kaffee trinken gehen, Abendessen, Naturalien.«

Er zwinkerte Lena verschwörerisch zu, die ihn verwirrt anstarrte. Dann schweifte ihr Blick zurück zu den drei Jungs, die er als seine Wettkumpane bezeichnet hatte. Wirklich, die drei standen zusammen und beobachteten sie. Eine Gänsehaut zog sich über ihren Körper. So im Mittelpunkt zu stehen flößte ihr

Angst ein. Sie wich intuitiv einen Schritt zurück und spannte die Muskeln an. Christoph bemerkte ihr Zögern und lächelte ihr aufmunternd zu.

»Sorry, das ist mein erster Versuch, der ist wohl noch verbesserungswürdig. Ich spreche sonst beim Ausgehen keine Frauen an. Genau deswegen schauen die Jungs so interessiert.«

Lena entspannte sich ein wenig – die Worte ihrer Therapeutin im Ohr.

»Kann ich mir den Gewinn bar auszahlen lassen?«

Christoph schüttelte lachend den Kopf.

»Kommt nicht in Frage! Dann wäre meine Wette nur halb so viel wert! Glaub mir, ein besseres Angebot wirst du heute Abend nicht mehr bekommen!«

»Ha!« Lena schaute ihn an mit einer Mischung aus Argwohn, gespielter Empörung und Interesse.

»Mein Angebot ist deswegen das beste, weil es das ehrlichste sein wird. Du bist mir auf Anhieb aufgefallen. Ich würde dich gern kennenlernen. Komm schon. Versau mir den Abend nicht schon, bevor er richtig angefangen hat.«

Lena haderte einen Augenblick mit sich. Sie hörte erneut die Anweisung ihrer Therapeutin und spürte eine Mischung aus Kribbeln und Übelkeit in ihrem Magen. »Das ehrlichste Angebot« hallte es durch ihren Kopf, und mit angehaltenem Atem tippte sie ihre Nummer in sein Handy.

Im nächsten Moment trat Christoph mit breitem Grinsen und noch breiterer Brust den triumphalen Rückzug zu seinem Rudel an. Lena blickte ihm nach – gleichzeitig ängstlich und erlöst. Sie hatte ihre schwerste Aufgabe für heute erfüllt.

»Na, sieh mal einer an«, lachte Julia. »Keine zehn Minuten in der Halle, und schon das erste Date. Das nenn ich mal einen Schnellstart.«

Katrin hingegen schien richtig sauer, ihre Hände umkrampften die Flasche:

»Du hast keine Ahnung, welchem Psycho du gerade deine persönlichen Daten gegeben hast.«

»Oh Mann, jetzt mach mal halblang. Das hier ist eine Party. Da will man Leute kennenlernen. Immerhin hat der Typ mehrere Sätze hintereinander fehlerfrei sprechen können.«

Julia und Lena flüchteten auf die Tanzfläche. Hierhin würde ihnen Katrin nicht folgen. Sie zappelten zu den Klängen von OutKast. Lena schaute in regelmäßigen Abständen zu Christoph hinüber, der ihren Blick prompt erwiderte.

Im Stroboskoplicht überließ sie ihren Körper dem Takt der Musik und genoss es, sich treiben zu lassen. Ihr Kopf hörte auf zu arbeiten, und sie konnte voll und ganz in die Musik eintauchen. Sie hatte es geliebt auszugehen – vor diesem Abend vor fünf Jahren. Genau aus diesem Grund. Trinken und Tanzen, das war für sie wie Urlaub im Kopf. Sie öffnete die Augen und sah direkt in Katrins zusammengekniffenes Gesicht. Wut stieg in ihr auf.

Wenn Katrin wüsste, was für ein innerer Kampf in ihr getobt hatte, um diesen ersten Schritt zu machen! Sie würde sich diesen Erfolg jetzt nicht schlechtreden lassen! Entschlossen ließ sie Julia auf der vollen Tanzfläche zurück und ging zu Katrin an die spärlich beleuchtete Bar.

»Was ist los?«

»Mensch, Lena. Ich weiß, dass du nicht der One-Night-Stand-Typ bist. Aber warum gibst du dann deine Nummer einem Typen, der so aussieht, als würde er jede angraben?«

»Woher willst du das denn wissen? Du kennst ihn genauso wenig wie ich! Wenn man nicht in einigen Jahren vereinsamt mit einer Horde Katzen leben will, dann muss man eben sein Schneckenhaus mal verlassen.«

»Was willst du denn jetzt damit sagen? Dass ich vereinsamen werde, nur weil ich nicht jedem Typen meine Nummer an den Kopf schmeiße?«

»Jedem? Du hast sie doch nicht mehr alle!«

Wut stieg in Lena hoch. Die Anspannung, die sie vorher verspürt hatte, bei der Frage, ob sie es überhaupt schaffen würde, wieder auszugehen und einen ganz normalen Abend zu verbringen, entlud sich nun. Sie hatte sich selbst schon genug in Frage gestellt, es hatte sie große Überwindung gekostet. Die Ablehnung ihrer Freundin verletzte sie nicht nur, sie machte sie richtig wütend. Sie blickte Katrin an:

»Sag mal, bist du etwa eifersüchtig?«

»Ich? Worauf denn? Darauf, dass die Kerle denken, du wärst leicht zu haben?«

Das war Lena zu viel. Katrins Gerede ging definitiv unter die Gürtellinie:

»Gott, du bist echt eifersüchtig. Immer erst mal alles schlechtmachen. Nur kein Risiko eingehen. Sonst könnte sich herausstellen, dass du falsch gelegen hast und der Typ nett ist. Aber das passt ja nicht in dein Weltbild. Da ist nämlich nur Platz für dich und dein Selbstmitleid! Warum eigentlich?

Du lebst jetzt, du könntest so viel Spaß haben, aber du lässt es nicht zu, weil du Angst hast. Ich will keine Angst haben!«

Lena hatte sich in Rage geredet. Der letzte Satz schoss wie eine Kampfansage aus ihr heraus. Sie stutze, aber dieser letzte Satz fühlte sich genau richtig an, nach der so lang ersehnten Befreiung.

Sie wollte nicht in Katrins Nähe bleiben, deshalb drehte sie auf dem Absatz um und stürmte in Richtung Tanzfläche davon. Aus den Augenwinkeln sah sie noch, wie ihre Freundin den Gang entlang zum Ausgang eilte. Dann ließ sie ihrem Körper zu »American Idiot« freien Lauf.

Thomas lächelte still in sich hinein. Er hatte den Moment abgepasst, als Julia alleine auf der Tanzfläche stand, während sich die anderen beiden offensichtlich stritten. Er hatte vorab ein Bier besorgt und war zu ihr hinübergeschlendert; als sie gerade losgehen wollte, um die Streithennen zu trennen, hatte er sich vor sie gestellt und ihr die Flasche angeboten.

»Wie wär's mit einem Bier, während du wartest, bis die beiden fertig sind?«

Erst hatte sie ihn verdutzt angesehen, dann aber doch nach dem Bier gegriffen und ein »Danke« hinterhergeschoben. »Ich hab dich an der Uni noch nie gesehen.« Kaum war ihm der Satz herausgerutscht, hätte er sich ohrfeigen können! Nie mit geschlossenen Sätzen arbeiten. Offene Fragen stellen, sie zum Reden bringen! Ansonsten beherrschte er das Spiel des Anbändelns perfekt. Aber heute, an diesem Abend war es anders gelaufen. Glücklicherweise war sie so nett gewesen, zu antworten. Sie studierte gar nicht Jura, sondern BWL. Mal etwas anderes. Dank diesem Hinweis eröffnete sich ihm ein bunter Strauß an Fragen, um sie näher kennenzulernen. Am Ende, als er gesehen hatte, dass eine der Streithennen geflüchtet war, hatte er schnell sein Handy aus der Hosentasche gezogen und Julia gefragt, ob sie ihm ihre Nummer eintippen würde. Ein gelungener Abend!

Es war kurz nach Mitternacht, als Katrin ihre Jacke an der Garderobe abholte und die alte Fabrikhalle verließ. Aus dem Augenwinkel hatte sie Hendrik erkannt und sich schnell weggedreht. Ihr war nicht nach Reden! Sie wollte nur noch weg. Nach dem Stroboskoplicht in der Halle kam es ihr vor, als würde sie totale Dunkelheit umschließen. Es dauerte einige Zeit, bis sich ihre Augen daran gewöhnt hatten. Sie hörte den Rhein rauschen. Ein kühler Windstoß strich an ihr vorbei und ließ sie frösteln. Sie zog den graumelierten Schal aus ihrer Umhängetasche und wickelte ihn um den Hals.

Nach wenigen Schritten an der Rheinpromenade hatte sie den Klangteppich und das Partyvolk hinter sich gelassen.

Sie schüttelte frustriert den Kopf. Das Gespräch mit Lena hätte nicht derart ausarten dürfen, sie war doch ihre Freundin! Wut und Ärger kochten wieder in ihr hoch. Dieser verlogene Typ hätte sie nicht durcheinanderbringen dürfen. Was zum Teufel hatte er hier zu suchen?

Sie ärgerte sich und beschleunigte ihre Schritte, um den Kopf frei zu bekommen.

Sie hatte ihn vorher noch nie hier an der Uni gesehen. Warum zum Henker machte er ausgerechnet ihre Freundin an? Er musste gesehen haben, dass sie zusammen gekommen waren. All diese Fragen schossen ihr durch den Kopf, während sie hastig voranschritt. Plötzlich hörte sie ein Knacken hinter sich. Sie drehte sich hastig um, konnte aber nichts erkennen. Ihr Weg führte sie auf einem kleinen Kiesweg direkt am Rhein entlang. Der Halbmond sorgte für spärliche Beleuchtung. Sie zog die Jacke enger um ihren Körper.

Ein erneutes Knacken ließ sie aufhorchen. Es schien näher als zuvor. Bevor sie sich erneut umschauen konnte, wurde alles schwarz.

6. Kapitel

Seine Hände waren schweißnass, sein Atem ging stoßweise. Das war so nicht geplant gewesen! Er war vollkommen unvorbereitet. Es fühlte sich an, als würde sein Brustkorb explodieren. Er wischte sich mit der Hand über den trockenen Mund. Wasser. Er brauchte Wasser. Er musste Ordnung in seinen Kopf bekommen. Alles neu sortieren. Die Abläufe in Erinnerung rufen. Hatte er auch nichts übersehen? Er schlug sich immer wieder mit der Faust vor den Kopf. Das hätte nicht passieren dürfen!

Robert Heisterkamp gab den Zahlencode ein. Die Türe des Tresors sprang automatisch auf. Er nahm zwei Jagdgewehre samt passender Munition aus seiner Waffensammlung. Als Jäger im Bonner Naturpark Kottenforst besaß er ein gut sortiertes Waffenarsenal.

Er bevorzugte den Drilling, eine Jagdwaffe, die drei Gewehrläufe miteinander kombinierte. So blieb er flexibel, wenn er bei seiner jagdlichen Arbeit mit verschiedenen Wildarten in Berührung kam.

Mit geübten Griffen schloss er den Tresor und ging zügigen Schrittes durch den Flur. Sein Sohn Hendrik hielt ihm bereits die Tür auf. Seit fünf Jahren schon gingen die beiden jeden Samstagmorgen um sieben zur Jagd. Sie waren ein eingespieltes Team. Remus, der graue Weimaraner mit den bernsteinfarbenen Augen, wartete bereits ungeduldig im Kofferraum des grünen Landrover auf seinen Einsatz.

Claudia Heisterkamp hatte Hendrik kurz zuvor eine große Thermoskanne Kaffee und eine Lunchbox gegeben, die er bereits im Jeep verstaut hatte. Als seine Mutter ihm die Kanne reichte, bemerkte er das nervöse Zittern ihrer Hand und den leicht schwankenden Gang. Er sah ihr prüfend ins Gesicht. Blass erschien sie ihm, mit großen, ausdruckslosen Augen. Aber er selbst sah heute Morgen auch nicht besser aus. Als die Schritte seines Vaters näherkamen, verschwand seine Mutter wie ein Geist in der Küche.

Hendrik mochte den Wald. Sein Vater und er folgten immer demselben Ablauf. Sie arbeiteten schweigend nebeneinander. Kein Wort unterbrach die Geräuschkulisse, die der Wald ihnen bot. Das hohe Gezwitscher der Vögel, rauschende Blätter, knarrende Äste gemischt mit dem Geruch von nassem Waldboden und Holz, zwischendurch gedämpftes, weit entferntes Hundegebell, dazu das Schmatzgeräusch ihrer schweren Wanderschuhe, wenn sie über den sumpfigen Boden liefen. Remus war gut ausgebildet und preschte voraus, um diesen Teil des Waldes nach flüchtendem Kleintier zu durchsuchen.

Das Wetter war genau so, wie er es seinem Vater am Vortag vorausgesagt hatte. Leichter Nebeldunst zog durch die Wälder. Die Wolken hingen tief. Stratocumulus, dachte Hendrik. Als sein Opa noch lebte, hatten sie Stunden damit zugebracht, verschiedene Wolkenbilder zu lesen. Daher besaß Hendrik ein gutes Gespür dafür, aus der Beobachtung von Wolken, Wind und Temperatur eine zielsichere Wetterprognose abzugeben. Im Geiste ging er die Wolkenfamilien und Wolkenarten durch. Es gab vier Familien: hohe, mittlere und tiefe Wolken sowie solche mit großer vertikaler Erstreckung. Sie gliederten sich in zehn Wolkengattungen, daneben gab es noch vierzehn Wolkenarten. Ein lauter Knall riss ihn aus seinen Gedanken. Für einige Sekunden herrschte vollkommene Stille. Dann hörte Hendrik das Laub unter den Schuhen seines Vaters rascheln. Die Jagd ging weiter.

Drei Stunden und zwei erlegte Kaninchen später wischte sich Robert Heisterkamp beide Hände an der grünen Arbeitshose ab und stieg neben Hendrik ins Auto. Zu Hause würde er seine Beute fein säuberlich ausnehmen und auslösen, damit seine Frau daraus den sonntäglichen Braten zaubern könnte.

»Du warst lange unterwegs gestern.«

Hendrik schloss kurz die Augen. Er hatte schon darauf gewartet, dass sein Vater ihn wegen gestern Nacht ansprechen würde. Das war der Nachteil, wenn man noch zu Hause wohnte.

»Gestern war die Einführungsfeier für die Jurastudenten.«

»Einführungsfeier? Oder sinnloses Besäufnis? Du weißt, was ich von solchen Veranstaltungen halte. Du sollst dich auf dein Studium konzentrieren! Sonst nichts. Feiern kannst du, wenn du deinen Abschluss geschafft hast.«

Hendrik nickte nur stumm. Widerspruch hätte bei seinem Vater keinen Sinn. Das wusste er.

Den Rest der Fahrt verbrachten sie schweigend.

***

Als Lena am späten Samstagvormittag die Augen einen Spalt weit öffnete, entfuhr ihr ein tiefer Seufzer. Die Kopfschmerzen zeigten sich friedlicher als gedacht. Das lag wohl an dem halben Liter Wasser gepaart mit Aspirin vor dem Schlafengehen. Man lernte ja dazu.

Nach einer Dusche und dem ersten starken Kaffee fühlte sie sich klar genug, um einen Anruf bei Katrin zu wagen. Sie wusste, dass ihr Streit gestern total aus dem Ruder gelaufen war. Wenn sie die Sache nicht gleich klären würde, könnte sie das restliche Wochenende nicht entspannt im Bett gammeln. Nach dem sechsten Klingelton ging der Anrufbeantworter an. Lena hinterließ eine kurze Nachricht mit der Bitte um Rückruf.

Dann überwand sie ihren inneren Schweinehund und setzte sich mit einem Sachenrechtsskript und einem Stapel jungfräulicher gelber Karteikarten an ihren vereinsamten Schreibtisch.

So lief der Samstag fast unbemerkt an Lena vorbei.

Ein kurzes Klopfen ließ Lena von ihrem Skript aufblicken. »Lust auf Nudeln mit Tomatensauce?«

Ein kurzes Lächeln und ein Kopfnicken waren die Antwort auf Julias Frage, aber das reichte aus. Sie kannte Lenas Verhalten, wenn sie konzentriert arbeitete, zur Genüge und schloss leise die Tür, um in der Küche ihr Unwesen zu treiben.

Eine halbe Stunde später saßen sie schweigend über den dampfenden Nudeln. Draußen dämmerte es bereits. Julia hatte die große Küchenlampe ausgeschaltet und nur die kleine Lampe über dem Herd brennen lassen. Vier lange, dunkelblaue Kerzen legten einen gelblichen Schimmer über den massiven Holztisch.

»Vielen Dank. Sehr romantisch.«

»Tja, wenn nicht für dich, für wen dann?«

Sie mussten lachen.

»Bist du vorangekommen?«, wollte Julia von Lena wissen.

»Lief besser, als ich dachte. Wahrscheinlich, weil ich von gestern noch so ausgelaugt bin, dass sich mein Körper nicht wehren kann. Und selbst? Wie sieht's bei dir klausurtechnisch aus?«

Julia schnaufte kurz und verdrehte die Augen. »Hat sich dein Typ schon gemeldet?«

Lena war diese Themenwechsel von Julia gewöhnt und wusste, dass es keinen Sinn mehr hatte, die Frage noch einmal anzugehen. Themenwechsel hieß in dem Fall, dass Julia noch gar nichts gemacht hatte.

»Er hat wohl vorhin kurz versucht, mich zu erreichen; ich hatte mein Handy aber beim Lernen auf lautlos gestellt.«

»Rufst du zurück?«

»Bestimmt nicht. Wenn er mich sehen will, soll er ruhig noch mal anrufen. Ansonsten kann man sich an der Uni auch schlecht aus dem Weg gehen.«

»Sehr gut. Selbst anzurufen ist immer schlecht. Kennst ja die goldenen Telefonregeln.« Julia zwinkerte ihr zu und lächelte.

»Keine Sorge. Die einzige Nummer, die ich heute gewählt habe, war die von Katrin, und die ist nicht rangegangen.«

»Vielleicht auch im Lernstress?«

Lena zuckte die Schultern.

»Heute bin ich jedenfalls zu müde, um darüber nachzudenken. Ich hau mich gleich ins Bett.«

Julia verschwand in ihrem Zimmer, während Lena sich anschickte, die Küche aufzuräumen. Stillschweigende Vereinbarung in der WG: Wer für einen oder beide Mitbewohner kocht, braucht hinterher nicht zu putzen.

Julia schloss sanft die Tür ihres Zimmers hinter sich und hielt einen kurzen Moment inne. Sie war erleichtert, dass Lena seit dem gestrigen Abend mit sich selbst beschäftigt war. So hatte sie die Sache mit Thomas nicht bemerkt. Julia lächelte in sich hinein. Bereits gestern Abend hatte sie eine SMS erhalten: *Normalerweise sieht mein Plan eine Ruhezeit von drei Tagen vor, damit ich nicht verzweifelt, sondern abgeklärt wirke. Aber Du hast mich erwischt. Ich wünsche Dir eine gute Nacht! Thomas.*

Auch jetzt arbeitete ihr Magen wie eine Popcornmaschine

bei dem Gedanken an Thomas. Nicht, dass er aussehen würde wie die Männer, die sonst ihr Beuteschema erfüllten. Er war eher unauffällig, mittelgroß mit kurzen hellbraunen Haaren. Doch da war etwas in seiner Mimik. Seine Sprüche wirkten nicht so einstudiert. Normalerweise verabredete sie sich ausschließlich mit den typischen Abschleppern. Da wusste sie, was sie erwarten würde. Wenn ihr danach war, verbrachte sie eine sportliche Nacht und konnte gleich danach wieder unauffällig verschwinden. Das war ihr Ding. Eine feste Bindung konnte warten.

Aber vielleicht würde sie bei Thomas eine Ausnahme machen. Genau in diesem Augenblick griff sie nach ihrem Handy. Drei-Tage-Regel hin oder her. Wenn er sich nicht daran hielt, konnte auch sie neue Wege gehen.

***

»Na, haste die Schnecke schon angerufen?«

»Leck mich!«

»Alter, Frust, oder was? Falsche Nummer?«

Christoph hob genervt den Kopf und stierte mit glasigen Augen von seinem Bierglas hoch zu Steffen. Auch der sah nach der gestrigen Nacht ziemlich ramponiert aus, aber er bewegte sich zielsicher hinter die Theke, an der Christoph saß. Immerhin hatte Steffen im Gegensatz zu Christoph ein paar Stunden Schlaf und eine Dusche hinter sich.

»Sitzt du seit heute Morgen hier? Scheiße, Mann.« Steffen schüttelte den Kopf.

Christoph prostete seinem Gegenüber wie zur Bestätigung zu.

Langsam trudelten auch die anderen ein. Alle frisch geduscht und in Hemd, trotzdem hing der schale Geruch von abgestandenem Bier an ihnen. Heute war Pokernacht bei den Vestigen, einer Studentenverbindung mit mehreren hundert Mitgliedern, die sich aus allen Fachrichtungen rekrutierten. Bei ihnen stand die Erhaltung der alten Tugenden und Sitten an erster Stelle. Vestigia premo maiorum – Ich trete in die Fußstapfen der Vorfahren. Dies war das Motto der Verbindung seit den Tagen ihrer Gründung. Bereits Christophs Vater und sein Großvater waren Vestigen, für ihn gehörte der Beitritt damit zur Pflicht, nicht zur Kür.

Dabei war der Begriff »Pokernacht« etwas weit hergeholt. Christoph kannte diese Veranstaltungen zur Genüge. Die Verbindungsneulinge, »Füxe« genannt, schleppten die Fässer, putzten den Saal heraus, stellten Tische und vor allem Gläser bereit und bedienten den gesamten Abend hindurch. Allerdings nicht, ohne selbst zu trinken. Jede kleine Unaufmerksamkeit des Fuchses wurde damit bestraft, ihn in die Kanne zu schicken. So nannten sie das hier. Ein halber Liter Bier auf Ex. Und das in Reihe. Als Unterstützung stand in der Mitte des Raumes ein etwa ein Meter hoher, runder Metalleimer. Für bestimmte Arten von »Abfall«.

Zu späterer Stunde wurde das Halbliterglas gerne gegen andere Gegenstände ausgetauscht. Gläser in Stiefelform mit größerem Volumen, Gemüse- oder gar Gefrierfächer und Ähnliches. Jedenfalls gehörte nicht viel Fantasie dazu, um sich vorzustellen, wie es um die Sauberkeit eines Kühlschrankfaches in einer zehnköpfigen Männer-WG bestellt war. Die rauen Sitten standen im krassen Gegensatz zum Charme des Hauses.

»Na, hab gehört, unser Christoph hat sich gestern ans andere Ufer gewagt. Wurde ja mal Zeit. Sollst dir einen ziemlich heißen Feger ausgesucht haben.« Richard grinste ihn fragend an mit zusammengekniffenen Augen und seinen schmierigen Gelhaaren. Christoph drehte sich angewidert weg. Nur weil der Typ hier Senior war, musste er sich jedes Mal dieselben abgedroschenen Sprüche anhören, da er weder eine feste Freundin hatte, noch regelmäßig wechselnde Betthasen vorweisen konnte. Seit er ohne weibliche Begleitung zum Stiftungsfest der Verbindung erschienen war, stand er arg auf der Kippe.

Das Stiftungsfest fand jedes Jahr im Dezember statt, um die Gründung der Vestigen zu feiern. Drei Tage lang wurde hauptsächlich getrunken und gesungen, dazwischen wurden jede Menge Reden geschwungen. Alles gipfelte in der großen Ballnacht. Hier ohne weibliche Begleitung aufzutauchen war mehr als auffällig.

Genau aus diesem Grund hatte er die Kleine gestern angesprochen. Bevor er geblickt hatte, dass sie eine Bekannte von Katrin war.

Katrin! Was zur Hölle hatte sie dort überhaupt zu suchen? Sie hasste solche Veranstaltungen! Sie ging nie tanzen. Trinken war auch nicht ihre Stärke, dachte er und hob sein Glas zum letzten Zug.

Dann stand er schwankend auf, um sein Zimmer zu suchen. Poker war eh nicht seins. Er hatte sein Glück bisher weder im Spiel noch in der Liebe gefunden, und das sollte auch heute Nacht so bleiben.

Sein Kopf dröhnte, und er sehnte sich nach einer Schmerztablette. Gleichzeitig brannte jeder Muskel seines Körpers bei dem Gedanken daran, dass sie jederzeit aus dieser Tür treten könnte. Er zog die Mütze ein wenig tiefer und blätterte die Seite seiner Zeitung um, damit es wenigstens so aussah, als würde er wirk-

lich lesen. In Gedanken sah er ihren schlanken Körper und ihre weit aufgerissenen Augen, die sich tief in ihn hineindrängten.

Am Sonntag schaffte es Lena, nach einer schnellen Joggingrunde am Rhein entlang den Vormittag über halbwegs konzentriert zu arbeiten. Im Anschluss daran erledigte sie den obligatorischen Anruf bei ihren Großeltern. Seit sie nicht mehr bei ihnen wohnte, meldete sie sich regelmäßig jeden Sonntag um die Mittagszeit. Dagegen vermied sie es weitestgehend, die beiden zu besuchen. Sie konnte die überfürsorgliche Art ihrer Oma nur schwer ertragen. Sonst kam sie nur vorbei, wenn auch Silvia, ihre Tante, anwesend war. Dann teilte sich die Aufmerksamkeit der Großeltern auf beide Besucher auf, was die Lage sichtlich entspannte. Nach dem üblichen »Hallo, wie geht's? Ach, alles wie immer« war das Gespräch schnell beendet, und Lena rief noch ihre Tante an.

Mit ihr konnte sie offen über alles sprechen. Silvia lebte in einem kleinen Dorf in der Eifel. Sie arbeitete als Yogalehrerin und gab furchtbar überteuerte Kurse für gestresste Stadtmenschen, die sich am Wochenende in ihrem alten Bauernhaus einmieteten, um zur Ruhe zu kommen.

Lena hatte sie in den letzten zwei Jahren oft besucht, da Silvia die Einzige war, die ihre Geschichte kannte. Silvias Hof war Lenas Rückzugsort. Auch heute erzählte sie ihr in Kurzform, was am Wochenende vorgefallen war. Von Christoph und auch von Katrin.

Silvia war wie immer unkompliziert, was ihre Antworten anging:

»Ach Lena, das renkt sich schon wieder ein. Ihr seid jetzt schon so lange befreundet, da ist es auch erlaubt, sich mal die Meinung zu geigen. Schau bei ihr vorbei, geht zusammen was essen und redet. Essen hilft immer! Mit vollem Bauch ist man zu faul zum Streiten.«

Schön pragmatisch, ihre Tante! Lena beendete das Telefonat. Sie versuchte ein letztes Mal, Katrin zu erreichen, um ihren Besuch anzukündigen.

»Also gut, wenn du nicht rangehst, komm ich jetzt rüber. Scheiß AB!« Lena angelte ihre braune Lederjacke vom Boden und verließ die Wohnung. Zu Katrins WG brauchte sie nur fünf Minuten, aber die reichten aus. Sie fluchte leise vor sich hin, als die ersten dicken Regentropfen sie ins Gesicht trafen. Super Idee, die schönen Sommer-Sneaker noch mal auszuführen. Sie spürte bereits, wie sich die Socken mit Wasser vollsogen. Es klang wie Gummistiefel, die bei einer Wattwanderung tief einsanken. Großartig!

»So ein Scheißtag!« Lena zog ihr Handy aus der Jackentasche und wählte zielstrebig Julias Nummer.

»Sie ist immer noch sauer!«

»Lena?«

»Ja, ich bin es. Katrin geht weder an ihr Handy noch ans Festnetz. Zu Hause macht keiner auf.«

»Vielleicht ist sie mit ihren Mitbewohnerinnen was essen gegangen und hat ihr Handy zu Hause liegen lassen? Kann ja mal vorkommen. Ist ja nicht jeder so handyaffin wie du.«

»Hast du schon gegessen? Lust auf Pasta im Extro?«

»Ich bin noch im Schlafanzug. Bei dem Wetter habe ich nicht vor, daran etwas zu ändern. Aber wenn du stattdessen nach Hause kommst und wir den Pizzamann bemühen, bin ich dabei.«

Lena zuckte innerlich mit den Schultern. Julia hatte wahrscheinlich recht. Morgen in der Vorlesung bot sich bestimmt eine Gelegenheit, mit Katrin zu sprechen. Da konnte sie ihr kaum aus dem Weg gehen. Außerdem hatte sie keinen Bock, bei dem Wetter hier vor der Wohnung zu warten und sich eine Erkältung zu holen.

Schnell lief Lena durch den kalten Platzregen nach Hause. Sie klappte den Kragen ihrer Lederjacke hoch, denn die Tropfen liefen ihr bereits am Nacken entlang und den Rücken hinunter. Zeit für einen Föhn, trockene Socken und heiße Pizza! Da musste die Versöhnung halt warten.

7. Kapitel

Tobias Wagner nahm die Regentropfen kaum wahr, die sein Gesicht hinabperlten. Seine Blicke waren starr auf die weibliche Leiche gerichtet, die kaum einen Meter entfernt vor seinen Füßen lag. Er versuchte, sich jedes Detail einzuprägen:

Ihre vor Nässe dunkel schimmernden Jeans, den hüftlangen Blazer, die kurzen dunklen Haare, das blass-bläuliche Gesicht. Und die blaue Socke. Am rechten Fuß fehlte ein Schuh, nur der Strumpf war geblieben. Am linken Fuß steckte ein brauner Halbschuh. Die Beine waren Richtung Rhein ausgestreckt, während ihre Arme seltsam geknickt wirkten. Wahrscheinlich hatte der Jogger, der sie gefunden hatte, die Leiche am Oberkörper gepackt und ans Ufer gezogen. Tobias nahm das kleine Notizbuch, das er immer bei sich hatte, und vermerkte: »Jogger fragen, ob und wie er Leiche bewegt hatte.«

Er ließ den Blick weiter schweifen. Wenige Meter entfernt stand Werner und sprach mit einem Kollegen der Spurensicherung. Tobias sah Sand und Kies, Glasflaschen, Kohlereste des letzten Lagerfeuers, Treibholz. Das Rheinufer hier war nah am Blauen Affen gelegen, nördlich der Südbrücke. Hier kamen Massen von Menschen vorbei. Es gab einen breiten Fuß- und Radweg, und viele nutzten die Strecke am Rhein entlang zum Joggen, Radfahren und Skaten. Tobias wusste, dass es hier auch einen Kinderspielplatz gab, der bei gutem Wetter stark frequentiert wurde. Er hoffte, an einem solchen Platz ausreichend Zeugen zu finden, die kleinere Puzzlestückchen beitragen konnten.

Hinter der polizeilichen Absperrung sah Tobias reihenweise Schaulustige. Er stieß einen jungen Kollegen an:

»Denkt ihr an Fotos der Zuschauer?«

»Schon erledigt.«

Tobias nickte ihm zu und gesellte sich zu seinem Kollegen Werner Stillhorn und Dr. Breuninger von der Rechtsmedizin, der gerade an dem Versuch scheiterte, auf dem Kiesboden neben der Leiche zu knien. Er stützte sich mit der Linken ab und hielt in der Rechten ein silberfarbenes Diktiergerät. Als Tobias neben ihn trat, hob Breuninger kurz den Blick. Einige Regentropfen landeten in seinem Gesicht, er zog die Nase kraus und blickte gleich wieder nach unten.

Vorsichtig bewegte er den Kopf des Mädchens etwas zur Seite, und ein großes Loch wurde sichtbar.

»Der Hinterkopf der jungen Frau ist mit großer Kraft eingeschlagen worden. Im Wasser hat sie nicht viel Zeit verbracht. Es gibt offensichtlich keine Schaumpilzbildung vor Mund oder Nase, die Haare haben sich ebenfalls noch nicht abgelöst.

Typische Waschhautbildung. Die Oberhaut hat sich bisher nur an wenigen Stellen gelöst, folglich ist sie erst einige Stunden oder maximal einen Tag im Wasser. Hier handelt es sich vermutlich um Leichendumping.«

Tobias schaute auf:

»Sie war also bereits tot, als man sie ins Wasser geworfen hat?« Breuninger sprach weiter in sein Diktiergerät. Tobias unterbrach ihn.

»Könnte es auch ein Sturz gewesen sein?«

»Sehen Sie hier! Diese Platzwunde? Die junge Frau wollte bestimmt keinen Kopfsprung in den Rhein versuchen. Dann wären bei einer solchen Wunde mehrere gebrochene Nackenwirbel festzustellen. Bezüglich Ihrer Frage nach einem Sturz verweise ich auf die Hutkrempenregel zur Differentialdiagnostik. Danach sind Sturzverletzungen eher unterhalb und in Höhe einer gedachten Hutkrempenlinie zu finden, Schlagverletzungen dagegen meist oberhalb dieser Linie. Ich tippe hier auf einen kräftigen Schlag. Näheres natürlich erst nach der Obduktion.«

»Sie können noch nicht sagen, nach welcher Art von Tatwaffe wir suchen sollten? Oder wo? Oder wie lange sie im Wasser lag?«

»Herr Wagner, ich schätze Ihren Enthusiasmus, aber wir sind hier nicht bei ›Rate mal mit Rosenthal‹. Ich gebe hier kein Glaubensbekenntnis von mir, sondern ich versuche, wissenschaftlich zu arbeiten. Lassen Sie mich in Ruhe und warten Sie den Bericht ab.« Er zwinkerte Tobias zu, während er ihn mit beiden Händen wegzuwedeln versuchte.

Werner gab Tobias mit einem Kopfnicken zu verstehen, dass er sich zum Auto begeben sollte.

Am Kofferraum blieben beide stehen und zogen sich um. Sie packten die weißen Tyvek-Schutzanzüge, die den Tatort vor unerwünschten Eigenspuren sichern sollten, und die Gummistiefel in den geräumigen Kofferraum des Kombis und setzten sich ins Auto.

»Scheiß Regenwetter!« Werner drückte auf den Knopf der Klimaanlage und schnappte sich seine Thermoskanne vom Rücksitz. Tobias hörte das metallene Klackern, das beim Aufschrauben entstand, und kurz darauf zog der Geruch von grünem Tee zu ihm herüber. Er warf Werner einen kurzen Seitenblick zu. Die tiefen Stirnfalten und die angestrengte Haltung ließen darauf schließen, dass Werners Rücken wieder Probleme machte. Tobias sah, wie einzelne Regentropfen aus Werners kurzen Haaren in seinen Hemdkragen liefen. Kein guter Tag für seinen Kollegen, auch wenn er das niemals laut äußern würde. Tobias kannte ihn gut genug. Er wusste, dass der grüne Tee ein Gedenken an Werners verstorbene Frau Inge war. Sie hatte ständig versucht, seinen polizeilich bedingten, ungesunden Lebensstil aus zu wenig Schlaf und zu viel Kaffee und Junkfood durch grünen Tee und noch mehr grünes Essen auszugleichen. Oft genug hatte Werner seine Thermoskanne vor dem Feierabend in den Ausguss gekippt und sich über die Marotten seiner Frau lustig gemacht – bis die Krebsdiagnose kam. Inge starb nur acht Wochen später. Für ein Paar, das dreiundzwanzig Jahre miteinander verbracht hatte, nicht einmal annähernd genügend Zeit zum Abschiednehmen.

Werners tiefer Bass durchbrach Tobias' Gedanken.

»Keine schöne Sache. Die Kleine war bestimmt erst um die zwanzig. Fingerabdrücke sind schon an Phillip weitergeleitet. Milla und Stefan müssten auch gleich mit der Zeugenbefragung durch sein.«

Tobias war froh, Werner als Kollegen an seiner Seite zu haben. Er strahlte immer Ruhe aus, frei nach dem Motto »Unsere Kundschaft ist eh schon tot«. Tobias rangierte als Polizeioberkommissar einen Dienstgrad unter Werner, der als Polizeihauptkommissar Tobias nicht nur seine vielen Dienstjahre, sondern auch einige Erfahrungen voraushatte.

»Dann sollten wir uns beeilen, ins Büro zu kommen, damit wir uns noch was Trockenes anziehen können, bevor Weber die erste Besprechung ansetzt. Ich würde vorher auch gerne noch die Vermisstenanzeigen der letzten Tage checken, vielleicht haben wir ja Glück.«

Dirk Weber durchquerte mit nur fünf Schritten den Besprechungsraum. Er stellte sich vor die große braune Pinnwand, das Kinn erhoben, die Hände hinter dem Rücken verschränkt,

Brust rausgedrückt. Das weiße Hemd spannte ein wenig unter dem grauen Jackett.

»Was haben wir bisher?«

Werner wiederholte kurz die wenigen Feststellungen des Rechtsmediziners zu Todesart und -zeitpunkt. Dann gab er eine exakte Personenbeschreibung.

»Die Vermisstenanzeigen der letzten drei Tage waren unergiebig. Weiter sind wir bislang noch nicht.«

»Wurden irgendwelche Gegenstände bei ihr sichergestellt?«

Tobias schüttelte den Kopf. »Kein Portemonnaie, keine Papiere, kein Handy. Nichts, was auf ihre Identität hinweist.«

Weber nickte ihm zu und blickte erwartungsvoll zu Stefan und Milla.

»Die Fingerabdrücke sind nicht gespeichert. Das Opfer war nicht aktenkundig. Die befragten Zeugen sagten alle das Gleiche, sie sind aufmerksam geworden auf den Jogger, der in den Rhein gegangen ist. Sie dachten, da würde jemand ertrinken. Dann sahen sie, wie der Jogger eine Person aus dem Wasser zog, sich daneben erbrach und dann ein Handy aus einer Tasche in seinem Shirt zog. Die Zeit stimmt überein mit den Angaben zum eingegangenen Notruf.«

Ein weiteres Nicken von Weber in Millas Richtung. Jetzt war Phillip an der Reihe.

»Bislang keine Informationen bezüglich der Fingerabdrücke. Ihre Klamotten befinden sich in der KTU, die Analyse dauert noch an, ebenso die rechtsmedizinische Untersuchung der Leiche. Ich habe unsere Personenbeschreibung weitergegeben und lasse sie prüfen.«

»Ich fasse zusammen: Wir haben eine tote Frau und keine Ahnung, wer sie war oder woher sie kam. Die Presse war bereits vor Ort, und die Staatsanwältin hatte ich auch schon am

Telefon. Ich brauche Informationen. Wiesner, sobald Sie die Berichte der KTU und der Rechtsmedizin haben, möchte ich die Zusammenfassung der Ergebnisse auf meinem Tisch sehen. Wir brauchen den Namen des Opfers!«

Phillipp nickte bestätigend.

Mit diesen Worten war die Besprechung beendet.

Milla beugte sich zu Stefan. »Freundlich wie immer!«

So kannten sie ihren Chef. Dirk Weber leitete die Mordkommission nun seit sechs Jahren. Er machte einen ordentlichen Job. Das war allerdings schon alles, was seine Mitarbeiter über ihn sagen konnten. Persönliches blieb für Weber außen vor. Im Gegensatz zu ihrem unnahbaren Chef standen sich seine fünf Mitarbeiter nahe. Sie teilten Geburtstage, Hochzeiten, Scheidungen und so ziemliche jede Art privater Probleme. Das blieb auch kaum aus, schließlich verbachten sie bei ihren Einsätzen mehr Zeit miteinander als mit ihrer eigenen Familie.

Wenige Minuten später saßen Werner und Tobias bereits in ihrem Büro und starrten die Pinnwand an.

»Mist. Weber hat recht. Ohne Ergebnisse der daktyloskopischen Spurenanalyse kommen wir hier nicht weiter. Es ist noch zu früh. Wir brauchen mehr Infos aus der Rechtsmedizin zur Tatzeit. Wenn sich anhand der Fingerabdrücke nichts ergibt, müssen wir morgen an die Öffentlichkeit! Bereite schon mal eine Presseerklärung vor. Wir brauchen ein halbwegs vorzeigbares Foto der Toten.«

Tobias stand auf und lief vor seinem Schreibtisch auf und ab. Er konnte besser denken, wenn er in Bewegung war. Werner ließ sich davon glücklicherweise nicht aus der Ruhe bringen.

»Mal angenommen, sie lag wirklich nur wenige Stunden im Wasser, dann ist die Wahrscheinlichkeit groß, dass sie irgendwo im Norden von Bonn ins Wasser geworfen wurde. Wenn der Bericht von Dr. Breuninger vorliegt, soll Phillip gleich mal eine genauere Berechnung anstellen. Der hat bestimmt irgendein passendes Programm, bei dem man aufgrund der Strömung den ungefähren Tatort berechnen kann.«

Phillip war der IT-Spezialist des fünfköpfigen Teams der Mordkommission. Allerdings erfüllte er nicht das Klischee eines Computerfreaks, der an seinem Schreibtischstuhl festgewachsen war. Im Gegenteil: Er war sportbegeistert und trainierte in seiner Freizeit die Fußball-C-Jugendmannschaft, in der auch sein Sohn spielte.

Tobias lief weiter auf und ab, die Augen starr auf den Boden gerichtet.

»Der Täter wollte das Tötungsdelikt verschleiern, aber er wollte auch, dass die Leiche gefunden wird. Sonst hätte er sie beschwert, um das Auftauchen zu verhindern.«

»Oder er wurde dabei gestört. Ein vorbeikommender Fußgänger, Radfahrer, was auch immer.«

»Das könnte auch sein. Das spräche für eine Affekthandlung ohne Plan. Dazu würde auch die Platzwunde passen. Die beiden streiten sich, er greift im Eifer des Gefechts einen Gegenstand, der irgendwo rumliegt, und schlägt ihn ihr über den Kopf. Als er bemerkt, was er getan hat, versucht er, seine Tat zu vertuschen, indem er die Leiche in den Rhein wirft.«

»Hätte, hätte, Fahrradkette. Aber um weitere Vermutungen anzustellen, müssen wir erst mal wissen, wo wir mit der Suche anfangen. Sobald Phillip den Tatort eingegrenzt hat, schicken wir eine Hundertschaft los, die das Rheinufer absucht. Hast du die Berichte zu der Bayer-Sache fertig?«

Tobias verdrehte die Augen. Werner wusste nur zu genau, dass er ihn an diesen Teil seiner Arbeit immer wieder erinnern musste. Seufzend ließ er sich auf seinem Drehstuhl nieder und bewegte die Maus im Kreis, um seinen Rechner aus dem Dornröschenschlaf zu befreien und die nächsten Stunden mit Tippen zu verbringen. Schöner Sonntagabend! Tatort in der Reallife-Version.

***

Lena fuhr hoch. Ihr Atem ging schnell und stoßweise, ihre Augen waren weit aufgerissen. Sie brauchte einige Minuten, um sich zu orientieren.

Sie hatte von Katrin geträumt, wie sie direkt vor ihr stand, noch blasser als sonst. Mit dunklen Schatten unter den Augen und anklagendem Blick und nur einer Frage, die sie immer und immer wiederholte: »Warum hast du mich alleine gehen lassen?« Erneut sah sie den roten Faden, der aus Katrins Brust zu Boden lief und sich dort in einem Knäuel sammelte.

Einatmen, eins, zwei, drei, ausatmen, eins, zwei, drei. Diese Art der bewussten Atmung hatte sie in ihrer Therapie gelernt, um mit ihren Panikattacken besser zurechtzukommen. Auch jetzt konnte sie die Veränderung bewusst wahrnehmen. Ihre Atmung wurde langsamer und sie selbst ruhiger. Sie war hellwach.

Nach dem erfolglosen Versuch, wieder einzuschlafen, stand Lena auf und ging duschen. Sie zog sich langsam an und gönnte sich ein richtiges Frühstück mit einer großen Tasse Milchkaffee. Frisch gestärkt, schnappte sie sich ihren Rucksack mit den Unisachen und verließ die Wohnung. Sie wollte Katrin aus der WG abholen und mit ihr gemeinsam zur Uni laufen. Sie musste endlich dieses ungute Bauchgefühl loswerden und diesen blöden Streit aus der Welt schaffen.

Dieses Mal öffnete Manu, Katrins Mitbewohnerin, schon beim ersten Klingeln. »Hey Lena! Geh einfach durch, du weißt ja, wo lang. Ich hab Katrin heut noch gar nicht ins Bad gehen sehen. Keine Ahnung, ob sie die Vorlesung vergessen hat.«

Lena nickte nur, ohne zu antworten, und lief den kleinen Flur entlang zu Katrins Zimmertür. Schon vor dem Öffnen befiel Lena ein ungutes Gefühl, ihr Bauch kribbelte.

Das Zimmer war leer, das Bett frisch bezogen. Lena hatte sich immer über Katrins Ordnungsliebe lustig gemacht. Sie sei mit Sagrotan in der Hand geboren worden. Jetzt verströmte die akkurate Ordnung eine unangenehme Kälte im Zimmer.

Hinter Lena schob Manu den Kopf durch die Tür. »Wo steckt sie denn?«

»Keine Ahnung. Sag mal, hast du sie gestern gesehen? Ich hab mehrmals versucht, sie über Handy und Festnetz anzurufen, aber bei euch ging keiner ran.«

»Wir haben ja alle eigene Nummern. Ich hab sie gestern nicht gesehen. Aber sie spricht es ja nicht immer mit uns ab, wenn sie ein Wochenende nach Hause fährt. Hast du es da mal probiert? Bei ihrer Mutter?«

»Noch nicht. Aber danke. Falls du sie siehst, sag ihr doch bitte, dass sie sich mal melden soll.«

Auf Manus fragenden Blick hin fügte Lena seufzend hinzu: »Wir haben uns Freitagabend gestritten. Wahrscheinlich geht sie mir ein paar Tage aus dem Weg. Aber ich wüsste halt gern, ob es ihr gut geht.«

»Alles klar. Ich melde mich, sobald sie auftaucht.«

***

Nach zwei Aspirin und einem Liter Wasser raffte Christoph seine Unterlagen zusammen und stieg die Treppe hoch zur Bibliothek. Da der Koch am Wochenende frei hatte, verzichtete Christoph erst mal auf feste Nahrung. Auf dem Dachboden reihten sich über zwei Wände Lehrbücher aus allen Fachrichtungen aneinander. Auf mehreren Tischen standen kleine Schreibtischlampen, die schwaches Licht spendeten. Der Raum war mit einem dicken Teppich ausgelegt, der jedes Geräusch verschluckte. Er mochte diesen Raum unter dem Dach. Hierher konnte er sich zurückziehen. Er suchte sich einen kleinen Ecktisch, öffnete eines der großen Dachfenster und blickte einen Augenblick in den klaren blauen Himmel. Fast hätte er aufgeseufzt, wenn das Knarren der alten Holztreppe nicht einen weiteren Besucher angekündigt hätte. Richards schwarzer Schopf erschien in der Tür. Sie nickten einander stumm zu.

Heute war es angestrengt ruhig. In der Woche fanden hier nach dem gemeinsamen Mittagessen verschiedene Arbeitsgruppen statt. Die älteren Semester halfen den jüngeren bei ihrem Studium.

Christoph fand, es ließ sich deutlich entspannter lernen, wenn durch die leisen Gespräche ein gewisser Hintergrundlärm herrschte. Er mochte die angestrengte Stille nicht, in der jede Bewegung und jedes noch so leise Geräusch als Störung wahrgenommen wurde.

In seinem Jahrgang gab es keinen Studenten, der den »Service« der Arbeitsgruppen nicht nutzte. Alle wussten zu schätzen, dass sie vom Wissen der Älteren profitieren konnten. Alle wussten, dass sie sich am Ende des Semesters vor allen Aktiven der Verbindung würden rechtfertigen müssen. Jeder der Vestigen musste von seinen Klausuren und Studienfortschritten berichten. Nicht umsonst hatte kürzlich eine Studie belegt, dass Verbindungsstudenten ihr Studium schnell und gut ablegten, und das trotz ihres schlechten Rufs als Säufer und Partygänger. Mit viel Disziplin ließen sich Arbeit und Vergnügen offenbar vereinen. Zumindest in einigen Fällen.

8. Kapitel

Pünktlich um 7.30 Uhr hielt Tobias vor Werners kleiner Doppelhaushälfte. Er wartete exakt zwei Minuten, bis er seinen Kollegen aus der Tür kommen sah. Sie verbrachten die Fahrt schweigend. Weitere zwanzig Minuten später betraten sie nebeneinander die breite Eingangstür des rechtsmedizinischen Instituts. Dr. Breuninger erwartete sie bereits und hatte die erforderlichen Überschuhe und Kittel bereitgelegt. Er wollte keine Zeit verlieren.

***

»Na Fräulein, gut erholt von eurem ausschweifenden Partyabend? Ihr wart ja ganz schön gut dabei!«

»Lass gut sein, Hendrik. Da ist mir gerade gar nicht nach«, würgte Lena ihren Kommilitonen ab, während sie hinter ihm den Hörsaal betrat.

»Was ist denn mit dir? Haste deine Tage?«

»Noch so ein Spruch, und ich sorg für ein paar Knochenverschiebungen!«

Hendrik stoppte in der Bewegung und drehte sich zu Lena um. Sie zwängte sich an ihm vorbei, blieb aber dann ebenso abrupt stehen.

»Sie ist nicht hier!«

»Wer ist nicht hier?«

»Katrin! Sie ist nicht hier.«

»Ja und? Ich kenn viele Leute, die keinen Bock auf Vorlesungen haben. Du bist auch nicht gerade ein leuchtendes Vorbild, wenn es um Anweisenheit geht.«

Lena atmete hörbar ein. Dann drehte sie sich um und lief Richtung Ausgang.

Hendrik hielt sie an der Schulter fest und drehte sie zu sich um. »Was zum Henker …« – weiter kam er nicht. Er sah, wie eine erste Träne aus Lenas Auge kullerte. Dann ließ sie sich gegen seine Schulter fallen.

Wenige Minuten später hielten beide einen Pappbecher mit dampfendem Kaffee in der Hand und drehten langsame Runden um den baumgesäumten Hofgarten vor dem Unihauptgebäude.

»Also, jetzt noch mal von vorne. Nur weil ihr euch Freitag gestritten habt, denkst du gleich, Katrin wäre etwas zugestoßen?«

Lenas Bauchgefühl war die eine Sache, aber beim Erzählen fiel ihr selbst auf, wie idiotisch das alles klang.

»Mensch, Lena, vielleicht muss Katrin sich nur mal abreagieren. War ja auch hart, was du ihr da an den Kopf geworfen hast. Obwohl das dringend nötig war. Das ständige Genöle versaut einem echt jeden Spaß! Die wird bei ihrer Mutter sein und sich schön den Bauch kraulen lassen. Wirst schon sehen. In ein, zwei Tagen ist sie wieder da. Jetzt mach dich mal locker!« Beruhigend legte er ihr den Arm um die Schulter und drückte sie sachte an sich.

Lena musste lächeln. Hendrik hatte ja recht. Es tat gut, mit ihm zu reden. Sie schloss die Augen, atmete die frische Herbstluft ein und hatte kurz das Gefühl, ein bisschen leichter zu sein.

»Vorsicht!« Lena hielt Hendrik am Arm, aber das entgegenstürmende Labradorpaar riss ihm das linke Bein weg, sodass sie beide zu Boden fielen. Während Hendrik stöhnend seinen Rücken hielt, wischte sich Lena die Tränen aus den Augen, die nun vor Lachen hervorbrachen. Ausgerechnet Hendrik, dem das Jurastudium auf den Körper gedruckt war, sah nun aus, als würde er morgens seinen Korn aus der Flasche vorm Supermarkt trinken. Der Kaffee hatte einen dunklen Fleck im Schritt seiner Hose hinterlassen.

***

Tobias hatte den Bericht des Gerichtsmediziners abgeholt und riss nun schwungvoll die Tür zu seinem Büro auf. Werner blickte ihn erwartungsvoll an.

»Na, wenn du so voller Elan hereinstürmst, muss der Doc ja spannende Ergebnisse geliefert haben.«

»Ehrlich gesagt, er hat uns gar nichts geliefert.« Tobias machte eine kleine Pause, um den Stimmungswechsel in Werners Gesicht zu verfolgen. Seine Augenbrauen gingen fragend nach oben und seine Mundwinkel nach unten.

»In Kurzform, die Frau war Anfang zwanzig. Eins fünfundsechzig groß, einundsechzig Kilo schwer. Braune Haare, braune Augen. Eine große Platzwunde am Hinterkopf, wahrscheinlich durch einen größeren Ast. In der Wunde wurden Reste von Baumrinde gefunden. Sonst keinerlei Abwehrverletzungen. Keine Anzeichen von Drogen oder Alkohol. Keine Hinweise darauf, dass sie vergewaltigt wurde. Nicht einmal angefasst hat er sie. Direkt hinterrücks erschlagen.

Die große Menge Wasser in ihren Lungen deutet darauf hin, dass sie nur bewusstlos war, als der Täter sie in den Rhein geworfen hat. Folglich ist sie nicht an dem Schlag gestorben, sondern ertrunken.

Der Todeszeitpunkt lässt sich nur schwer festlegen. Aber der Doc schätzt, dass sie ca. dreißig Stunden im Wasser gelegen hat. Damit müsste sie in der Nacht von Freitag auf Samstag ermordet worden sein, zwischen dreiundzwanzig und zwei Uhr. Fingerabdrücke sind nicht in unserer Kartei. Sie hatte nichts bei sich außer ihrer Kleidung, und die ist von der Stange. Fast komplett in Esprit gekleidet, hilft uns auch nicht weiter. Der Doc versucht jetzt, über den Zahnstatus was rauszubekommen, aber das wird noch einige Stunden dauern.

Sie hatte keine Knochenbrüche oder Operationen, überhaupt nichts, was uns bei der Identifikation weiterhelfen könnte. Von der Vermisstenstelle gibt's auch nichts Neues. Sobald da eine neue Meldung eingeht, die in unser Raster passt, bekommen wir Bescheid.«

Tobias legte eine kleine Pause ein und nahm einen großen Schluck aus seinem Wasserglas, bevor er fortfuhr.

»Ich habe Philip bereits angerufen und ihm mitgeteilt, wie lange die Leiche im Wasser war. Er versucht jetzt, anhand des Fundorts die Stelle zu berechnen, an der die junge Frau ins Wasser geworfen wurde.«

»Sehr gut. Vielleicht hilft uns das ja weiter.« Werner klang müde.

»Dass sie keinerlei sonstige Verletzungen hat, hilft auch nicht wirklich. Vielleicht hat sie sich vorher mit dem Täter verbal auseinandergesetzt, und als sie weglaufen wollte, schnappte der Angreifer sich einen herumliegenden Ast und schlug zu. Oder er war ihr gefolgt, um sie dann zu erschlagen. Aber dann wäre er wahrscheinlich planvoller vorgegangen und hätte sein Tatwerkzeug bereits dabeigehabt. Unser Täter handelte spontan. Er nahm einen Ast, das naheliegende Werkzeug. Den Schlag hätte auch eine Frau ausführen können.«

Werner nickte zu Tobias' Ausführungen.

»Hast du Breuninger nach dem Foto für die Presse gefragt?«

»Ja. Ich arbeite noch am Pressetext. Gib mir noch ein paar Minuten, dann können wir alles Weber vorlegen, damit er die öffentliche Suche absegnet.«

Tobias wusste, dass sie in solchen Fällen auf die Hilfe der Presse angewiesen waren. Trotzdem hinterließ die Vorstellung, dass irgendwo Eltern vom Tod ihrer Tochter durch eine Schlagzeile in der Zeitung erfuhren, einen schalen Nachgeschmack. Doch die Identität des Opfers musste geklärt werden.

Das Licht ging aus. Er stellte sich vor, wie sie vollkommen nackt und ungeschützt in ihr Bett stieg, sich in eine dicke Daunendecke kuschelte und auf ihn wartete. Irgendwann war sie so weit. Es war Zeit für den nächsten Schritt.

9. Kapitel

Als Katrin auch am Dienstag nicht zur Arbeitsgruppe erschien, obwohl dort strenge Anwesenheitspflicht galt, hielt Lena es für angebracht, Katrins Mutter zu informieren.

Katrin hatte immer ein sehr enges Verhältnis zu ihrer Mutter gehabt. Manchmal war Lena ein wenig neidisch gewesen, weil sie selbst nie ihr Handy schnappen konnte, um sich bei einem Menschen auszuweinen, der ihr so nahestand. Oder nur seine Stimme zu hören. Lena fragte sich, wie die Stimme ihrer eigenen Mutter wohl geklungen hatte. So sehr sie es auch versuchte, sie konnte sich nicht mehr an den Klang erinnern. Es gab keinerlei Videoaufnahmen, nur ein paar Fotos, die ihre Oma aufbewahrt hatte.

Lena wusste, dass Katrins Mutter nach dem Abitur der Tochter von Bonn nach Osnabrück gezogen war. Anscheinend hatte sie dort jemanden kennengelernt und zudem noch einen guten Job angeboten bekommen. Katrin hatte unter dem Umzug ihrer Mutter sehr gelitten. Sie war nun, wie Lena, ohne Familie in Bonn. Gewöhnt an die ständige Fürsorge ihrer Mutter, war diese Umstellung für sie nur schwer zu ertragen.

»Haferkamp.«

»Hallo Frau Haferkamp. Hier ist Lena, Katrins Kommilitonin. Ist Ihre Tochter zu sprechen?«

»Katrin? Die ist nicht hier. Sie hat doch Uni.«

Lenas Kopf fuhr hoch.

»Es tut mir leid, Lena, aber ich bin auf der Arbeit und ziemlich im Stress. Ist Katrin nicht in der Uni?«

»Ich hab sie heute nicht gesehen und dachte, sie wäre vielleicht krank und nach Hause gefahren.«

»Wenn sie krank wäre, hätte sie bestimmt angerufen. Ich habe aber schon seit ein paar Tagen nichts von ihr gehört. Ich dachte, ihr hättet Klausurstress, denn sonst meldet sie sich ja regelmäßig.«

»Das wird's wohl sein. Sie hat sich bestimmt zum Lernen in die Bibliothek eingeschlossen. Das sollte ich vielleicht auch tun. Tut mir leid, dass ich Sie deswegen gestört hab.«

»Ach was. Ich freu mich ja, dass Katrin so gute Freunde gefunden hat, die sich um sie kümmern. Bei mir kannst du immer anrufen. Wenn du sie gefunden hast, sag ihr doch bitte, dass sie sich melden soll.«

»Wird gemacht, Frau Haferkamp. Einen schönen Tag noch. Wiederhören.«

Lena fühlte erneut dieses ameisenartige Kribbeln in ihrem Bauch, das sich von dort im ganzen Körper ausbreitete.

Okay. Sie würde nun als Erstes in der Bibliothek des juristischen Seminars nachschauen, ob Katrin sich wirklich hinter Lehrbüchern versteckt hielt. Dann wollte sie weitersehen.

Nachdem sie ihren Rucksack und ihre Jacke ins Schließfach gepackt hatte, zog sie die schwere Glastür auf, die ihr den Weg in die rechtswissenschaftliche Bibliothek freigab. Sofort schlug ihr der modrige Geruch von alten Büchern, Lernschweiß und abgetretenen Teppichen entgegen. Sie fragte sich, wer diese Räumlichkeiten konzipiert hatte. Ein großer Saal voller ranziger Bücher und junger Leute, die stundenlang stillsaßen, ohne Fenster, die sich öffnen ließen. Wahrscheinlich wollte man sichergehen, dass sich kein Student aufgrund des Lerninhalts aus dem Fenster stürzte. Aber diese Architektur wirkte sich ohne Zweifel ungünstig auf den Geruchssinn aus! Etwas frische Luft wäre auch beim Lernen durchaus sinnvoll.

Lena streifte durch die Gänge, aber sie konnte Katrin nirgends finden. Anstatt sich einen freien Platz zu suchen und sich auf ihre Prüfungen vorzubereiten, begab sie sich geradewegs zum Ausgang. Hinter sich hörte sie, wie jemand sich leise beschwerte: »Hier ist Fotografieren verboten!«

Ihre Gedanken liefen im Kreis und wiederholten die Szenen vom Freitagabend. Erneut machte sich Lena Vorwürfe, dass sie Katrin allein hatte gehen lassen.

Sein Puls raste. Das war knapp gewesen. Er hatte noch ihren Duft in der Nase. Er wäre ihr so gerne zum Ausgang gefolgt, aber dieser Vollidiot hatte den Bibliothekswächter spielen müssen. Heißer Zorn kochte in ihm hoch. Der Typ würde sich nicht noch einmal aufspielen. Er wischte sich die Hände an der Hose ab und sah sich um. Er dürfte ihre Spur jetzt nicht verlieren. Er hatte die Verzweiflung in ihrem Gesicht lesen können. Seine Chance! Er würde ihr Retter sein.

»Julia, da stimmt was nicht. Ich geh jetzt zur Polizei! Diese Ungewissheit macht mich wahnsinnig!«

»Okay. Ich komm mit. Wir treffen uns vor der Wache. Ich brauch circa zwanzig Minuten.«

Lena schob ihr Handy wieder in die Hosentasche. Sie war erleichtert, dass Julia sie nicht für verrückt erklärt hatte, sondern sogar mitkommen wollte. Sie schien also ebenso besorgt zu sein.

Lena ging zu ihrem Fahrrad und packte ihre Tasche in den kleinen Korb. Unvermittelt legte ihr jemand von hinten die Hand auf die Schulter.

»Alles klar mit dir? Schon was von Katrin gehört?«

»Hendrik! Hey! Sorry, aber ich hab es leider eilig. Ich bin

gleich mit Julia verabredet. Aber wollen wir uns morgen auf einen Kaffee treffen?«

»Klar, lass dich nicht aufhalten.«

»Ich ruf dich an.«

Hendrik nickte ihr zu und trat einen Schritt zurück, damit sie ihr Fahrrad aus dem Ständer ziehen konnte. Sie lächelte ihm kurz zu und schwang sich aufs Rad.

Sie hatte auf seine Frage nach Katrin nicht antworten können. Nicht jetzt.

Julia traf einige Minuten vor Lena bei der Polizeihauptwache in Ramersdorf ein. Das war die einzige Wache, die die beiden kannten, da Julia hier einen Frauenselbstbehauptungskurs absolviert hatte. Lena hatte dazu tagelang auf sie eingeredet. Wie wichtig es wäre, sich selbst zumindest im Ansatz auf den Ernstfall vorzubereiten. Sie hatte recht behalten, dachte Julia. Vielleicht hätten sie auch Katrin überzeugen sollen, aber die hatte sich standhaft gegen alles gewehrt, was mit Bewegung zu tun hatte.

Noch ganz in Gedanken versunken, sah sie, wie Lena auf ihrem Trekkingrad heranrollte. »Hey. Du siehst ganz schön fertig aus.«

»Vielen Dank auch. Lass uns reingehen.« Lena war nicht nach Small Talk zumute, sie wollte diese Sache hinter sich bringen.

Sie stieß die Glastür auf und ging zielstrebig zur Anmeldung auf der rechten Seite. Nach einer kurzen Erläuterung ihres Anliegens saßen sie wenige Minuten später in Zimmer 106. Ihnen gegenüber am Schreibtisch hatte Kriminalkommissar Huber Platz genommen.

»Es geht um eine Vermisstenmeldung?« Der glatzköpfige

Typ sah nicht von seinem Rechner auf, sondern blickte stur an ihnen vorbei.

Lena räusperte sich und begann stockend zu berichten: »Ich möchte meine Freundin Katrin Haferkamp als vermisst melden. Sie ist einundzwanzig Jahre alt, ungefähr eins siebzig groß, hat …«

»Moment. Bevor Sie weitersprechen, verraten Sie mir doch erst einmal, warum Sie Ihre Freundin vermisst melden wollen. Sie ist einundzwanzig? Alt genug, um allein zu bestimmen, wo sie sich aufhalten möchte. Gibt es konkrete Anhaltspunkte, dass ihr etwas zugestoßen sein könnte?«

»Meiner Meinung nach gibt es die.« Trotz des süffisanten Grinsens ihres Gegenübers sprach Lena weiter: »Katrin ist nicht mehr in ihrer WG und auch nicht bei ihrer Mutter. Sie geht nicht mehr ans Handy und sie ist seit zwei Tagen zu keiner Vorlesung erschienen. Das ist vorher nie passiert.«

»Wann haben Sie Ihre Freundin zuletzt gesehen?«

»Auf der Erstsemesterparty der juristischen Fakultät am Freitag.«

»Hat sie da jemanden kennengelernt?«

»Bitte?« Lena starrte den Mann mit offenem Mund an. Er blickte nun direkt in ihre Augen.

»Wir ermitteln hier nicht zum Spaß! Wenn Sie konkrete Beweise liefern können, dass Ihrer Freundin etwas zugestoßen sein könnte, bitte. Aber vielleicht hat sie auch nur einen neuen Freund und macht ein paar Tage frei. Sie ist schließlich erwachsen und muss sich bei niemandem abmelden. Auch nicht bei Ihnen. Dass Studenten in Vorlesungen abwesend sind, ist wohl keine Seltenheit. Wenn Sie keinen Anhaltspunkt für ein Verbrechen haben, verschwenden Sie nicht meine Zeit.« Er deutete mit einer lockeren Handbewegung zur Tür, während er seinen Blick wieder auf den Bildschirm richtete. Anscheinend war das Gespräch für ihn beendet.

Wortlos standen Julia und Lena von den stählernen Besucherstühlen auf und verließen das Büro.

Vor dem Polizeigebäude fand Julia als Erste ihre Sprache wieder.

»Das kann ja wohl nicht wahr sein! Was bildet dieser Arsch sich ein? Nur weil er ein Bulle ist, kann er einen wie einen dahergelaufenen Penner abfrühstücken? Hast du dir den Namen gemerkt? Das gibt eine Beschwerde!«

»Meinst du, er hat recht?« Lenas Frage kam leise und unvermittelt und unterbrach Julias Tirade.

Die beiden sahen sich schweigend an. Julia blickte betreten nach unten. Sie konnte Lena nicht in die Augen blicken, um ihr zu sagen, dass bestimmt alles okay sei. Denn das war es nicht. Das spürte auch sie.

»Ich werde Tobias heute Abend ansprechen. Vielleicht kann er mir weiterhelfen und inoffiziell nachforschen.«

»Gute Idee. Beim Training kannst du dir auch gleich den Kopf freikämpfen.« Julia nahm Lena in die Arme. »Sie wird schon wieder auftauchen. Ihr wird nichts passiert sein.« Aber sie hörte selbst, wie hohl ihr Versprechen klang.

Sein Shirt klebte an seinem Rücken. Er hatte sich anstrengen müssen, um mit ihr Schritt zu halten. Jetzt blickte er ihr nach, wie sie in der Halle verschwand. Er lächelte glücklich und griff in seine Hosentasche. Der Umschlag war noch da. Er wechselte die Rose von der linken in die rechte Hand, warf einen letzten Blick auf den Halleneingang und radelte gemütlich zurück zu ihrer Wohnung. Heute war der Tag!

Pünktlich um sieben kniete Lena zur Begrüßung in der Sporthalle. Beim Warmlaufen suchte sie Tobias' Nähe.

»Hey, hast du nach dem Training Lust auf ein Bierchen?«

»Ist heute Stammtisch?«

»Nein.«

»Willst du mich angraben?« Tobias lächelte sie von der Seite an.

»Nein.«

Er blieb stehen und musterte Lena, die ebenfalls innegehalten hatte. Ihm fiel jetzt erst auf, dass sie niedergeschlagen und blass wirkte.

»Okay.«

Die beiden setzten sich wieder in Bewegung, in der stillen Übereinkunft, die Frage erst nach dem Training zu klären.

Lena trainierte heute mit einer Brünetten, die zum ersten Mal dabei war. Schnupperkurs. Sie hatte sich vorgestellt, doch Lena konnte sich weder ihren Namen merken noch die Abfolge von Angriff und Verteidigung, die der Trainer ihnen anzeigte.

Tobias beobachtete sie unauffällig, während er mit Marko trainierte. Er bemerkte die dunklen Ringe unter ihren Augen und sah, dass Lenas Reaktionszeit verzögert war. Ihre Bewegungsabläufe schien sie wie in Trance abzurufen. Er fragte sich, was sie derart beschäftigte. Als ihn ein Schlag am Kinn traf, wurde ihm klar, dass er sich besser auf ein anderes Ziel konzentrieren sollte.

Erst als Lena kurz vor Trainingsende nach vorne gerufen wurde, erwachte sie kurzzeitig aus ihrem Halbschlaf. Der Schlag ihres Trainers traf sie hart vor die Brust und am Kiefer. Dann landete sie schon auf der Matte.

Zwei Minuten später grüßten sie ab, und Lena verschwand in der Umkleidekabine.

»Alles klar bei dir? Du scheinst heute ganz schön platt zu sein.« Ute sah sie aus großen grünen Augen mitfühlend an.

Lena schüttelte abwesend den Kopf. »Ich weiß auch nicht. Ist heute nicht mein Tag.« Sie schnappte sich ihr Waschzeug und floh vor weiteren Fragen unter die Dusche.

Wenig später saß Lena zusammen mit Tobias vor zwei Kölsch in der Eckkneipe neben der Sporthalle. Sie hatte beim Reinkommen vier Gäste gezählt. Ältere Herren im Jogginganzug bei einem gemütlichen Bierchen.

»Was ist los?«

Tobias redete nicht lange um den heißen Brei herum. Gerade das mochte Lena an ihm. Aber heute wusste sie nicht, wie sie ihre Geschichte anfangen sollte, damit er sie nicht genauso abfrühstückte wie Kriminalkommissar Huber an jenem unseligen Morgen.

Tobias ließ ihr Zeit. Er kannte Lena seit einigen Jahren, allerdings nur von den wenigen Abenden, an denen er es nach der Arbeit zum Sport schaffte, und von den seltenen Seminaren, die an wenigen Wochenenden im Jahr in Bonn stattfanden.

Er mochte ihre ruhige Art und ihr Lächeln, schätzte ihren sportlichen Ehrgeiz. Ihm war aufgefallen, dass sie stets mit dem Rad zum Dojo fuhr und dass sie kaum ein Training verpasste. Sie verzog keine Miene, wenn sie blaue Flecken davontrug, und teilte genauso gut aus.

Irritiert bemerkte er, dass er auf die Flaschen hinter der Theke gestarrt und seinen Gedanken nachgehangen hatte. Er nippte an seinem Bier und blickte zu Lena:

»Fang einfach irgendwo an. Nicht zu viel nachdenken.«

Er sah, wie sie nickte und leicht an ihrer Unterlippe kaute.

»Das klingt jetzt für dich vielleicht total übertrieben, aber bitte lass mich zu Ende erzählen, bevor du dir ein Bild machst.«

»Okay. Schieß los.« Tobias war neugierig und froh, von seinen eigenen Gedanken abgelenkt zu werden.

»Es geht um meine Freundin Katrin. Wir waren am Freitag zusammen auf der Ersti-Party. Leider sind wir im Lauf des Abends in Streit geraten, und sie ist irgendwann nachts alleine los nach Hause. Allerdings ist sie dort nie angekommen. Ich war schon in ihrer WG. Katrin ist penibel ordentlich, aber ihr Zimmer sah unbenutzt aus. Auch ihre Mitbewohnerinnen haben sie seit Freitag nicht gesehen. Selbst ihre Mutter habe ich schon angerufen, doch sie wusste ebenfalls nichts. Katrins Handy ist aus. Ja, ich weiß, sie ist alt genug und darf allein weg, ohne sich bei mir abzumelden. Aber so ist sie nicht. Sie würde nicht gehen, ohne ihren Mitbewohnern oder ihrer Mutter Bescheid zu geben. Sie ist noch nie abgehauen, noch dazu mitten in der Nacht und ohne Auto. Das steht nämlich noch vor ihrer Wohnung. Sie nimmt ihr Studium sehr ernst und würde nicht vor den Prüfungen die Uni versäumen. Ich habe alles abgesucht. Sogar die Bibliothek. Keiner hat sie gesehen. Da stimmt was nicht. Ich weiß es einfach.«

»Warst du schon bei den Kollegen?«

»Ich war heute Morgen bei einem Herrn Huber, der ein ziemliches Arschloch ist, um es direkt zu sagen. Er meinte, Katrin sei alt genug, um alleine wegzugehen, und ich solle mich um meinen eigenen Kram kümmern. Er hat das gar nicht ernst genommen.«

»Hatte sie in letzter Zeit mit jemandem Streit? Also außer mit dir?«

»Haha.« Lena dachte kurz nach. »Nein, nicht, dass ich wüsste. Sie hatte wenig Kontakt zu anderen Studenten. Hauptsächlich zu Julia, Hendrik und mir. Sie ist auch sonst selten unterwegs, hat keine Hobbys.«

»Hast du ein Foto?«

»Nicht dabei, aber ich kann es dir per Mail schicken. Ich habe zu Hause welche auf meinem Rechner.«

»Okay. Schick mir ein Bild und eine genaue Personenbeschreibung. Ich schaue, was ich tun kann.«

Lena lächelte ihn dankbar an. Zum ersten Mal an diesem Tag wurde sie etwas lockerer. Sie vertraute Tobias und wusste, dass er sich der Sache annehmen würde.

Er bemerkte die leichte Veränderung ihrer Haltung. Die Schultern sackten ein wenig nach vorne, die Falten auf Lenas Stirn glätteten sich. Tobias hatte plötzlich das Verlangen, ihr Gesicht in beide Hände zu nehmen und sie zu küssen. Ihre Sorgen einfach wegzuküssen. Sie festzuhalten und dafür zu sorgen, dass ihr Körper sich weiter entspannte.

Stattdessen klopfte er ihr kumpelhaft auf die Schulter, während er unsicher in sein Glas schaute.

Sie hielten noch ein wenig Small Talk über Job und Uni, tranken allmählich aus, und gegen halb zehn schwang sich Lena auf ihr Rad, um nach Hause zu fahren. Sie fühlte sich etwas erleichtert und befreiter als vorher und genoss die kühle Herbstluft und das Gefühl von drei Kölsch im Kopf.

Tobias setzte sich in sein Auto, steckte den Schlüssel ins Zündschloss und blieb sitzen. Er genoss das Gefühl der Ruhe. Sie hatten über ihre Lieblingsfilme, Musik und den Sport gesprochen. Er konnte sich nicht erinnern, wann er zuletzt mit einer Frau zusammengesessen war und sich so gut unterhalten hatte.

Früher waren ihm nie diese feinen Falten aufgefallen, die sich beim Lachen an ihren Augen auffächerten.

Er hatte sie von Anfang an hübsch gefunden, aber heute fühlte er mehr. Die Art ihrer Kommunikation, mit ironischem Unterton und freundschaftlichem Necken, war ihm so leichtgefallen. Er musste nicht nachdenken, nicht aufpassen, was er sagte. Mit ihr hätte er die ganze Nacht so sitzen und reden können. Oder eine dieser blonden Strähnen einfangen und ihr hinters Ohr streichen.

Aber er schaffte es nicht einmal, ihr tröstend den Arm auf die Schulter zu legen, sondern haute sie fast vom Hocker wie einen seiner Fußballkumpels. Idiot! Vollidiot!

Missmutig schüttelte er den Kopf. Da steckte er mitten in einem komplizierten Mordfall, und plötzlich fiel ihm auf, dass er seine Trainingspartnerin umwerfend fand. *Super Timing!* Dabei wollte sie doch nur ein Bier mit ihm trinken gehen, weil er ein Bulle war, und nicht, weil sie ihn so unglaublich findet. *Sie braucht deine Hilfe, das ist alles.*

Er drehte den Schlüssel weiter nach rechts und fuhr mit quietschenden Reifen Richtung Kessenich.

***

Zu Hause angekommen, verschwand Lena sofort in ihrem Zimmer. Sie schickte Tobias die gewünschten Infos und schaltete ihr Notebook gleich wieder aus.

Sobald der Rechner heruntergefahren war, stand sie vom Bett auf, um ins Bad zu gehen. Dabei fiel ihr Blick auf eine einzelne, tiefrote, langstielige Rose, die auf ihrem Schreibtisch stand. Sie ging näher heran, atmete den zarten Duft ein und nahm eines der Rosenblätter sanft zwischen Daumen und

Zeigefinger. Wo die wohl herkam? Da Julia und Barbara bereits schliefen, konnte sie die beiden nicht mehr zu ihrem neuen Besuch befragen. Das musste bis morgen warten.

Sie ging ins Bad, putzte sich die Zähne und wenige Minuten später fiel sie in einen tiefen Schlaf.

Sein Körper glühte, als würden Tausende Ameisen durch ihn hindurchlaufen. Er musste sich bewegen. Sehnsüchtig blickte er zu ihrem Zimmer, das nun im Dunkeln lag, und schaffte es nicht, seine Gedanken zu zügeln. Er hasste seinen Körper dafür, wenn er so mit ihm durchging, die Kontrolle verlor. Plötzlich rannte er los. Das Adrenalin musste raus. Nichts mehr fühlen, nichts mehr denken. Er musste sich beherrschen – nur noch ein bisschen.

»Warum hast du mich alleine gehen lassen?« Katrins blasse Haut wirkte in der Dunkelheit fast durchsichtig und ließ ihren Körper von innen heraus leuchten. Ihre Umrisse wirkten verwaschen, wie weichgezeichnet. Nur das Rot, das aus ihr herauszuströmen schien, durchbrach das Schwarz-Weiß. Lena glaubte ein leises, stetes Plätschern zu hören, und sah das Rot tropfenförmig zu Boden fallen. Die Luft schmeckte nach Eisen, als läge ein rostiger Nagel auf ihrer Zunge.

Mit einem kurzen Aufschrei schreckte sie hoch. Ihr Körper war mit einem kalten Schweißfilm bedeckt. Trotz der sommerlichen Temperaturen fröstelte sie. Die Stille sprang sie an. Geöffnete Mäuler ragten von der Zimmerdecke herab, und sie glaubte, ihre Schreie zu hören. Lena brauchte ein paar Sekunden, um sich zu orientieren. Um zu erkennen, dass die Münder über ihrem Kopf nur Stuck an ihrer Altbaudecke waren. Ihr

Albtraum hallte noch nach. Immer dasselbe Gesicht. Katrins Gesicht. Der Wecker zeigte in roter Leuchtschrift 3.20 Uhr.

Die Rose auf ihrem Schreibtisch schien blutrot.

Sie stand mühsam auf und schlurfte in die Küche, um ein Glas Wasser zu trinken. Das musste endlich aufhören! Sie hielt es nicht mehr aus.

Die ersten achtundvierzig Stunden waren angeblich die wichtigsten bei der Suche nach vermissten Personen. Warum zur Hölle war es ihr dann nicht möglich, Katrins Verschwinden anzuzeigen? Warum hatte man sie nach Hause geschickt und ihr geraten, erst einmal abzuwarten? Dieses System war ein einziger Widerspruch! Eine Vermisstenanzeige für erwachsene Personen wurde erst nach Tagen aufgenommen, sofern keine Gefahr für Leib und Leben bestand. Wie sollte sie eine ernsthafte Gefahr nachweisen, solange sie nicht wusste, was passiert war? Absurd! Welcher lebensferne Mensch hatte sich diese Regelung einfallen lassen?

Die sonst so heimelige WG-Küche erschien ihr plötzlich kalt und leblos. Von irgendwo berührte ein kühler Lufthauch ihre Knöchel. Es kam ihr vor, als würde Nebel an ihren Beinen hochsteigen. Sie schüttelte den Kopf und trank rasch das Glas in einem Zug aus, um wieder zurück in ihr Zimmer zu gehen.

Sie war umgeben von absoluter Stille. Ihre Gedanken kreisten: Was war geschehen? Wo steckte Katrin? Warum hatten sie sich wegen solch einer Lappalie streiten müssen, und warum hatte sie ihre Freundin allein und wütend heimgehen lassen? Sie gab sich selbst die Schuld an Katrins Verschwinden. Obwohl sie im warmen Bett lag, fröstelte sie. Bevor diese Sache nicht geklärt war, würde sie keine ruhige Minute haben. Ihr

Bauchgefühl sagte, dass dies nicht die letzte schlaflose Nacht sein würde.

10. Kapitel

Es herrschte absolute Stille im Raum. Milla, Stefan und Philip hatten die Köpfe gesenkt und starrten auf ihre Fußspitzen. Selbst Weber hielt einen Moment inne.

Tobias hatte noch vor der Morgenbesprechung seine E-Mails gecheckt und Katrin Haferkamp eindeutig identifiziert. Sie war die unbekannte Tote, die der Jogger aus dem Rhein gefischt hatte. Diese Information hatte Tobias soeben an seine Kollegen weitergegeben.

»Sie werden umgehend zu ihrer Bekannten fahren und versuchen, noch mehr Informationen zu erhalten. Wir brauchen exakte Angaben zum Tatabend. Zwetkow, Rabenau, Sie kümmern sich um die Familie. Wiesner, alle Infos, die Ihr Computer hergibt, landen auf meinem Schreibtisch. Wir sehen uns hier Punkt achtzehn Uhr wieder. Bis dahin will ich Antworten!«

»Mist! So eine verfluchte Scheiße!« Tobias trat mit voller Wucht seinen Drehstuhl gegen die nächste Wand. Aufgewühlt fuhr er sich durch die Haare.

»Wenn du willst, kann ich auch mit ihr reden. Du musst das nicht machen.«

»Danke, Werner, aber das muss ich persönlich erledigen.« Er atmete tief durch.

»Okay.« Tobias fing seine Jacke auf, die Werner ihm zugeworfen hatte. Schweigend gingen sie zu ihrem Dienstwagen.

Lena wurde durch das schrille Klingeln der Hausglocke unsanft aus dem Schlaf gerissen. Als sie hörte, dass Barbara bereits zur Tür lief, streckte sie alle Glieder aus und vergrub sich wieder unter der Bettdecke.

Aber dann vernahm sie Tobias' Stimme im Flur, der nach ihr fragte. Sofort schrak sie hoch, und ihr wurde übel. Am liebsten hätte sie sich unterm Bett versteckt wie früher, als sie noch klein war. Doch sie wusste, dass sie damit nicht mehr durchkommen würde. Nicht an diesem Tag.

Sie hörte gedämpfte Stimmen im Flur. Qualvolle Minuten vergingen. Schließlich klopfte jemand vorsichtig an ihre Tür, aber Lena bekam keinen Laut heraus. Nach einem weiteren Klopfen erschien nicht Barbara im Rahmen, sondern Julia. Sie sagte nichts, winkte Tobias nur herein und setzte sich selbst neben Lena aufs Bett. Schweigend nahm Julia ihre Hand. Tobias trat zögernd in ihr Zimmer, kam einige Schritte näher. Werner schloss die Tür hinter sich und blieb wie ein Baum davor stehen.

Wie durch Watte hörte Lena Tobias' Worte – gedämpft und bruchstückhaft: tot – erschlagen – Wasser – Sonntagabend.

Der Würgereiz ließ sie von ihrem Bett aufspringen und ins Bad hasten. Gerade noch rechtzeitig. Es fühlte sich an, als würde sie die ganze Scheiße, die Tobias ihr gerade berichtet hatte, einfach herauskotzen. Sie wollte das alles nicht hören, den Schmerz nicht spüren, gar nicht erst aufkommen lassen, sondern ihn direkt wieder loswerden.

Dann sank sie auf den kalten Fliesenboden und stieß ihre Stirn gegen die kühle Wand. Wieder und wieder. Aber die Wortfetzen summten immer noch in ihren Ohren. Katrin war tot. Ermordet. Erschlagen und in den Rhein geworfen von irgendeinem Irren. Während sie sich betrunken und ausgelassen getanzt hatte. Sie schämte sich. Für ihre letzten Worte und dafür, dass sie Katrin allein hatte gehen lassen.

Ein Klopfen an der Badezimmertür ließ sie zusammenzucken.

»Alles okay?« Leise drang Julias Frage durch die Tür.

Lena konnte nicht antworten.

»Tobias hat noch einige Fragen, aber er kann auch später wiederkommen.«

Statt einer Antwort hielt Lena in der Bewegung inne. Sie atmete tief ein und aus und stand auf. Entschlossen öffnete sie die Tür. Julia wartete davor und nahm sie in den Arm. Erst jetzt fiel Lena auf, dass sie nicht geweint hatte. Sie konnte nicht. Nicht sprechen und nicht weinen. Noch nicht.

Julia führte sie behutsam zurück in ihr Zimmer. Als sie hereinkam, blickten Tobias und sein Kollege zu Boden.

»Es tut mir so leid. Ich wünschte, ich hätte bessere Nachrichten.«

»Ist nicht deine Schuld.« Lena kletterte auf ihr Bett, lehnte sich mit dem Rücken an die Wand und zog die Decke über die Beine. »Stell die Fragen, die du stellen musst.« Sie war fest entschlossen, alles zu tun, um Tobias zu helfen. Eine unbändige Wut stieg in ihr hoch. Er musste denjenigen fassen, der Katrin das angetan hatte.

»Du hast mir erzählt, dass ihr zusammen auf der Ersti-Party wart. Wer genau war dabei?«

»Julia, Katrin und ich. Wir sind zusammen hingegangen.«

»Wie lange seid ihr geblieben?«

»Julia und ich haben bis morgens durchgemacht und waren gegen fünf zu Hause. Katrin ist früher gegangen. Wir haben uns gestritten, und sie ist allein abgehauen, so gegen Mitternacht. Genauer kann ich es leider nicht sagen.«

Julia nickt nur zustimmend und hielt stumm Lenas Hand. Auch Werner hielt sich zurück und überließ Tobias die Fragen.

»Weshalb habt ihr euch gestritten?«

Lena schüttelte kaum merklich den Kopf. »Es war im Grunde lächerlich. Ich wurde von einem Typen angesprochen und habe ihm meine Telefonnummer gegeben. Daraufhin ist Katrin fast ausgeflippt. Das Ganze ist ziemlich ausgeartet. Sie hat mich als Schlampe beschimpft und ich sie als verbitterte einsame Zicke.« Sie stockte kurz bei der Erinnerung an ihren Streit.

»Weißt du noch, wie der Mann hieß?«

»Was?« Lena stutze. »Äh, Christoph hieß der. Aber ich habe ihn seitdem nicht mehr gesehen. Der war den Rest des Abends mit seinen Freunden unterwegs.«

»Hast du seinen vollen Namen oder eine Telefonnummer?«

»Nein. Obwohl, doch.« Lena blickte zu ihrem Schreibtisch, auf dem ihr Handy lag. »Da hat mich jemand mit fremder Nummer angerufen. Ich habe aber nicht geantwortet, weil ich mir schon dachte, dass er das sein könnte; mir war einfach nicht danach.«

»Okay, dann schreib uns die Nummer bitte auf. Vielleicht hat er ja was gesehen.«

Lena nickte schwach.

»Was war danach?«

»Ich habe von Katrin seitdem nichts mehr gehört.« Sie schüttelte gedankenverloren den Kopf. »Dieser unsinnige Streit! Ich habe gleich am nächsten Tag versucht, Katrin zu erreichen, um mich mit ihr auszusprechen. Ich habe mehrmals versucht, sie anzurufen, war in ihrer WG, in der Uni, in der Bibliothek, habe sogar ihre Mutter angerufen. Aber nichts zu machen.« *Da war sie schon tot.* Lena lief es bei dem Gedanken kalt den Rücken hinunter.

»Hatte sie mit jemandem Streit? Gab es Ärger?«

»Nein«, antwortete Lena bestimmt. »Katrin hatte nie Ärger. Sie war zwar streitlustig und nicht einfach, aber sie hat sich nie ernsthaft mit jemandem angelegt. Es gab keinen Freund, sie hatte keine Hobbys, denen sie regelmäßig nachgegangen wäre. In der Uni lief es nicht so gut. Ihr fehlt für das Bestehen der Zwischenprüfung noch die BGB-Klausur. Hierfür hat sie nur noch einen Versuch, sonst wird sie exmatrikuliert … wäre sie exmatrikuliert worden.« Lena verstummte. Es fiel ihr sichtlich schwer, plötzlich in der Vergangenheit von Katrin zu sprechen.

Tobias ließ ihr Zeit, um sich zu sammeln. Julia löste ihre Hand aus Lenas und umarmte sie vorsichtig. Dann setzte Tobias erneut an: »Wie läuft das bei euch, wer ist für die Klausur zuständig? Hatte sie da mit jemand Speziellem Kontakt?«

Lena sah auf Anhieb das Bild dieses kleinen untersetzten Mannes mit Pullunder vor sich; allerdings dauerte es einen Moment, bis sie sich an seinen Namen erinnern konnte.

»Ja, sie wollte einen Termin mit dem AG-Leiter machen, Mark. Den Nachnamen weiß ich leider nicht. Er arbeitet am Institut für Internationales Privatrecht und leitet die AG für BGB AT, das ist der Anfängerkurs. Aber mehr kann ich nicht dazu sagen. Ich hab sie nach dem Treffen nur noch vor der Party gesehen, da haben wir über das Thema nicht gesprochen.« Tobias steckte seinen Notizblock ein und sah kurz zu Werner, der ihm zunickte.

»Okay. Ich denke, das reicht erst einmal. Julia haben wir bereits befragt. Falls euch beiden noch etwas einfällt, hier habt ihr meine Karte. Du hast ja meine Privatnummer. Melde dich, sobald dir noch etwas wichtig erscheint oder du reden willst. Ich bin immer erreichbar.«

Lena nickte.

»Ich möchte sie sehen.«

»Was?« Tobias erstarrte in der Bewegung. Das konnte sie

nicht wirklich gesagt haben. Aber Lena sah ihn direkt an, das Kinn trotzig erhoben, und wiederholte ihre Worte.

»Ich möchte sie sehen! Du brauchst ihre Mutter nicht zu bitten, zur Identifizierung herzukommen. Das möchte ich machen.«

»Lena, ich glaub nicht, dass das …«

»Das ist mir egal. Ich will es.«

Im Zimmer herrschte Schweigen.

Werner nahm Tobias die Antwort ab.

»Es tut mir leid, aber ihre Mutter wurde bereits benachrichtigt und ist auf dem Weg zu uns. Ich kann verstehen, dass Sie Ihre Freundin noch einmal sehen möchten, aber solange sie in der Rechtsmedizin ist, besteht da keine Möglichkeit.«

Werner machte eine kurze Pause. Ihm fielen die weißen Knöchel an Lenas Händen auf, die die Bettdecke hielten. Es erinnerte ihn an eine Ertrinkende, die versucht, sich an einer Holzplanke festzuklammern. Aber er sah auch den entschlossenen Blick, die gerade Haltung. Also fuhr er fort: »Sie dürfen nicht in die Rechtsmedizin, aber es wäre gut, wenn Sie uns gleich ins Präsidium begleiten könnten, um Ihre Aussage zu protokollieren. Es werden sich bestimmt noch einige Fragen ergeben, und Ihre Hilfe würde manches beschleunigen.«

Lena nickte. »Ich ziehe mich nur rasch an.« Sie wartete, bis die Beamten das Zimmer verlassen hatten, dann setzte sie die Füße auf den kalten Holzboden und lief wie ferngesteuert zu ihrem Kleiderschrank.

»Hältst du das für eine gute Idee? Du hast dir gerade noch die Seele aus dem Leib gekotzt!« Julia war ernsthaft sauer und stemmte beide Hände in die Hüften. Ein seltenes Schauspiel. Lena antwortete nicht. Automatisch griff sie zu ihrer einzigen schwarzen Jeans und einem schwarzen Pulli. Ihr war nicht nach bunten Farben.

Julia wusste, dass es in diesem Zustand keinen Sinn hatte, mit Lena zu diskutieren. Es sah nicht so aus, als würden ihre Worte Gehör finden. Lena war in ihre eigene Welt abgetaucht.

Werner und Tobias warteten derweil schweigend im Flur. Werner konnte Tobias' Unbehagen verstehen, dieses Mädchen schien kurz davor, in sich zusammenzufallen, aber gleichzeitig strahlte sie einen Willen aus, der deutlich machte, dass sie Widerworte nicht gelten lassen würde. Er klopfte Tobias kurz auf die Schulter und deutete auf sein blinkendes Handy. »Ich warte draußen auf euch.« Im Laufen nahm er den Anruf aus dem Präsidium entgegen.

»Hey Phillip. Hast du was Neues für mich?«

»Viel gibt es leider nicht. Sie hat sich ziemlich bedeckt gehalten. Hätte sie wenigstens einen Facebook-Account, Blog, Twitter oder Ähnliches.«

»Hätte, hätte, Würstchenkette. Wir müssen mit dem arbeiten, was wir haben. Also weiter im Text.«

»Keine Internetbestellungen oder komische Abbuchungen, keine Abos. Sie erhält regelmäßig BAföG, kein Nebenjob, aber anscheinend auch keine großen Ausgaben außer der Miete und ihrer Handyrechnung. Sehr unauffällig bisher. Ich werte noch die Telefonlisten aus, aber bisher nur die Nummern von Freundinnen und Familie. Vielleicht finden wir da noch Auffälligkeiten. Sonst kann ich dir bisher leider nichts bieten.«

»Mist. Okay, danke. Wie schaut es bei Stefan und Milla aus? Haben sie die Familie kontaktiert?«

»Ja. Die Mutter wohnt in Osnabrück. Wir haben bei den Kollegen vor Ort bereits um Amtshilfe gebeten und warten auf deren Bericht. Milla und Stefan sind stattdessen unterwegs Richtung Uni. Sie lassen sich den Vorlesungsplan geben, falls es so etwas bei denen gibt, und die jeweiligen Profs. Ich habe ihnen das Foto, das mir Tobias geschickt hat, aufs Handy gemailt.«

»Wenn sie an der Uni sind, sollen sie einen der Mitarbeiter am Institut für Internationales Privatrecht checken. Mark heißt er, Nachnamen habe ich nicht.«

»Okay. Gebe ich weiter. Sonst noch was?«

»Nein. Wir kommen gleich rein und bringen Lena Schmidt mit.«

»Wie hält sich Tobias?«

»Gut.«

»Wenigstens kannte er die Kleine nicht persönlich. Aber scheiße, wenn du der Typ bist, der seinen Freunden Todesnachrichten überbringen muss.«

Werner brauchte nicht zu antworten; für sie alle war das eine der schlimmsten Pflichten in ihrem Job. In diesem Moment kam Tobias mit den beiden Mädchen aus dem Haus.

»Melde dich, wenn du etwas Neues hast!« Werner ließ sein Handy in der Jackentasche verschwinden.

Mist! Er hatte alles so schön geplant. Er starrte auf den Polizeiwagen, der vor ihrem Haus geparkt war. Ein nervöses Kribbeln durchfuhr ihn. Ob sie sie gefunden hatten? Selbst wenn, er hatte keine Spuren hinterlassen. Oder doch? Er schloss die Augen und atmete tief ein und aus. Nein. Er hatte keine Spuren hinterlassen. Er machte keine Fehler. Er hob sein Kinn und blickte dem Wagen hinterher. Weiterdenken! Sie würde nun eine starke Schulter brauchen. Genau die konnte er ihr bieten.

11. Kapitel

Sie atmete den Duft von Arabica-Kaffee tief ein, aber die gewohnte Entspannung wollte sich nicht einstellen.

Seit geraumer Zeit saß Lena schweigend mit Julia und Hendrik in ihrem Lieblingscafé »Heumond« und sah zu, wie dicke Regentropfen die Scheibe hinunterkullerten. Ihr war zum Heulen zumute, aber sie konnte nicht. Die Starre, die sie bereits am Morgen beim Besuch der Polizeibeamten erfasst hatte, brach nur langsam auf. Ihr Körper hatte mit der Zeit sehr gute Verdrängungsmechanismen entwickelt.

»Ich kann das alles immer noch nicht glauben.« Hendrik sprach leise und legte mitfühlend seine Hand auf Lenas. Das Café war gut besucht, jeder wollte sich vor dem Regen in Sicherheit bringen.

Hendrik zog langsam seine Hand zurück, nahm seine Kaffeetasse und trank einen Schluck. Beiläufig fragte er: »Es gibt gar keine Hinweise? Du kennst den Typen von der Polizei doch, oder?«

Lena nickte. »Bei Katrin wurde nichts gefunden. Keine Fingerabdrücke, keine anderen verwertbaren Spuren. Das Tatwerkzeug hat der Mörder wohl auch gleich im Rhein versenkt.«

»Hat sie denn niemand gesehen, als sie die Party verlassen hat? Da waren doch massenhaft Leute.«

Sie zuckte die Schultern. »Die Polizei wird wohl Flugblätter verteilen und unter den Studenten fragen, aber du weißt ja selbst, wie gut man sich daran erinnert, wer irgendwann auf einer Party an einem vorbeigelaufen ist. Vor allem, wenn man die Person gar nicht kennt.«

»Shit.« Hendrik schüttelte den Kopf.

Julia ließ den Blick durch das Café streifen. Eine bunte Mischung aus Studenten und Leuten, die ein warmes Mittagessen suchten. Ein scheinbar ganz normaler Tag, trotzdem war alles unwirklich. Sie schienen in einer dunklen Blase zu sitzen, in der die Zeit stillstand, während um sie herum alles im Fluss war. Das Lachen der Frau am Nachbartisch ließ sie aus ihren Gedankentürmen fallen.

Hendrik nahm das Gespräch als Erster wieder auf.

»Okay, dann lasst uns doch der Reihe nach vorgehen. Ihr wart zusammen auf der Party. Du wurdest angegraben, und danach gab es Streit mit Katrin, woraufhin sie gegen Mitternacht nach Hause gegangen ist.« Er nahm den letzten Schluck schwarzen Kaffees, setzte die Tasse ab und schob den Unterteller ein Stück beiseite. »Warum hat sie sich überhaupt so furchtbar aufgeregt? Kannte sie den Typen?«

Lena schaute abrupt von ihrem Kaffee auf. Tobias hatte auch nach Christoph gefragt. Zufall?

»Hendrik hat recht.« Julia blickte Lena an. »Katrin ist noch nie derart ausgeflippt. Es muss einen Grund geben.«

»Aber woher sollten sie sich kennen?« Lena war noch unsicher, aber auch ihr kam dieser Punkt seltsam vor. Warum zum Teufel war ihr das nicht vorher schon aufgefallen?

»Hast du noch seine Nummer?« fragte Hendrik. »Vielleicht kannst du ihn zu einem Treffen überreden und vorsichtig nachfragen?«

»Riesen Idee!« Julia wäre ihm am liebsten ins Gesicht gesprungen! »Der Typ hat vielleicht Katrin ermordet, und Lena soll einfach mit ihm was trinken gehen, um ihn zu fragen, ob er es war? Bist du total irre?«

Das Gespräch am Nebentisch war schlagartig abgebrochen; fast schien es, als würden Julia und Lena gleichzeitig die Luft anhalten. Es dauerte nur wenige Sekunden, bis die Nachbarn ihr Gespräch im Flüsterton wiederaufnahmen.

Erneut ergriff Hendrik die Initiative.

»Jetzt reg dich ab, Julia. Hast du eine bessere Idee? Lena braucht ja nicht alleine hinzugehen. Sie kann sich doch mit dem Typen in irgendeiner Kneipe treffen, in der wir uns zufällig auch aufhalten.« Hendrik sah Lena fragend an. »Was meinst du?«

Lena atmete schwer. »Bin dabei.«

Ohne weiter nachzudenken, holte sie ihr Handy aus der Handtasche und suchte nach der unbekannten Nummer, die sie am Wochenende angerufen hatte. Sie drückte auf den grünen Hörer.

»Geht keiner ran.« Lena legte das Handy neben sich auf den Tisch.

»Wenn er sieht, dass du angerufen hast, meldet er sich bestimmt. Der war doch scharf auf dich.« Hendrik war Feuer und Flamme von seiner Idee.

Julia zögerte immer noch. »Wenn ihr euch trefft, solltest du auf jeden Fall Tobias Bescheid sagen. Du solltest ihn am besten jetzt schon anrufen und ihm von Hendriks Vermutung erzählen. Er ist schließlich der Bulle, nicht wir.« Hendrik wiegelte ab. »Jetzt mach dich mal locker! Keiner ermittelt hier. Wir haben nur Schritt für Schritt euren Abend auseinandergenommen. Jetzt müssen wir abwarten, ob der Typ sich meldet. Gab es denn sonst noch was, das anders war in dieser Woche?«

Lena schaute Julia an, doch die zuckte mit den Schultern. »Ich hab Katrin ja gar nicht gesehen. War mit Uni beschäftigt.«

»Sie wollte sich Freitag noch mit Mark treffen wegen ihrer Prüfung in BGB«, überlegte Lena laut, »aber davon hat sie mir gar nichts erzählt. Keine Ahnung, wie das Gespräch gelaufen ist.«

»Vielleicht sollten wir dem auch einen Besuch abstatten?«, Hendrik blickte erwartungsvoll zu Lena.

Die nickte, nur Julia schien kurz vor der Verzweiflung.

»Ich weiß nicht. Meint ihr nicht, wir sollten uns da raushalten? Wer weiß, was für ein Spinner dahintersteckt? Mann, das ist doch hier kein Krimiratespaß für Tatortfans!«

»Genau deswegen müssen wir was tun. Katrin ist tot!« Julia hatte sich vorbeugen müssen, um Lenas Worte zu verstehen. Sie wollten nicht noch einmal die Aufmerksamkeit der Nachbarn auf sich ziehen. Trotzdem bemühte sich Lena, ihren Worten Nachdruck verleihen. Julia zuckte merklich zusammen bei diesem Satz.

»Jemand konnte sie ermorden, weil wir nicht aufgepasst haben!«, fügte Lena hinzu.

»So ein Quatsch! Mensch Lena, du bist nicht schuld an dieser Scheiße! Jetzt willst du dich selbst in Gefahr bringen, um für Katrins Tod zu büßen? Das ist doch absoluter Bullshit!« Julia war außer sich. Sie kannte Lena lange genug, um zu wissen, dass sie die Fährte aufgenommen hatte. Aufgrund ihres Dickkopfs war sie auch durchaus in der Lage, diese Suche durchzuziehen, um den Mörder zur Strecke zu bringen. Aber dieses Spiel wollte Julia nicht mitspielen. Das war Wahnsinn! Dass Hendrik Lena bei diesem Quatsch auch noch unterstützte, machte sie vollkommen fassungslos!

Sie versuchte, Ruhe zu bewahren, und redete beruhigend auf Lena ein, doch die hatte ihren Entschluss bereits gefasst.

Da klingelte ihr Handy.

Auf dem Handydisplay erschien Tobias' Nummer. Lena packte das Telefon wortlos in ihre Handtasche.

»Können wir zahlen, bitte?«, rief sie der Bedienung zu.

Wenige Minuten später verabschiedeten sich die drei vor dem Café.

»Ich gehe noch Richtung Rhein, ich muss den Kopf frei kriegen«, rief Lena den beiden zu und verschwand, ohne sich zu verabschieden.

Julia schüttelte den Kopf. »Mann Hendrik, was sollte die Scheiße! Du weißt genau, dass Lena jetzt keine Ruhe mehr geben wird!«

»Aber so hat sie wenigstens nicht das Gefühl, untätig rumsitzen zu müssen. Hast du eine bessere Idee, um sie abzulenken?«

»Eine bessere Idee, als sie einen Mörder suchen zu lassen? Verdammt! Was ist, wenn ihr was passiert?«

»Ach Quatsch! Wir wissen doch beide genau, wo sie jetzt hin will. Erst zu dem Verbindungstypen und dann zu Mark. Beide sind Weicheier und gar nicht in der Lage, so was zu tun. Außerdem wollte ich auch noch ein wenig frische Luft schnappen. Musst du nicht für deine Prüfung morgen lernen?« Er zwinkerte Julia zu und folgte Lena Richtung Rhein.

Julia blieb allein zurück. Sie hatte ein furchtbar schlechtes Gefühl bei dieser Sache und wusste genau, dass sie nicht in der Lage war, die Richtung zu steuern. Sie überlegte, Lena zu folgen, als ihre Jackentasche vibrierte. Sie zog ihr Handy hervor und las Thomas' Namen auf dem Display.

***

Unterdessen war Lena nach kurzem Lauf am Haus der Vestigen angelangt. Hochmotiviert drückte sie alle sieben Knöpfe auf einmal und hörte die Klingel durchs Haus schallen.

Mit einem sanften Quietschen öffnete sich die schwere Holztür.

»Sieh mal einer an. Die Kleine von der Ersti-Party. Du bist bestimmt wegen Christoph hier?« Der dunkelhaarige groß gewachsene Typ musterte sie langsam von unten nach oben, wobei sein Blick eine unangenehme Sekunde zu lange auf ihren Brüsten verweilte.

»Könntest du ihm bitte sagen, dass ich hier bin und ihn sprechen möchte?«

»Komm doch rein, und wir suchen ihn zusammen.« Er lächelte sie anzüglich an, und Lena wich instinktiv einen Schritt zurück.

»Schüchtern? Wie niedlich. Keine Sorge. Christoph ist sehr fürsorglich mit jungen Damen.« Er grinste schmierig in sich hinein.

»Ich muss mich gleich übergeben!« Lena legte den Kopf schief und blickte den Schmierenkönig an. »Entweder du holst jetzt Christoph sofort an die Tür, oder ich bin weg. Das darfst du ihm dann aber selbst erklären!«

Der Typ schien kurz zu überlegen, setzte ein zähes Grinsen auf, trat einen Schritt zurück und wies ihr mit einer ausladenden Geste den Weg durch den Flur zur Treppe.

»Erster Stock, zweite Tür links. Ich habe ihn heute noch nicht gesehen, aber das heißt nicht, dass er nicht da ist.«

»Zu freundlich.« Lena ging betont langsam an ihm vorbei, um nicht verängstigt zu wirken. Sie nahm die Stufen einzeln, und erst als sie vor Christophs Tür stand, fragte sie sich, wie sie jetzt vorgehen sollte. Sie hatte keine Ahnung.

Klopfen wäre ein Anfang. Gedacht – getan. Aber leider tat sich nichts auf der anderen Seite der Tür. Sie versuchte es noch einmal lauter, aber weiterhin Stille. Beim dritten Versuch öffnete sich die Nebentür.

»Mann, was soll die Scheiße? Biste von den Bullen oder warum der Lärm?«

»Ich suche Christoph.«

»Der ist offensichtlich nicht da. Also verpiss dich und klopf woanders!«

Der Typ wollte seine Tür schon zuwerfen, da setzte Lena an: »Könntest du ihm bitte etwas ausrichten?«

Er zog fragend die rechte Augenbraue hoch, antwortete aber nichts.

»Sag ihm bitte, dass Lena da war und ihn gern sehen würde. Danke.«

Er nickte nicht, sondern zog ohne ein weiteres Wort seine Zimmertür zu. Lena verfluchte sich innerlich für dieses Anbiedern, drehte sich auf dem Absatz um und lief schnellen Schrittes die Treppe hinunter. An der Tür wartete der Schmierenkönig auf sie und versperrte den Weg.

»Na, kein Glück gehabt? Möchtest du den Abend doch lieber mit mir verbringen?« Er kam langsam auf sie zu, deshalb hielt sie auf der letzten Treppenstufe inne, um nicht in ihn hineinzulaufen.

»Na komm, gib dir einen Ruck. Wir zwei beide, eine kühle Flasche Sekt. Hab ich schon erwähnt, dass ich ein Wasserbett besitze?« Er zwinkerte ihr zu und kam einen weiteren Schritt auf sie zu, sodass sie sein süßliches Parfum einatmen musste. Welcher Mann benutzte so was? Eine leichte Gänsehaut fuhr ihr den Rücken hoch und ließ sie erschauern.

Er kam einen weiteren Schritt auf sie zu. Lena reagierte schnell. Sie hieb ihm ihren linken Ellenbogen gegen die untere rechte Rippe und schob sich an ihm vorbei Richtung Tür.

Doch da erwachte anscheinend sein Kampfgeist. Er fasste ihren linken Arm und zog sie an sich. »Du willst es auf die harte Tour. Kannst du haben!« Er drückte sie mit seinem Körper an die Hauswand, aber er hatte nicht mit Lenas Gegenwehr gerechnet. Sie ließ sich schnell mit ihrem ganzen Körpergewicht in die Knie sinken, wobei ihre Knie gegen seine Schienbeine drückten und ihn so zu Boden zwangen. Es sah harmlos aus, verletzte niemanden und war doch höchst effektiv. Das war ihre Art, Probleme zu lösen.

Sie war bereits seit zehn Minuten im Haus. Hendrik lehnte rücklings an einem metallenen Zaun, der den Fußgängerweg vom Rhein trennte. Er nahm den Blick von seiner Armbanduhr, steckte die Hände in die Hosentaschen und stieß sich vom Gelände ab, als er Tobias und Werner den Weg entlangkommen sah. Unauffällig lehnte Hendrik sich zurück und beobachtete, wie die Beamten die Stufen zum Verbindungshaus hinaufgingen.

Werner hob gerade die Hand, um zu klingeln, als Lena die Haustür aufriss. Sie starrten sich stumm an, während hinter Lena eine Männerstimme dröhnte:

»Wir haben uns nicht zum letzten Mal getroffen!«

Richard erschien hinter Lena und stockte in der Bewegung, als er die beiden Männer in der Tür stehen sah.

Tobias blickte Lena fragend an.

»Was zum Teufel machst du hier?« Die Worte kamen gepresst hervor. Er schien wie vor den Kopf gestoßen. Dann blickte er von ihr zu Richard.

»Sind Sie Christoph von Meerbach?«

»Bestimmt nicht.«

»Ich möchte Ihren Personalausweis sehen, und dann erzählen Sie mir, was hier gerade passiert ist.«

Richard lachte kurz und hart auf. »Warum sollte ich das tun?«

Tobias und Werner zückten in stiller Übereinkunft ihre Ausweise und hielten sie hoch. Richard schien kurz innezuhalten, aber dann wies er mit der Hand den Flur entlang.

Kurz darauf hatten sie im Wohnzimmer des Verbindungshauses auf einer ziemlich durchgesessenen Chesterfield-Couch aus weichem braunem Leder Platz genommen. Der ganze Raum stank nach kaltem Rauch, und Lena hatte Angst, dass sie ihren Rucksack, den sie neben sich auf den Boden gestellt hatte, nie wieder dort wegbekommen würde. Der Boden schien mit einem klebrigen Bierfilm überzogen zu sein.

Nach einer kurzen Befragung stellte sich heraus, dass der Schmierenkönig Richard Schönfeld hieß. Seine Nervosität versuchte er durch Dauerrauchen zu überspielen. Wenn er so weitermachte, würden sie alle bald ersticken. Lena unterdrückte angeekelt ein Husten.

»Ich fasse zusammen: Frau Schmidt kam her, um Christoph von Meerbach zu suchen. Dieser ist nicht im Haus. Bei ihrer Suche stolpert sie auf der Treppe und fällt dabei auf Sie, Herr Schönfeld, als Sie auf dem Weg in Ihr Zimmer gerade um die Ecke kommen.« Tobias machte eine kurze Pause und schaute Lena an. Sein Blick machte deutlich, dass er kein Wort glaubte. »Ist das richtig?«

Lena nickte nur. Tobias' Blick ging zu Richard, der mit geradem Rücken und übereinandergeschlagenen Beinen auf der Couch saß und vor Qualm kaum noch zu sehen war. *Mann, musste der nervös sein.* Hier stimmte etwas nicht. Da war sich

Tobias sicher, aber von diesen beiden würde er heute nichts mehr erfahren.

Er nickte Werner zu. »Dann ist hier wohl nichts mehr für uns zu tun. Falls Herr Meerbach sich blicken lässt, sagen Sie ihm bitte, dass er sich auf dem Revier melden soll. Hier ist meine Visitenkarte.« Sie erhoben sich. Tobias reichte Richard seine Karte. Als dieser danach griff, hielt Tobias sie einen Moment zu lange fest und sah ihm dabei in die Augen, aber Richard hielt seinem Blick wortlos stand. Dann verließen die beiden Polizisten zusammen mit Lena das Haus. Keiner von ihnen bemerkte den Fotografen.

Er zog die Stirn in Falten. Es gefiel ihm nicht, wie der jüngere Polizist den Arm schützend um sie legte. ER war ihr Beschützer. Nur er allein! Sie gehörte ihm! Aber das würde sich bald klären. Er trug noch immer den Umschlag in seiner Hosentasche. Heute war es an der Zeit, ihn zu übergeben.

Auf der Straße wollte Lena gleich weiter, als Tobias sie zurückhielt.

»Das war eine bescheuerte Idee, und du weißt das!«, zischte er. »Falls du vorhast, deine eigenen Ermittlungen anzustellen, warne ich dich. Sollte ich dich noch einmal bei so einem Alleingang erwischen, sperre ich dich in eine Einzelzelle und lass dich erst raus, wenn der Fall gelöst ist!« Tobias fuhr sich mit der Hand durch die Haare und atmete tief durch. Dann blickte er Lena an.

»Lena, wir suchen nach einem Mörder. Das ist eine Nummer zu groß für dich. Versprich mir, dich zurückzuhalten!«

Sie konnte ihm nicht in die Augen sehen. Sie wollte ihn nicht anlügen, deshalb blickte sie betreten zu Boden und nickte nur stumm. Tobias wusste in diesem Augenblick, dass Lena keine Ruhe geben würde. Aber momentan konnte er nichts weiter tun, als ihr gut zuzureden. Innerlich fluchend, ließ er Lena weiterziehen und stieg zu Werner in den Wagen.

Sie hatten noch eine Menge Arbeit zu erledigen. Von Meerbach würde schon auftauchen.

Lena ging langsam am Rhein entlang gen Süden. Ihre Beine fühlten sich bleischwer an. Allmählich wurde es dunkel und es roch nach Herbst. Auf dem schmalen Radweg tummelten sich Skater, Radfahrer und vor allem haufenweise Jogger, die am Rheinufer entlangliefen. Lena nahm sie nur aus dem Augenwinkel wahr. In Gedanken war sie immer noch bei der Szene vor der Treppe. Alte Erinnerungen kamen hoch. Sie würde mit Frau Dr. Schneider-Michelsen darüber reden müssen. Seufzend legte sie den Kopf in den Nacken und atmete die noch warme Abendluft ein. In was war sie hier bloß hineingeraten?

Zu Hause öffnete sie den Briefkasten und nahm die Post mit hoch in ihre Wohnung. Der erste Brief war für Barbara. Lena legte ihn wie gewohnt auf die kleine Kommode im Flur. Der zweite Brief war an sie adressiert. Lena stand in großen schwarzen Buchstaben darauf. Keine Adresse, keine Briefmarke. Schwarzer Kugelschreiber, brauner Umschlag.

Langsam ließ sie ihren Hausschlüssel durch den Klebeverschluss gleiten, um ihn zu öffnen. Dann hielt sie ein Foto in Händen. Es zeigte sie und Christoph in scheinbar vertrautem Gespräch auf der Ersti-Party.

Lenas Gedanken kreisten. Ob Christoph das Bild eingeworfen hatte? Aber wieso? Wie hätte er sich selbst fotografieren sollen? Oder einer seiner schmierigen Verbindungsbrüder?

Sie drehte das Foto in der Hand. Nichts. Keine Notiz auf der Rückseite, kein weiterer Zettel im Umschlag. Morgen würde sie ihn endlich zur Rede stellen! Für heute war Schluss. Sie wollte nur noch ins Bett.

12. Kapitel

Lena lag schweißgebadet und mit klopfendem Herzen im Bett, als ihre Zimmertür aufgerissen wurde.

»Lena? Alles klar bei dir?«, fragte Julia in die Dunkelheit. Sie klang verunsichert und ein wenig außer Atem.

Lena konnte nicht antworten. Stumm liefen ihr die Tränen über die Wangen. Sie richtete sich auf, zog die Knie an und legte ihren Kopf darauf. Wieder der gleiche Traum. Wieder Katrin. Dieses Mal erstrahlte Katrins bleiches Gesicht für einen kurzen Moment in einem gleißenden Licht. Als hätte sie ihr direkt in die Augen gesehen. Dann hatte Lena gespürt, dass sich Fesseln wie Lianen um ihre Hand- und Fußgelenke schlängelten.

Julia schloss die Tür hinter sich und kam langsam näher. Behutsam setzte sie sich neben Lena aufs Bett und legte einen Arm um ihre Freundin.

Es dauerte lange, bis Lena sich öffnete und den Kopf anhob. Ihre Augen waren zugeschwollen und rot. Sie sah unfassbar müde aus.

»Ist es wegen Katrin?«

»Nicht nur.« Lena wand sich aus der Umarmung. Wie sollte sie Julia die Zusammenhänge erklären?

»Was ist heute passiert, Lena?«

»Ich kann nicht.« Lena zog die Knie fester an den Körper und versteifte sich.

Julia blickte sie hilflos an. Dann schien sie einen Entschluss gefasst zu haben.

»Okay. Du brauchst nichts zu sagen. Aber ich werde heute Nacht bei dir schlafen. Rutsch ein Stück rüber!«

Lena gehorchte. Sie legte sich auf die Seite, und Julia krabbelte neben sie unter die Decke. Ihren linken Arm legte sie auf die Decke um Lena. Die fiel vor Müdigkeit sofort in einen tiefen, traumlosen Schlaf.

Als sie am nächsten Morgen fast zeitgleich aufwachten, schien sich Lena wieder gefasst zu haben. Sie sprang aus dem Bett, schnappte sich ihre Sportsachen und die Laufschuhe und war aus dem Zimmer, bevor Julia einen erneuten Versuch unternehmen konnte, mit ihr zu sprechen. Sie musste den Kopf frei bekommen, und Julia kannte sie gut genug, um sie machen zu lassen. Bevor sie jedoch die Tür erreicht hatte, hielt Julia sie am Arm fest.

»Wir beide, heute Abend, neunzehn Uhr, hier. Ich besorg Wein, und du machst dich darauf gefasst, mir zu erzählen, was mit dir los ist. Hier geht es nicht nur um Katrins Verschwinden.« Lena zögerte, nickte schließlich, riss die Haustür auf und lief los. Sie wusste, dass das Gespräch mit ihrer besten Freundin längst überfällig war.

Julia schloss vorsichtig die Wohnungstür und ging in ihr Zimmer. Ein herzhaftes Gähnen erinnerte sie daran, dass sie die halbe Nacht wach gelegen und Lenas Atem gelauscht hatte. Dazu kam noch, dass ihre Freundin im Schlaf redete. In der letzten Nacht hatte sie allerdings nur ab und zu ein leises Murmeln von sich gegeben, das Julia nicht hatte deuten können. Sie konnte nur hoffen, dass Lena sich an ihre Verabredung halten würde. Julia hatte schon seit längerer Zeit das Gefühl, dass Lena etwas auf der Seele lag. Sie hatten so vieles gemeinsam durchgestanden. Angefangen mit dem Tod von Lenas Eltern, dem nicht immer einfachen Leben bei ihren Großeltern. Doch diese Sache war anders, größer, das wusste Julia. Deswegen hatte sie gewartet. Aber jetzt war Schluss. Julia wollte nicht mehr unwissend daneben stehen. Sie wollte zu Lenas Leben gehören. Dazu mussten Geheimnisse geteilt werden. Gerade dann, wenn sie einen um den Schlaf brachten.

Doch erst einmal musste Julia sich um sich selbst kümmern. In einer Stunde würde ihre Marketing-Vorlesung beginnen. Also blieb keine Zeit fürs Frühstück. Wichtiger waren eine heiße Dusche und ein ordentliches Äußeres, schließlich traf sie sich nach der Vorlesung mit Thomas. Julia grinste in sich hinein und machte sich auf den Weg ins Bad.

***

Lena setzte regelmäßig einen Fuß vor den anderen. Der stete Rhythmus tat ihr gut und ließ sie innerlich zur Ruhe kommen. Nicht denken. Einfach nur laufen. So lange, bis sie erschöpft genug war, dass es still wurde in ihrem Kopf.

Die Ameisen waren abermals da und liefen seine Adern auf und ab. Was wohl in ihr vorging? Sie war selbst für ihn schwer zu durchschauen. Sie lief mit regelmäßigen Schritten, und ihr Gesicht zeigte keine Regung. Ob sie den Umschlag überhaupt geöffnet hatte? Dieser Gedanke kam ihm zum ersten Mal. Vielleicht war seine Post ungeöffnet in einem Briefstapel untergegangen? Er würde das prüfen müssen. Er grinste. Der Gedanke an einen weiteren Besuch in ihrem Schlafzimmer war zu verlockend.

Tobias stand mit einer dampfenden Tasse Tee vor dem großen Whiteboard, auf dem sie alle bisherigen Ergebnisse zusammengetragen hatten. Mittlerweile war es Donnerstag. Tag fünf nach dem Auffinden der Leiche und immer noch keine erwähnenswerten Hinweise. Viel war nicht zu sehen: ein Foto von Katrin, von dort ausgehend verschiedene Pfeile. Zu ihrer Mutter, zu ihren Kommilitonen, zu den Professoren und Mitarbeitern der Uni und zu Christoph und seinen Verbindungsbrüdern. Auf Lenas Foto verweilte sein Blick einen Moment länger.

Tobias strich sich mit der Hand durch die kurzen Haare, seufzte tief und ging hinüber zu seinem Schreibtisch. Zwei Berichte der Kollegen waren gerade eingetroffen. Zunächst wollte er den Bericht von Stefan und Milla lesen. Die beiden hatten sich an der Uni umgehört und unter anderem den wissenschaftlichen Mitarbeiter befragt, bei dem Katrin ihre letzte Klausur für die Zwischenprüfung ablegen sollte. Er hielt seinen Kopf mit der linken und blätterte mit der rechten Hand. Nach zwei Seiten stand er auf und öffnete das Fenster zur Straße. Leider war Wind in Bonn eine Rarität, sodass er sich frustriert wieder hinter seinen Schreibtisch verkroch.

Irgendwann kam Werner zur Tür herein. Tobias zeigte wortlos auf den Bericht, den er las, und gab ohne Kommentar den zweiten Bericht an Werner ab. Der nahm ihn ebenso wortlos entgegen und setzte sich an seinen Schreibtisch. Stummer Einklang, wenn im Trüben gefischt wurde.

Nach einer Stunde stand Tobias auf, schlenderte zu Werner hinüber und setzte sich auf die Kante seines Tisches, direkt auf den Bericht des Rechtsmediziners.

»Was Spannendes gefunden?«, fragte er Werner.

»Kommt drauf an. Eine Sache finde ich recht interessant. Die Kollegen aus Osnabrück haben gute Arbeit geleistet. Sie haben Katrins Mutter zu allen möglichen Ereignissen befragt, zu früheren Freunden, Hobbys, Streitereien. Nichts. Aber an eine Sache konnte sich Katrins Mutter sehr gut erinnern: an den Namen von Katrins bester Freundin aus Schulzeiten, Eva Klein. Nach kurzer Recherche stand fest, dass diese Eva Klein noch in Bonn wohnt, drüben in Friesdorf. Da habe ich Milla vor einer Stunde hingeschickt. Frau Klein ist krankgeschrieben und war glücklicherweise zu Hause. Milla hat gerade angerufen, um kurz Bericht zu erstatten. Frau Klein wusste tatsächlich etwas.«

Werner machte eine dramatische Pause.

»Unser Opfer war einmal unglücklich verliebt!«

»Wow!« Tobias fasste sich mit theatralischem Gesichtsausdruck ans Herz. »Jetzt hast du mich getroffen! Das muss es sein.«

»Spar dir deine spöttischen Bemerkungen! Immerhin ist Eifersucht eines der häufigsten Mordmotive! Spann die Lauschlappen auf! Die gute Katrin war in ihrem letzten Schuljahr mit einem Jungen namens Christoph von Meerbach zusammen.«

Ein leises Pfeifen kam durch Tobias' Lippen. Jetzt hatte Werner seine volle Aufmerksamkeit.

»Allerdings trennten sich die beiden nach einigen Monaten. Nur wenige Tage vor dem Abiball. Frau Klein sagte Milla, dass sie Katrin nie zuvor so niedergeschlagen erlebt hätte. Was für alle Mitschüler und Freunde das Seltsamste war: Keiner von beiden hat einen Grund für die Trennung angegeben. Sie haben nie wieder ein Wort darüber verloren und wollten für das Studium wegziehen. Selbst ihrer damals besten Freundin hat Katrin nichts erzählt. Und noch seltsamer: Beide sind in Bonn geblieben, haben aber keinen Kontakt zu ihrem alten Freundeskreis gehalten. Das muss einen ernsteren Grund haben.«

»Ich dachte immer, Frauen reden ständig und über alles.«

»Deswegen glaube ich, dass wir eine Spur haben. Wenn Katrin und Christoph nach der Trennung jeglichen Kontakt vermieden und mit niemandem gesprochen haben, warum studieren sie jetzt an derselben Uni? Warum gräbt Christoph ausgerechnet Katrins beste Freundin an? Ich meine, warum hat Lena dir das nicht gesagt?«

Tobias blickte auf. »Du denkst doch nicht etwa …«

»Ich ermittle nur in alle Richtungen. Die Tatsache, dass du die Kleine vom Sport kennst, ist keine Entlastung.«

»Werner!«

»Nix Werner. Wir müssen alles in Betracht ziehen. Wie willst du hinterher vor Gericht bestehen, wenn du nicht alle Möglichkeiten zumindest im Geiste durchgespielt hast. Du weißt, was ein guter Verteidiger daraus macht.«

Tobias sprang von Werners Schreibtisch und eilte mit großen Schritten durch den Raum.

»Okay. Lass uns zuerst diesen Christoph ausfindig machen, und dann sprechen wir mit Lena.«

»Wir probieren es noch einmal bei der Verbindung. Wenn er auch dieses Mal nicht aufzutreiben ist, schreiben wir ihn zur Fahndung aus.«

»Gab es sonst noch was Auffälliges im Bericht der Kollegen aus Osnabrück?«

»Nichts. Der Vater ist früh abgehauen und hat eine neue Familie irgendwo bei München. Wenigstens hat er regelmäßig den Unterhalt für Katrin überwiesen. Die Mutter lebte lange allein, nachdem der Vater die Familie verlassen hatte. In dem Jahr, in dem Katrin ihr Abi gemacht hat, lernte sie einen Mann kennen, Friedrich Herrmann. Mit dem zog sie vor zwei Jahren nach Osnabrück. Katrin blieb in Bonn, um hier ihr Studium aufzunehmen, aber Mutter und Tochter hielten wohl regelmäßig telefonisch Kontakt. Ihre Freundin von damals wusste auch nicht viel mehr zu berichten. Sportvereine oder Ähnliches hat Katrin wohl immer gemieden. Typische Einzelgängerin.«

Tobias stöhnte.

»Okay. Stefan und Milla haben nichts Hilfreiches. Die Professoren kennen nicht einen der Studenten beim Namen, sind einfach zu viele. Die Leiter der Arbeitsgruppen erinnern sich zwar an den ein oder anderen, aber bei Katrin sagten alle, dass sie nur stumm ihre Zeit abgesessen habe. Keiner konnte sich erinnern, ob sie mit irgendwem aneinandergeraten ist oder ob sie in den letzten Tagen irgendwie anders gewesen wäre. Dieser Mark wusste nur, dass Katrin noch einen Versuch für ihre Klausur hatte. Aber auch er meinte, dass sie nie einen Ton gesagt hat.«

»Also sind Christoph und Lena unsere einzigen Kandidaten.«

Tobias verzog das Gesicht, aber Werner winkte ab.

»Schon okay. Wir fangen bei von Meerbach an.«

***

Lena saß auf dem harten Holzstuhl und starrte die Wand an. Sie war in der Arbeitsgruppe körperlich anwesend, und dieses Mal schien Eva sie in Ruhe zu lassen. Sie erblickte Jan, der in einer der vorderen Reihen saß. Ihn hatte sie zusammen mit Christoph auf der Ersti-Party gesehen. Sie musste ihn nach der AG abfangen. Er würde vielleicht wissen, wo sich sein Verbindungsbruder aufhielt. D*ann werde ich ihn endlich zur Rede stellen!* Lena merkte, wie sich ihr Magen zusammenzog. Sie hätte etwas frühstücken müssen, aber momentan konnte sie kein Essen ertragen. Es war ein notwendiges Übel, doch es schien ihr die Zeit zu stehlen. Die Zeit, die sie dringend benötigte, um Katrins Mörder zu finden. Das Quietschen von Stühlen auf altem Linoleum brachte sie zurück in die Gegenwart. Jan hob gerade seinen Rucksack vom Boden auf, um den Raum zu verlassen. Lena schnappte sich ihre Tasche und ging auf ihn zu.

»Hey, sag mal, weißt du, wo ich Christoph finden kann?«

Jan blickte sie an und nickte. »Der hat heute Fechttraining in der Römerstraße. Irgendwann vormittags, gegen elf Uhr, glaub ich.«

»Danke.«

Lena atmete auf, es konnte so einfach sein. Endlich hatte sie eine Spur.

Punkt 10.45 Uhr stand sie an der alten Sporthalle in der Römerstraße und tippelte von einem Fuß auf den anderen. Fechten, das passt ja, dachte sie und musste kurz auflachen. Diese ganze Verbindungsbande war mehr Schein als Sein. Nach außen die Klischees erfüllen, Jura studieren, fechten und angeblich Wert auf alte Tugenden legen, aber auf der anderen Seite Frauen gegenüber handgreiflich werden und sich voller Arroganz über alle anderen hinwegsetzen.

Wie bestellt fuhr Christoph mit seinem dunklen BMW vor. Er entdeckte Lena erst, als er die Tür öffnete, um auszusteigen. Lena bemerkte, dass er zögerte. Anscheinend hätte er die Tür wohl lieber zugeschlagen und das Weite gesucht. Warum, fragte sie sich. Er wollte doch unbedingt ihre Nummer! Was hemmte ihn jetzt? Was steckte dahinter? Sie lief auf sein Auto zu.

»Hey!«

»Hey.«

»Hättest du eine Minute für mich?«

Christoph antwortete nicht, sondern beugte sich hinüber, um die Beifahrertür zu öffnen. Lena verstand, umrundete den Wagen und stieg ein.

Nach kurzem Schweigen entschied sie sich für den direkten Weg.

»Warum hast du dich nicht bei mir gemeldet?«

Christoph schien verwundert über ihre Frage. »Ich hatte viel zu tun in den letzten Tagen. Außerdem habe ich versucht, dich zu erreichen!«

»Woher kennst du Katrin?« Lena wusste, dass es ein Schuss ins Blaue war. Sie hatte keinerlei Beweise für diese Behauptung, und doch sagte ihr ihre Intuition, dass es eine Verbindung geben musste. Sie hatte recht, denn sie konnte sehen, wie sich Christophs Körper anspannte. Seine Hände griffen so fest ums Lenkrad, dass die Fingerknöchel weiß hervortraten.

»Frag sie doch selber! Ist doch deine Freundin.«

»Das wird schwer. Schließlich hast du ihr den Kopf eingeschlagen!«

Christoph blickte sie mit offenem Mund von der Seite an. Dann fing er schallend an zu lachen.

»Du hast sie ja nicht mehr alle!«

»Ach, nein? Warum dann diese Geheimnistuerei? Warum gibst du nicht zu, dass ihr euch kanntet?«

»Wann hätte ich das machen sollen? Wir haben uns seit der Party nicht mehr gesehen!«

»Warum hast du mich allein abgepasst? Warum hast du kein Wort mit Katrin gesprochen, wenn ihr euch kennt?«

»Jetzt mal langsam! Was geht dich das an?«

Lenas Atem ging schneller. Sie biss sich auf die Zunge. Wenn sie ihn erwürgte, würde sie nichts mehr erfahren. Sie musste sich zusammenreißen!

»Das geht mich was an. Katrin war meine Freundin. Sie war an dem Abend furchtbar wütend, nachdem sie uns zusammen gesehen hat. Sag mir bitte, was genau da zwischen euch gelaufen ist!«

Christoph zog die Schultern hoch und blickte demonstrativ aus dem Fenster. Lena schlug mit der Faust aufs Lenkrad.

»Hörst du schlecht? Katrin ist tot!«

Christophs Gesichtsausdruck änderte sich. Er sah ihr prüfend in die Augen.

»Erzähl keine Scheiße!«

Lena schwieg und hielt seinem Blick stand.

»Sie wurde Sonntagmorgen tot am Rheinufer aufgefunden. Jemand hat ihr von hinten den Schädel eingeschlagen.«

Christoph wurde blass, und sein Mund stand offen, ohne dass ein Laut herauskam.

Lena versuchte, Ruhe zu bewahren, obwohl sie ihn am liebsten geschüttelt hätte. »Ich wiederhole meine Frage: Was hast du mit der Sache zu tun? Ihr kanntet euch. Ihr erscheint auf derselben Party. Du gräbst mich an, und in derselben Nacht muss Katrin sterben.«

Christoph schien zu verstehen.

»Du denkst doch nicht …?«

»Was soll ich sonst denken? Irgendetwas stimmt hier nicht. Ich kenne dich nicht, aber ich habe Katrin gekannt. Sehr gut sogar. Wenn sie so überreagiert, muss es etwas zwischen euch gegeben haben.«

Christoph schien in sich zusammenzusacken. Sein Kopf sank auf die Brust, die Hände fielen in den Schoß.

»Das ist lange vorbei.«

Lena atmete durch. Das war ein Anfang! Jetzt nur nicht die Pferde scheu machen und abwarten, ihn erzählen lassen, ihm Zeit geben. Also wartete sie.

»Wir sind zusammen zur Schule gegangen.«

Lena schwieg.

»Sie war nicht immer so unnahbar. Sie war lustig und bei allen beliebt. Bei mir war es eher umgekehrt. Ich war zurückhaltend und in mich gekehrt. Ich hatte mit den anderen aus meiner Klasse nicht viel gemeinsam. Meistens hatte ich keine Zeit für die Treffen nach der Schule. Klavierunterricht, Fechten, meine Eltern hatten – oder besser: haben – hohe Ansprüche an mich.« Er machte eine kurze Pause. »Ich habe Katrin immer für ihre Leichtigkeit bewundert. Sie schien zu ihrer Mutter ein eher freundschaftliches Verhältnis zu haben, da gab es keinen Druck. Wahrscheinlich ist es deshalb so weit gekommen. Das muss Anfang des letzten Schuljahres gewesen sein. Ein Kumpel hat 'ne Party veranstaltet. Letztes Jahr und so. Katrin und ich kamen ins Gespräch. Ich habe nicht nachgedacht. Ich habe nur mich und meine Probleme gesehen, die sich mit einem Schlag in Luft auflösen konnten. Was ich Katrin damit antun würde, habe ich nicht bedacht.« Christoph stockte, »aber nichts davon kann mit der Sache von damals in Verbindung stehen.«

Lena sprach leise, aber eindringlich. »Du bist das einzige Verbindungsstück. Katrin war meine Freundin. Ich muss wissen, was zwischen euch passiert ist.«

Er senkte den Blick, und Lena konnte spüren, wie sehr er sich schämte.

»Ich spürte, dass sie Interesse an mir hatte. Wir sind uns

nähergekommen. Es war nur ein harmloser Kuss, aber ich habe meine Chance genutzt und sie in den folgenden Tagen nach allen Regeln der Kunst umgarnt. Blumen, Kinobesuche, Komplimente. Wir wurden ein Paar. Die Sache ging einige Monate gut. Ich machte ihr kleine Geschenke und hatte durch meine vielen Verpflichtungen glücklicherweise nur wenig Zeit. So konnte ich ihr lange aus dem Weg gehen. Aber irgendwann kam die Konfrontation.«

Er schluckte hart. Sein Blick war fest aufs Lenkrad gerichtet.

»Katrin fing mich nach der Schule ab und fragte mich, ob ich am Wochenende zu ihr kommen wolle. Ihre Mutter sei auf einer Fortbildung, und wir hätten die Wohnung für uns allein. Ich verstand, worauf sie hinauswollte. Sie hatte schon mehrfach Andeutungen in diese Richtung gemacht.

Ich sagte ihr, ich müsse meine Mutter auf eine Wohltätigkeitsveranstaltung begleiten. Aber sie glaubte mir nicht. Sie schrie mich an, wo mein Problem läge, ob ich eine andere Freundin hätte. Erst da, als sie in Tränen aufgelöst vor mir stand, begriff ich, wie sehr ich sie mit meinem Verhalten verletzt hatte. Das war mir vorher nicht bewusst gewesen. Da wusste ich, dass ich ihr die Wahrheit sagen musste.«

Christoph sah auf. Leichter Nieselregen hatte eingesetzt. Die ersten Tropfen liefen die Scheibe hinab, verbanden sich mit anderen, wurden schneller. Er rieb seine Handflächen aneinander. Lena konnte sehen, dass er einen inneren Kampf ausfechten musste. Also ließ sie ihn gewähren.

»Wir sind an den Rhein runtergelaufen, haben uns auf eine der alten Holzbänke gesetzt und geredet. Ich habe keine Ahnung mehr, wie lange wir dort saßen. Erst habe ich sie getröstet, später war es umgekehrt. Ich habe mich bis zu jener Nacht nie einem Menschen anvertraut und auch danach nicht mehr. Ich weiß nicht, ob du das verstehen kannst. Aber in meiner Familie redet man nicht, man funktioniert. Meine Eltern dürfen nie etwas davon erfahren.«

Er schaute zu Lena, die stumm nickte und ihn erwartungsvoll ansah.

»Ich bin schwul. Ich wollte mit Katrin zusammen sein, damit meine Eltern endlich Ruhe gaben. Ständig wollten sie mich mit irgendwelchen Töchtern ihrer Bekannten verkuppeln, und ich wusste keine Ausrede mehr. Bei Katrin fühlte ich mich sicher. Ich dachte, wenn ich nett zu ihr bin und ihr öfter Geschenke mache, wäre sie zufrieden. Dass sie aber so starke Gefühle für mich entwickeln würde, darauf wäre ich nicht im Traum gekommen. Ich war in dieser Hinsicht ziemlich unbedarft. Aber nach unserem Gespräch wusste ich, wie falsch ich damit lag. Ich fühlte mich miserabel. Jeden Tag, den ich ihr danach in der Schule begegnete, war es, als würde man mir ein Messer ins Herz rammen. Ich hatte so ein unsagbar schlechtes Gewissen.«

Seine Stimme war kaum noch zu verstehen. Lena beugte sich zu ihm.

»Wir haben versucht, uns aus dem Weg zu gehen. Aber in so einem kleinen Schulkosmos fällt das schwer. Alle sprachen uns an, was los sei. Es wurden die aberwitzigsten Vermutungen angestellt, was zwischen uns passiert sein könnte. Katrin hätte die Chance gehabt, mich vor der gesamten Schule bloßzustellen. Doch sie hat es nicht getan.

Sie schwieg! Das machte mich glücklich, aber gleichzeitig kam ich jeden Morgen aufs Neue mit der Angst in die Schule, dass sie mich vielleicht doch verraten könnte. Es war eine grausame Situation. Ich war unendlich erleichtert, als ich mein

Abizeugnis in der Hand hielt und dieser Albtraum vorbei war.«

Er atmete tief durch und richtete sich auf.

»Katrin hat bis zum Schluss geschwiegen?«

Christoph nickte.

»Ihr habt nie wieder miteinander gesprochen?«

Er wiegte den Kopf hin und her.

»Dann quatschst du auf dieser Party ausgerechnet mich an?«

Lena konnte es nicht fassen. Das ergab überhaupt keinen Sinn. Christoph lachte auf.

»Du bist allein an der Bar gestanden. Ich hatte euch vorher nie zusammen gesehen. Ich wusste nicht einmal, dass Katrin an derselben Uni studiert.«

Seine Stimme wurde lauter. Er schlug mit der Hand gegen das Lenkrad. »Wenn ich euch vorher zusammen gesehen hätte! Ich hätte mich nie getraut, dich anzusprechen. Ich hätte niemals damit gerechnet, dass sie noch einmal dichthalten würde. Vor allem nicht bei ihrer Freundin!«

Lena dachte nach und kam zu dem Schluss, dass dies auch Katrins Ausraster an dem Abend erklären könnte. Sie hatte Christoph erkannt und Angst gehabt, dass Lena denselben Fehler begehen würde wie sie selbst. Allerdings machte das Christoph nur noch verdächtiger!

Still sah sie ihn von der Seite an. Dieser schmächtige Kerl, der zu feige war, sein eigenes Leben zu leben, sollte Katrin hinterrücks erschlagen haben? Dies würde zu seiner Feigheit passen, aber wäre er zu so etwas überhaupt fähig?

»Ich hab mich nicht bei dir gemeldet, weil ich gesehen habe, wie du zu Katrin rübergegangen bist und ihr euch gestritten habt. Ich dachte, sie hätte dir da schon die Wahrheit über mich erzählt. Deswegen habe ich mich nicht getraut, dich anzurufen. Das war auch nicht ich, der am Sonntag deine Nummer gewählt hat. Einer meiner Mitbewohner aus der Verbindung hat mein Telefon geschnappt und sich einen Spaß daraus gemacht, dich anzurufen.«

»Dieser Jemand hieß nicht zufällig Richard?« Lena knurrte, als sie an den schmierigen Kerl dachte.

Christoph wunderte sich nicht. Da er Richard länger kannte, war er es gewohnt, dass Frauen auf ihn schlecht zu sprechen waren.

Einige Minuten saßen die beiden schweigend nebeneinander.

»Du musst das der Polizei erzählen.«

Lena konnte sehen, wie Christoph unruhig auf seinem Sitz hin und her rutschte.

»Christoph, die waren schon bei dir in der Verbindung und suchen nach dir. Du könntest eventuell etwas gesehen haben!«

Christoph schüttelte den Kopf.

»Nachdem ich gesehen hatte, zu wem du dich gesellt hast, habe ich mir total die Kante gegeben. Wir haben bis zum Rauswurf in der Fabrikhalle gebechert. Danach habe ich mich allein zu Hause an den Tresen gesetzt und mich selbst bemitleidet.«

Er blickte Lena entschuldigend an.

»Klingt genauso armselig, wie es ist.«

Lena empfand kein Mitleid. »Verdammt, hör auf mit der Nummer – Katrin ist tot! Jemand hat sie von hinten erschlagen, während du mit deinen Kumpels Bierchen gezischt hast!«

Jetzt kam Bewegung in Christoph.

»Ach, und du hattest keinen schönen Abend? Soweit ich

mich erinnere, hast du die Tanzfläche mit deiner Freundin ganz schön beben lassen!«

Die beiden taxierten sich. Wie sollten sie einander vertrauen? Sie kannten einander nicht. *Er hätte ein perfektes Motiv!* Lenas Hirn kreischte wie ein ICE bei einer Vollbremsung. Zu viele Gedanken. Sie brauchte eine Pause.

»Wir zwei sind wohl zu sehr auf uns selbst fixiert gewesen.« Christoph senkte den Blick. »Was da passiert ist, tut mir wahnsinnig leid. Ich mochte sie wirklich. Ich werde ihr immer dankbar sein, dass sie mich damals nicht verraten hat. Ich hätte sie niemals umbringen können.«

Christoph ließ seinen Kopf gegen die Kopfstütze fallen und sah Lena an, die in ihrem Sitz klein und verletzlich wirkte.

»Soll ich dich nach Hause fahren?«

Sie nickte stumm, zu müde, um zu sprechen. Das war alles zu viel für sie.

Er war wie elektrisiert. Eine Stunde saß er bereits in seinem Versteck und wartete auf sie. Sie kam sonst immer auf direktem Weg nach Hause. Keine Abweichungen. Und nun das! Er kniff sich in den Oberschenkel, um den Schmerz zu spüren. War das der Typ von der Party?

Vor ihrer Haustür kam ihr nur ein leises »Danke« über ihre Lippen. Als sie die Tür schon schließen wollte, hielt sie inne und beugte sich erneut zu Christoph.

»Ich werde es dem ermittelnden Kommissar erzählen müssen, Tobias Wagner. Er ist ein guter Freund von mir. Ich werde ihn bitten, dich so weit wie möglich aus dieser Sache rauszuhalten. Aber er wird bestimmt noch einmal mit dir persönlich sprechen wollen.«

Christoph nickte.

»Du kannst ihm versichern, dass ich morgen bei ihm im Präsidium vorbeifahren und ihm alle Fragen beantworten werde. Das ist das Mindeste, das ich tun kann. Allerdings wird ihn das in der Sache kaum weiterbringen.«

Er blickte Lena entschuldigend an. Sie zuckte nur mit den Schultern und warf die Autotür zu.

Heiße Wut kochte in ihm. Was bildete sich dieser Mistkerl ein, seinen Plan zu durchkreuzen. Er hatte die Grundlagen gelegt, sie gefügig gemacht, gewartet, beobachtet. Er hatte alles perfekt vorbereitet. Jetzt war es auch an ihm, den Sieg einzufahren! Wie hypnotisiert ließ er sein Messer auf und zu springen. Ihm würde sich niemand in den Weg stellen!

Lena überlegte kurz, aber sie konnte jetzt nicht nach Hause. Sie hätte die Ruhe dort nicht ertragen. Kurzerhand drehte sie sich um und lief Richtung Rhein. Sie brauchte einen Spaziergang, um ihre Gedanken zu sortieren.

Sie atmete die regenfeuchte Luft und schloss kurz die Augen. Christoph und Katrin waren ein Paar gewesen. Das erklärte auch, warum Katrin Männern gegenüber so abweisend gewesen war. Christoph musste sie tief verletzt haben. Lena versuchte, sich in diese Situation hineinzuversetzen. Man lernt jemanden kennen, verliebt sich, bekommt die Welt zu Füßen gelegt und muss dann erfahren, dass man nur Mittel zum Zweck war. Was hatte das mit Katrin gemacht? Vielleicht hat sie gedacht, dass sie nicht gut genug aussah? Dass er sich die Geschichte nur ausgedacht hatte, um sie nicht zu verletzen? Aber sie hätte auch glücklich sein können, als er ihr die Wahrheit gestanden hat. Immerhin schien er ihr zu vertrauen. Die fehlende Anziehungskraft war nicht auf ihr Äußeres zurückzuführen, sondern darauf, dass Christoph auf Männer stand. Aber ob Katrin das zu diesem Zeitpunkt voneinander trennen konnte? So wie Lena sie kennengelernt hatte, schien sie die Sache noch nicht verwunden zu haben. Sie hatte Männern grundsätzlich misstraut und sich von ihnen ferngehalten.

Lena war am Wasser angekommen und lehnte sich an das Geländer, das den Fußweg vom Flussufer trennte. Mit den Wellen glitten die Gedanken weiter. Lena war froh, dass Christoph mit ihr geredet hatte. Sie hatte gespürt, wie aufreibend und anstrengend ihr Gespräch für ihn gewesen war. Die *Rheinnixe* fuhr an ihr vorbei. Zwei Kinder standen, in gelbe Regenjacken eingehüllt, an Deck und winkten ihr zu. Sie musste lächeln, dann hob sie die Hand und grüßte zurück.

Der Nieselregen setzte ein. Zeit, nach Hause zu gehen.

Lena schloss die Haustür auf und ließ sich von innen dagegenfallen. Das war alles zu viel.

Ihr Bauchgefühl sagte ihr, dass Christoph die Wahrheit erzählt hatte. Seine Körpersprache und seine Mimik waren eindeutig gewesen. Sein schlechtes Gewissen hatte sie körperlich spüren können.

Sie würde Tobias anrufen müssen. Er würde nicht erfreut sein über ihren erneuten Alleingang, aber vor ihm hätte sich Christoph niemals so geöffnet. Sie war froh, ein wenig Licht ins Dunkel gebracht zu haben, auch wenn sie nicht wirklich weiter gekommen war; aber immerhin konnte sie Christoph als Täter ausschließen.

Mit leisem Knarren öffnete sich die Küchentür. Julia kam heraus, und mit ihr erfüllte der Duft nach frischen Kräutern den Raum. Ihr Blick sprach Bände.

»Oh, shit! Ich habe es total vergessen!« Lena fiel ein, dass sie verabredet gewesen waren.

»Julia, es tut mir furchtbar leid!«

»Ich hoffe, du hast eine gute Ausrede.«

Lena nickte. »Komm mit in mein Zimmer. Ich muss Tobias anrufen. Setz dich dazu!«

Julia konnte nicht fassen, was sie da gerade gehört hatte. Lena hatte weiter auf eigene Faust Ermittlungen angestellt. Man konnte sie nicht allein lassen! Julia war froh, dass auch Tobias darüber sauer war. Der sonst so gelassene Typ war fast durch den Hörer gekommen. Julia grinste in sich hinein. Na, wenn da nicht auch andere Interessen am Start waren. Dafür war allerdings jetzt keine Zeit.

Sie blickte ihre Freundin von der Seite an, während diese auf Tobias einredete. Sie wirkte nach außen selbstsicher und glücklich. Sie lächelte oft und hatte immer einen lockeren Spruch auf den Lippen. Doch Julia wusste mittlerweile, dass dieses zierliche blonde Mädchen weit mehr war als das, was man nach außen sah. Sie lief locker zehn Kilometer vor dem Frühstück, machte dazu dreimal die Woche Kampfsport. Julia verstand davon nicht viel, trotzdem musste sie immer an den Film *Over the top* mit Sylvester Stallone denken. An diese Szene, in der er seine Mütze mit dem Schirm nach hinten dreht und sagt, das Umdrehen der Mütze wäre, als würde man einen Truck anwerfen. Ebenso erschien ihr Lena. Wenn sie ein Ziel hatte, gab sie nicht mehr auf und war auch nicht zu stoppen – wie ein Vierzigtonner, der bergab rollt.

Lena beendete das Telefonat mit Tobias und ließ sich aufs Bett fallen. Julia wusste, dass es momentan keinen Sinn hatte,

Lena auf ihre Albträume anzusprechen. Ihre Freundin war vollkommen ausgelaugt.

Sie streichelte ihr kurz über den Arm.

»Ich mach dir jetzt einen großen Tee, bring dir etwas zu essen und dann geht's ins Bett! Reden können wir morgen immer noch.«

Lena nickte dankbar.

***

Tobias tigerte in seiner Wohnung auf und ab. Er konnte es immer noch nicht glauben: Lena schien sich unangreifbar zu fühlen! Unter seinen Kollegen hatte es einige gegeben, die den gleichen Fehler begangen und dafür mit dem Leben bezahlt hatten. Es gab immer jemanden, der einem überlegen war. Oder besser bewaffnet.

Er fluchte leise vor sich hin. Lena brachte ihn noch um den Verstand, aber schließlich konnte er sie nicht rund um die Uhr bewachen lassen. Er wusste, dass er sie nicht unter Kontrolle halten konnte, und versuchte, seine Gedanken stattdessen auf die Ermittlungen zu konzentrieren.

Die Informationen, die er gerade von Lena erhalten hatte, brachten sein Konzept durcheinander. Er hatte große Hoffnungen in Christoph von Meerbach als Täter gesetzt – auch wenn er kein einziges Indiz in diese Richtung hatte.

Leider gab es bislang keinerlei brauchbare Spuren. Die Kollegen hatten an der Uni nichts Auffälliges gefunden. Katrin hätte dieses Semester ihren letzten Versuch für die Klausur im Allgemeinen Teil des Bürgerlichen Rechts gehabt. Das hatte Mark Paschwitz ausgesagt, der die Arbeitsgruppe leitete. Ansonsten wusste er leider auch nicht viel. Nur, dass Katrin immer anwesend war, aber nie mit jemandem geredet hatte. Sie sei allein gekommen und allein wieder gegangen. Was aber nicht ungewöhnlich wäre bei Leuten, die diese AG nicht zum ersten Mal besuchten. Alles in allem nichts von Bedeutung.

Dieser Paschwitz war den Kollegen unauffällig erschienen. Nichtsdestotrotz hatte Tobias sie aufgefordert, seinen Werdegang zu überprüfen. Vielleicht fanden sich doch irgendwelche Hinweise.

Sie würden noch einmal von vorne anfangen müssen. Katrins Leben erneut gründlich auf den Kopf stellen. Wie die Sachlage bei Christoph zeigte, mussten sie ihre ehemaligen Schulkameraden befragen. Vielleicht lag das Motiv Jahre zurück.

Er griff sich ins wirre Haar. Katrins Mutter war ihnen keine Hilfe gewesen. Sie wusste nicht viel über das Leben ihrer Tochter. Katrin hatte die Probleme an der Uni verschwiegen. Es gab keine Hinweise auf einen Freund oder einen neuen Bekannten. Vielleicht hatte nur einer seinen Frust abgebaut an einer völlig Fremden, und es bestand keine Opfer-Täter-Beziehung.

Die Statistik sagte jedoch, dass es fast immer einen Zusammenhang gab. Die Frage war nur, ob man das richtige Puzzlestück fand und seinen Platz im großen Ganzen erkannte.

***

22 Uhr. Hendrik ließ sich unter die Wasseroberfläche gleiten. Baden war in diesem Haus die einzige Möglichkeit, die Geräuschkulisse für einen Moment auszuschalten. Mittlerweile schaffte er drei Minuten und zwanzig Sekunden. Wenn er so

weitermachte, könnte er nächstes Jahr mit Apnoetauchen anfangen.

Als er prustend auftauchte, war der Lärm vorbei. Nur das leise Wimmern von Charlotte, seiner Schwester, war zu hören. Aber auch das verstummte schnell. Hendrik musste nicht an ihrem Bett sitzen, um zu wissen, dass sie unter der Bettdecke weinte, damit ihr Vater sie nicht hören konnte. Er hasste Weicheier. Weinen kam für ihn nicht in Frage.

Erneut ließ sich Hendrik in die Stille gleiten. Die erhoffte Entspannung blieb aus, zu viele Gedanken kreisten in seinem Kopf.

Gegen sieben waren seine Eltern zu Charlottes Schule gefahren, um ihre Ballettvorführung zu sehen.

Zwei Stunden später hatte Hendrik sich Wasser eingelassen, als er den Motor des Autos hörte. Die Haustür öffnete und schloss sich. Er hörte seinen Vater in einem leisen, aber sehr bestimmten Ton fragen:

»Hast du das gewusst?«

Stille.

»Ich habe dich etwas gefragt. Hast du davon gewusst?«

Hendrik tauchte ab, um das Gewitter vorüberziehen zu lassen. Ein Gewitter, ein kurzes, aber regelmäßig stattfindendes Schauspiel, das vielen eine Heidenangst einjagte. Doch Hendrik kannte sich aus mit dem Wetter, hatte es eingehend studiert.

Keuchend tauchte er auf.

Der Schlag kam lautlos. Hendrik tippte auf die Magengegend. Er hörte das Stöhnen seiner Mutter und das leise Zischen seines Vaters.

»Warum hatte sie keine Hauptrolle? Hast du nicht mit ihrer Lehrerin gesprochen? Hast du dich nicht darum gekümmert? Willst du, dass deine Tochter nur zweite Wahl ist?«

Erneutes Stöhnen. Hendrik wusste, dass seine Mutter nichts sagen würde. Mit den Jahren hatte sie alle Varianten durch. Antworten, widersprechen, schweigen, flehen, weinen, weglaufen. Die letzte Variante war am schmerzhaftesten. Er würde sie überall finden. Wortlose Unterwerfung ließ seine Wut meist am schnellsten verklingen.

Auch an diesem Tag. Er ließ von ihr ab und ging die alte Treppe hinauf ins Schlafzimmer. Seine Mutter würde auf der Couch im Wohnzimmer bleiben und ihre Wunden lecken. Charlotte würde sich die Schuld geben und unter der Bettdecke weinen, und er, Hendrik, würde versuchen, so lange wie möglich die Luft anzuhalten.

13. Kapitel

Eva packte ihre Unterlagen für die bevorstehende AG zusammen, als Mark zur Tür hereinkam.

»Ziemlich krasse Sache gestern.« Trotz seiner Wortwahl klang er beiläufig, als würde er über das Wetter sprechen.

»Kann man wohl sagen.«

»Da denkt man, im schönen ruhigen Bonn passiert so was nicht, und dann wird man plötzlich selbst von der Polizei befragt. Ich meine, wir lesen jeden Tag hypothetische Fälle von Mord und Totschlag, aber es aus dem Mund eines Polizisten zu hören ist unfassbar.« Er schaute Eva fragend an.

»Sie war doch auch in deiner AG, oder?«

»Ja.«

»Ich hätte sie auch gleich in Sachenrecht gehabt.« Eva schluckte. »Sie saß immer neben Lena. Ich glaube, die beiden waren eng befreundet. Die Arme! Ob ich dazu gleich irgendetwas sagen sollte?«

Sie blickte hilfesuchend zu Mark. Der schüttelte den Kopf.

»Ich denke, besser nicht. Ich bin nicht sicher, ob es schon alle wissen. Wenn Lena da ist und du anfängst, über Katrin zu reden, wird es für sie bestimmt noch unangenehmer. Sie ist sicher froh, hier den normalen Uniablauf zu haben.«

Eva nickte.

»Da hast du wahrscheinlich recht.« Ihre Hände nestelten nervös an ihrer Aktentasche. »Ich hoffe, ich kann mich beherrschen und starre sie nicht mitleidig an.«

Mark klopfte ihr im Vorbeigehen auf die Schulter.

»Du machst das schon.«

Als Eva das Büro verlassen hatte, bearbeitete er die Tastatur. Er schrieb nicht, sondern tippte drauflos. So eine verfluchte

Scheiße! Die Polizei hatte ihn gestern zu Katrin befragt. Er konnte sich glücklich schätzen, immer einen Pullover über Hemd und T-Shirt zu tragen, denn diese Zwiebelschicht hatte verhindert, dass die dralle Polizistin seinen Schweißausbruch bemerken konnte. Er hatte versucht, höflich zu sein und ihr nicht auf die Brüste zu starren. Was mussten die auch so üppig hervorstehen? Er war schließlich auch nur ein Mann. Am liebsten hätte er ihr Avancen gemacht. Aber der Kollege, den sie dabei hatte, und die Tatsache, dass sie wegen Katrin gekommen waren, hatten ihn zur Selbstbeherrschung gezwungen.

Vielleicht hatte er Glück, und sie brauchte eines Tages juristischen Beistand, den sie sich aufgrund ihres mickrigen Beamtengehaltes nicht würde leisten können. Ein Lächeln umspielte seine Lippen. Dann würde die kleine Schlampe ihm bestimmt gerne zu Diensten sein. Er wusste, wie Frauen tickten. Erst zieren sie sich, aber wenn was für sie dabei heraussprang, wurden sie alle willig. Es war so einfach.

***

Zwei Stunden später hatte Eva die AG hinter sich gebracht. Aber sie konnte nicht umhin, Lena nachher abzufangen und ihr wenigstens ihr Beileid auszusprechen. Das sonst so fröhliche Mädchen schien durchsichtig und wortkarg. Sie hatte Lena angemerkt, dass ihr die Situation unangenehm war, und hatte sie nach einigen kurzen Worten ziehen lassen.

Als Lena um die Ecke bog, wäre sie fast mit Luisa zusammengestoßen.

»'tschuldigung!«

Luisa blickte sie mit großen Augen an. Lena schüttelte unwirsch den Kopf.

»Nichts passiert. Alles gut.«

Luisa sah schüchtern unter ihrem dunklen Pony hervor.

»Hättest du Zeit für einen Kaffee?«

Lena stutze. Luisa und sie hatten bisher kein Wort miteinander gewechselt. Sie hatte Luisa überhaupt nie mit jemandem sprechen sehen. Sie sah aus wie der typische Goth. Dunkle Klamotten mit Spitzenbesatz, lange schwarze Haare und dazu ein sehr weißer Teint. Nur die pinke Hello-Kitty-Tasche störte das Farbbild. Wenn Luisa von sich aus auf sie zukam, musste sie etwas auf dem Herzen haben. Lena dachte nicht weiter nach.

»Ja, ich hab Zeit.«

Sie verzichteten auf die Plörre aus der Uni-Cafeteria, verließen das juristische Seminar und holten sich einen mit Schokoherz versehenen Milchkaffee beim Caféroller am Hofgarten. Wie immer entspannte sich Lena schon, als ihr der erste Kaffeeduft in die Nase stieg. Luisa schien es nicht so zu ergehen. Sie nestelte an ihrem Plastikdeckel und wusste offenbar nicht, wie sie das Gespräch beginnen sollte. Lena ließ ihr Zeit.

Erstaunt schob er seine Sonnenbrille hoch und blickte erneut in ihre Richtung. Was hatte sie mit dieser Gothic-Tante zu tun? Er hatte die beiden nie zuvor miteinander gesehen. Zu gerne würde er näher herangehen. Sein Auge fing an, nervös zu zucken. Er wollte nicht, dass sie Geheimnisse hatte. Das musste sie doch wissen! Ob sie ihn herausfordern wollte? Wollte sie ihn testen? Er drückte den Finger auf sein zuckendes Auge. Er durfte jetzt nicht die Kontrolle verlieren.

Sie liefen ihre erste Runde auf dem Sandweg um die große Wiese vor dem gelben Schloss, das heute das Unihauptgebäude beherbergt. Lena hörte leise Gitarrenklänge und erblickte einen Mann, der vor einem geöffneten Gitarrenkoffer auf einer der Bänke saß. Gesprächsfetzen wehten zu ihnen herüber. Hier gab es alles: Mütter mit Babys auf Picknickdecken, Capoeira-Tänzer, Fußballer, Frisbeespieler und Punks, die mit Hund und Bier in der Herbstsonne fläzten.

»Katrin und du wart zusammen in der Anfänger-AG von Mark, oder?«, brach Lena endlich das Schweigen.

Luisa nickte. »Es wäre Katrins letzter Versuch gewesen, diese Klausur zu bestehen.«

Luisas Mundwinkel zuckten.

»Wie bei mir.«

Erst jetzt bemerkte Lena, dass Luisa sich nicht über die Vergangenheitsform wunderte, in der sie von Katrin sprach. Sie blieb abrupt stehen und blickte in ihr weiß geschminktes Gesicht.

»Ich glaube, die meisten wissen es. Es stand heute Morgen in der *Bonner Rundschau*.«

Sie nahmen ihren Spaziergang wieder auf. Lena entdeckte Hendrik auf der Wiese. Er winkte ihr zu, doch sie nickte nur abwesend und ging neben Luisa her.

»Deswegen wollte ich mit dir reden. Weiß man schon, wer es war? Oder warum?«

»Wieso interessiert dich das?« Lena wurde hellhörig. Luisa hielt sich sonst aus dem Unitratsch heraus und blieb für sich. Sie vermutete, dass dieses Interesse einen bestimmten Grund haben musste.

»Ich weiß, ich kannte Katrin nicht gut. Dafür kenne ich einige Umstände recht gut.«

Luisa nahm einen Schluck. »Ich möchte keine Verdächtigungen aussprechen. Wenn du mir sagst, dass die Polizei weiß, wer es war oder in welche Richtung ermittelt wird, wüsste ich, ob meine Vermutung ein Hirngespinst oder ein wichtiger Hinweis ist.«

Die beiden blieben am Akademischen Kunstmuseum stehen und taxierten einander stumm. Lena fasste einen Entschluss. Sie liefen auf dem Kiesweg weiter, am Spielplatz vorbei.

»Soweit ich weiß, gibt es bisher keine Hinweise. Sie wurde von hinten erschlagen. Man hat weder Spuren am Tatort noch irgendetwas Auffälliges in ihrem Bekanntenkreis gefunden. Du kanntest sie ja selbst. Sie war gern für sich.«

Luisa lächelte bei dieser Beschreibung. »Du meinst, sie war so zickig, dass andere lieber einen gewissen Sicherheitsabstand gehalten haben.«

Lena nahm ihr die Bemerkung nicht übel. Dafür kannte sie die Wahrheit zu gut.

»Also, was genau ist dir aufgefallen?«

Lena war neugierig.

»Wie du schon sagtest, Katrin und ich waren in derselben AG bei Mark. Kennst du ihn?«

»Nur vom Sehen. Der hat doch ein Büro mit Eva zusammen, oder? Der Kleine mit dem dicken Schmierbauch, der immer so aussieht, als würde seine Mama ihn morgens anziehen?«

Luisa musste lachen. Dann wurde ihr Gesicht hart.

»Genau der! Sieht so harmlos aus, ist aber ein verfluchter Wichser!«

Lena blickte erstaunt zu der kleinen zierlichen Person neben ihr.

»Sorry, aber etwas anderes fällt mir da nicht ein. Der macht mich so was von aggressiv! Ich weiß nicht, ob du bereits von den Gerüchten gehört hast, die rumgehen?«

»Zu Mark? Nichts. Er gilt als total unauffälliger Typ.«

»Ha! Zumindest ist er ein hervorragender Schauspieler! Ich war vor einigen Tagen bei ihm, um ihn was wegen der Klausur zu fragen. Er tat sehr verständnisvoll. Er schloss die Tür, bot mir den Stuhl vor seinem Schreibtisch an. Ich wollte ihn nur etwas zur Stellvertretung fragen, aber er hatte so eine nette Art und hat sich so angestrengt, mich zu beruhigen, dass ich Vertrauen gefasst habe. Ich erzählte ihm, dass ich Angst hätte, durchzufallen und exmatrikuliert zu werden.« Sie atmete hörbar aus und blickte zu Lena. »Ich habe einen Kredit aufgenommen, um mir das Studium zu ermöglichen. Wenn ich die Klausur verhaue, stehe ich mit einem Haufen Schulden ohne Abschluss da. Er saß neben mir und hörte mir zu. Als ich anfing zu weinen, legte er einen Arm um mich. Ich dachte noch ›Wie süß, der will dich trösten‹ – ich Vollidiot!«

Luisa blieb stehen und beugte sich so nah zu Lena, dass ihre Gesichter nur wenige Zentimeter trennten. Ihre Stimme war leise, bedrohlich.

»Stattdessen flüsterte er mir ins Ohr, dass er wüsste, was ich tun könnte, um meine Lage zu verbessern. Er kenne die Klausurinhalte, er entwerfe sie schließlich selbst. Wenn ich ihm ein wenig entgegenkommen würde, könnte er mir weiterhelfen. Dabei rutschte seine Hand an meine Brust.«

Luisa schüttelte sich und trat einen Schritt zurück.

»Ich bin aufgesprungen, war jedoch unfähig, einen Ton zu sagen. Ich starrte ihn nur an und lief raus.« Sie wurde lauter. »Ich könnte mich im Nachhinein ohrfeigen für meine Feigheit! Ich hätte ihn anschreien oder anzeigen oder wenigstens den Dekan informieren müssen.« Luisas Arme ruderten durch die Luft. »Aber ich konnte nicht. Er hat mich kalt erwischt!«

Ihr Atem ging schnell, ihre Wagen röteten sich. Lena konnte

sie nur zu gut verstehen. Ihr lief beim Gedanken an diesen schmierigen Typen eine Gänsehaut über den Rücken.

»Wie kommst du darauf, dass das etwas mit dem Mord an Katrin zu tun haben könnte?« Lena ahnte die Antwort bereits.

Erneut das Nesteln am Plastikdeckel, der Blick zu Boden.

»Ein paar Tage später hatte ich all meinen Mut zusammengenommen und wollte ihn zur Rede stellen. Da sah ich Katrin aus seinem Zimmer stürzen. So hatte ich wohl auch ausgesehen, ein paar Tage zuvor. Weit aufgerissene Augen und offener Mund. Sie rannte an mir vorbei. Ich wusste sofort, was passiert sein musste. In dem Augenblick begriff ich, dass ich nicht die erste und auf jeden Fall nicht die letzte Studentin war, bei der Mark diese Masche versucht hat. Da bekam ich Zweifel, ihn damit zu konfrontieren.«

Lena konnte Luisas schlechtes Gewissen beinahe mit Händen greifen. Sie hob abwehrend die Hand, und ihre Stimme nahm an Geschwindigkeit auf, als sie sich rechtfertigte.

»Bisher ist nie auch nur ein Gerücht in dieser Richtung bekannt geworden. Wie du gesagt hast: Er ist total unauffällig. Niemand würde mir glauben. Also habe ich den Rückzug angetreten. Ich könnte mir selbst in den Arsch treten! Was ist, wenn Katrin mutiger war und ihn zur Rede gestellt oder gedroht hat, ihn anzuzeigen? Dann hätte er ein gutes Motiv!«

Die beiden sahen sich an. Lenas Hirn arbeitete auf Hochtouren. Konnte das wirklich stimmen? Aber welchen Grund hätte Luisa zu lügen? Andererseits kannte sie das Mädchen überhaupt nicht. Lena war hin- und hergerissen.

»Du weißt sonst von niemandem, der in der gleichen Situation war?«

»Ich überleg schon seit Tagen, ob ich die Mädels gezielt anquatschen soll, bei denen auch der letzte Versuch ansteht. Ich kenne leider keine aus den höheren Semestern.«

»Puh. Ich müsste in Ruhe nachdenken, vielleicht fällt mir noch jemand ein. Im Moment ist es gerade ein bisschen viel auf einmal.«

Luisa sah sie verständnisvoll an.

»Es muss hart für dich sein. Sie war schließlich eine sehr enge Freundin von dir. Es tut mir wirklich sehr leid!«

Lena fühlte, dass Luisas Worte von Herzen kamen, und lächelte sie an.

»Mach dir keine Vorwürfe! Du hättest das Ganze nicht verhindern können. Wenn du mit deiner Vermutung richtig liegst und Mark zur Rede gestellt hättest, wärst du jetzt vermutlich auch tot.«

Luisa zuckte bei ihren Worten zusammen.

»Tut mir leid. Das war dumm.«

»Nein. Es war mir nur vorher nicht bewusst. Ich habe nur an Katrin gedacht.«

Sie gingen noch ein Stück, dann sah Luisa auf ihre Uhr.

»Ich muss jetzt los. Meine Kleine von der Kita abholen.«

Lena blickte sie verwundert an. »Du hast ein Kind?«

»Ja.«

»Wow. Und dann noch studieren? Wie alt ist sie denn?«

»Anderthalb.«

»Krass. Da hast du ja auch ein volles Programm. Dazu noch dieser Klausurstress und der Studienkredit. Kein Wunder, dass du oft so ausgelaugt aussiehst.« Lena schlug sich mit der Hand auf den Mund. »'tschuldigung! Ich lasse heute kein Fettnäpfchen aus.«

»Schon okay. Du hast den Nagel auf den Kopf getroffen. Vielleicht habe ich unterbewusst auch deswegen nichts gesagt.

Ich glaube, ein kleiner Teil von mir überlegte kurz, Marks ›Angebot‹«, dabei machte sie mit Zeige- und Mittelfingern Gänsefüßchen, »anzunehmen. Aber dann hätte ich mir selbst nie wieder in die Augen sehen können.«

»Würde es dir weiterhelfen, wenn ich mit dir lerne?« Das Angebot kam spontan, aber Lena bereute es nicht. Bisher hatte sie Luisa als schüchterne Gothic-Tante abgetan. Doch nach diesem Gespräch wusste sie, dass auch sie mehr hinter ihrer schwarz-weißen Maske versteckte.

»Das wäre großartig! Du hast den Schein auf Anhieb bestanden, oder?«

»Ja. Was nicht heißt, dass ich alles weiß. Ich bin nur so gerade eben durchgerutscht.«

»Das würde mir schon reichen.«

»Also gut. Wie wäre es Montagnachmittag? Ort deiner Wahl?«

»Ich muss immer um fünfzehn Uhr Ella von der Kita abholen. Ginge auch ein Vormittag? Ich bringe auch Brötchen mit.«

»Okay. Dann treffen wir uns bei mir in der WG. Goethestraße 11. Ich mach Kaffee.«

»Super! Vielen Dank!« Luisa schien sich zu beherrschen, ihr nicht um den Hals zu fallen.

Zum ersten Mal an diesem Tag fühlte sich Lena ein wenig wohler. Wenigstens bei dieser Sache konnte sie etwas richtig machen.

Luisa wurde ruhig. Sie stoppte, griff Lenas Arm und beugte sich vor. »Was hältst du davon, wenn wir ihm eine Falle stellen?«

»Eine Falle? Wie stellst du dir das vor?« Lenas Stirn legte sich in Falten.

»Na ja. Ich könnte zu ihm gehen und fragen, ob sein Angebot noch steht. Wir müssten ihn filmen oder so was. Irgendwie beweisen, mit welcher Masche er die Mädels belästigt.«

»Die Idee finde ich super, aber bei dem Gedanken, dass du den Lockvogel spielst, wird mir anders! Ich meine, was ist, wenn Mark wirklich der Mörder von Katrin ist? Dann bringen wir dich bewusst in Gefahr! Und du hast eine Tochter!«

Luisa nickte bestimmt. »Genau aus diesem Grund will ich das machen! Wenn ich meiner Tochter ein Vorbild sein möchte, darf ich mich vor so einem Typen nicht verstecken. Denn wenn keiner den Mund aufmacht, wird er immer so weitermachen und noch mehr Frauen erpressen.«

Sie machte eine kurze Pause und fuhr in leiserem Ton fort. »Außerdem habe ich Katrin gegenüber ein schlechtes Gewissen. Wenn er sie wirklich umgebracht hat, um seine Machenschaften zu vertuschen, dann bin ich quasi mitschuldig. Denn ich hätte was sagen müssen!«

»Wenn hier jemand Mitschuld hat, dann wohl eher ich. Schließlich hat unser Streit sie dazu gebracht, diese beschissene Party allein zu verlassen.«

Jede hatte ihren Blick auf den Boden gerichtet und hing ihren eigenen Gedanken nach.

»Leonard! Vorsicht!«, hörten sie plötzlich eine hohe Frauenstimme schreien.

Reifen quietschten, und ein Miniaturfahrrad mit einem Miniaturmenschen darauf schlitterte vor Lena über den Kiesweg, rutschte seitlich weg und landete vor ihren Füßen. Lena erschrak zunächst, ging jedoch schnell in die Hocke, um zu schauen, ob der Fahrer verletzt war. Zu ihrem Erstaunen vernahm sie kein Geschrei, sondern ein leises Glucksen, das in lautes Lachen überging. Ansteckendes Kinderlachen, denn Leonard war höchstens vier. Unter seinem überdimensional großen Helm schauten blaue Augen hervor und ein riesiger Mund, der weit geöffnet war. So sieht man also aus, wenn man wunschlos glücklich ist, dachte Lena. Sie grinste zurück.

»Leonard, ich habe dir schon hundertmal gesagt, dass du nicht so schnell fahren sollst! Wenn du nicht hören kannst, nehme ich dir das Rad weg!« Die Hände in die Hüften gestemmt, stellte sich die Mutter neben den Kamikazefahrer.

Der kleine Mann strahlte zu seiner Mama hoch, und innerhalb von Sekunden wechselte ihre Miene von tadelnd zu liebevoll. Dieser Anblick hinterließ einen Stich in Lenas Herz. Sie hätte auch gerne ein solches Mienenspiel bei ihrer Mutter beobachtet.

»Oh, Mist! In zehn Minuten muss ich Ella abholen. Hast du heute Abend schon was vor?« Luisa wartete die Antwort gar nicht ab. »Ella geht um sieben ins Bett. Komm doch danach vorbei, und wir überlegen uns, wie wir die Sache angehen wollen. Wir wohnen in der Mechenstraße Hausnummer 55.«

Sie hob grüßend die Hand und lief mit schnellen Schritten Richtung Arithmeum davon.

Lena blieb allein im Hofgarten zurück. Sie war diejenige gewesen, die die Polizei auf Christophs Spur gebracht hatte. Völlig umsonst. Lief sie wieder Gefahr, den Falschen zu verdächtigen? Fest stand, dass Mark Dreck am Stecken hatte. Zumindest, wenn man Luisa Glauben schenkte. Und das tat sie. Beweise hatte sie nicht. Sie hatte bestimmt nicht vor, sich noch einmal vor Tobias lächerlich zu machen. Nachdenklich spazierte sie weiter und kickte, ganz in Gedanken, gegen die kleinen Kiesel auf dem Weg. Wie könnte sie Luisas Anschuldigungen beweisen? Sie selbst hatte die Zwischenprüfung längst bestanden und konnte sich nicht mehr in Marks Kurse einschleusen. Ihr blieb nichts anderes übrig, als Luisas Angebot anzunehmen.

Erst einmal ging es um die Anschuldigung, Studentinnen zum Sex zu erpressen. Der Mord an Katrin war damit noch lange nicht aufgeklärt. Aber es wäre ein Anfang!

Lena rauchte der Kopf. Ihr kam es vor, als würde sie sich ständig im Kreis drehen. Das konnte auch daran liegen, dass sie mittlerweile bestimmt die sechste Runde um den Hofgarten drehte. Sie beschloss, es für heute gut sein zu lassen. Ein kurzer Blick auf die Uhr zeigte ihr, dass es kurz nach drei war. Genug Zeit, um nach Hause zu fahren und noch ein paar Kilometer laufen zu gehen. Sie würde Julia erneut vertrösten müssen. Das machte ihr allerdings weniger zu schaffen.

»Hey, schöne Frau!« Hendrik war wie aus dem Nichts neben ihr aufgetaucht und legte ihr den Arm um die Schultern. »Ich dachte mir, bevor du Spurrillen in den Kies läufst, hast du Lust, mich auf eine Ausfahrt zu begleiten?«

Er sah sie mit seinen braunen Augen an wie ein Kind einen Eisverkäufer.

»Sorry, heute geht es nicht. Ich wollte mich gerade auf den Weg nach Hause machen.«

»Ach, komm. Du läufst hier seit Stunden im Kreis. Da hast du wohl eine weitere Stunde für deinen besten Freund?«

Sein Griff wurde fester, und Lena spürte zum ersten Mal ein deutliches Unwohlsein in Hendriks Gegenwart. Diese Nähe war ihr momentan zu viel. Er schien das zu spüren und ließ seinen Arm sinken.

»Na los, ich habe am Wochenende gesehen, dass es im Kottenforst Babywildschweine zu bewundern gibt. Ein bisschen frische Luft, kleine Quieker …«

Lena winkte genervt ab.

»Heute echt nicht! Lass uns die Schweine nächste Woche besuchen. So schnell wachsen die sicher nicht.«

Sie sah die Enttäuschung in seinem Gesicht und fragte sich, was er sich von diesem Spaziergang erhoffte. Aber jetzt hatte sie andere Sorgen. Hendrik würde warten müssen.

14. Kapitel

Der Geruch von Eisen drang ihm in die Nase, und er musste kurz gegen den Würgereflex ankämpfen.

»Scharfe, beinahe vollständige Durchtrennung des Halses mit Eröffnung der Halsschlagadern circa sechs Zentimeter über dem linken Schlüsselbein. Circa elf Zentimeter breite Öffnung. Glatte Wundränder, klaffende, offene Wunde, gerader Schnitt. Die Verletzung kann erst wenige Stunden alt sein, das Blut ist noch nicht angetrocknet. Keine Probierschnitte zu erkennen. Keine äußerlichen Anzeichen anderer Verletzungen. Alter des Toten schätzungsweise Mitte zwanzig.«

»Zweiundzwanzig.«

Der Gerichtsmediziner blickte irritiert auf, um dann weiter monoton in sein Diktiergerät zu sprechen.

Tobias blickte auf den leblosen Körper, schüttelte den Kopf und ging schnellen Schrittes zur Tür. *Warum haben wir ihn nicht eher gefunden? Wir hätten direkt eine Fahndung herausgeben sollen. Dann hätten wir einen Toten weniger.*

Er lief die Treppe zwei Etagen höher, bog nach links ab und stand vor einer Armada von Kollegen der KTU in weißen Tyvek-Anzügen. Werner schälte sich aus diesem weißen Fleck und kam direkt auf ihn zu.

»Du kannst einen Blick in sein Zimmer werfen, aber da gibt's nichts Spannendes zu sehen. Die Kollegen von der KTU brauchen noch Zeit. Wir sollten uns die restlichen Brüder vornehmen. Die warten alle unten in der Küche.«

Tobias nickte nur. Er sah in das kleine Zimmer. Ein Neunzig-Zentimeter-Holzbett, ein schmaler Schreibtisch. Bücher und Ordner lagen herum. Keine Poster an der Wand, keine Bilder. Nichts, was auf die Persönlichkeit des Bewohners hingewiesen hätte. Aber Tobias wusste, dass er sich auf die Kollegen von der Spurensicherung verlassen konnte. Wenn es hier irgendetwas zu finden gab, würden sie es finden.

Langsam folgte er Werner in die Küche. Der Radiowecker zeigte 11.30 Uhr. *Zu früh! Es ist viel zu früh für ihn! Zu früh, um so einen Tod zu erleiden.* Werners tiefer Bass holte Tobias in die Realität zurück. Sein Kollege hatte bereits angefangen, von allen Anwesenden die Personalien aufzunehmen. Tobias zählte fünf Jungs. Er erkannte Richard Schönfeld von seinem letzten Besuch und musste an Lena denken. Ob es ihr gut ging? Er würde sie anrufen, wenn er mit der Befragung durch war.

»Wie viele Leute wohnen hier?«, fragte er in die Runde.

Acht Augenpaare richteten sich auf Richard, der die Wortführung übernahm. Tobias notierte innerlich, dass Richard hier das Sagen zu haben schien.

»Sechs Bewohner.«

»Also sind Sie vollzählig. Ist es normal, dass wir Sie um diese Uhrzeit alle in Ihren Betten vorfinden?« Er konnte seinen abschätzigen Ton nicht verbergen.

»Nein, das kommt äußerst selten vor.«

»Warum dann heute, wo wir Ihren Mitbewohner tot auffinden?«

Er sah, dass Richard zu Boden blickte und schluckte.

»Wir waren gestern bei der *Abatritia*. Das ist eine Studentenverbindung in der Arndstraße. Die hatten unsere Fahne geklaut. Die bekommt man nur zurück, wenn man sie aussäuft. Deshalb sind wir alle zusammen hin, um eine Art Wetttrinken zu veranstalten.«

»Das heißt, Herr von Meerbach war auch dabei?«

»Nein. Er sagte, ein Bekannter hätte Interesse an unserer Verbindung bekundet, und die beiden hatten einen Termin für eine Hausbesichtigung vereinbart. Neue Mitglieder sind gern gesehen, daher war es kein Problem, dass Christoph hier blieb. Der säuft eh zu langsam.« Richard lachte auf. Im selben Augenblick schien ihm aufzugehen, dass Christoph gerade tot aus dem Haus getragen wurde. Sein Lachen erstarb.

»Dann war also Herr von Meerbach allein im Haus?«

»Ja. Als wir gingen, kam er die Treppe herunter. Ich glaube, er wollte sich was zu essen aus der Küche holen.«

»Wissen Sie, mit wem er sich treffen wollte?«

»Nein. Er sagte nur: ein Bekannter. Ich nehme an, dass es ein Kommilitone gewesen sein muss. Oder jemand vom Fechten. Andere Bekannte würden mir nicht einfallen.«

Er zögerte. »Wissen Sie schon, was passiert ist?«

»Fest steht, dass er in Ihrem Ballsaal tot aufgefunden wurde. Alles Weitere wird uns der Bericht der Gerichtsmedizin erzählen. Bis dahin sind wir auf Ihre Mithilfe angewiesen. Gab es Auseinandersetzungen in den letzten Tagen? Irgendwelche Auffälligkeiten hier oder an der Uni? Hatte er mit jemandem Streit? War er schlecht drauf? Wie liefen seine Klausuren? Alles könnte für unsere Ermittlungen wichtig sein.« Tobias blickte in die Runde.

Erneut ergriff Richard das Wort, dieses Mal zögerlicher.

»Er war ziemlich unauffällig. Er ist erst seit kurzem bei uns. Ich wohne als Senior seit zwei Jahren hier. Steffen«, er zeigte auf einen stämmigen großen Mann mit schwarzen kurzen Haaren, »wohnt seit drei Semestern hier. Er ist der Fuchsmajor. Das heißt, er ist im Haus für die Ausbildung der Füchse zuständig. Zu denen gehören die vier anderen Bewohner. Die Neumitglieder wohnen meistens auf dem Haus. Die Wohnungen sind extrem günstig, um neue Studenten anzuwerben und ihnen das Verbindungsleben näherzubringen. Christoph kam allerdings über seinen Vater zu uns. Die Mitgliedschaft bei den Vestigen wurde ihm quasi in die Wiege gelegt.« Er machte eine Pause und zündete sich eine Zigarette an.

Tobias dachte an seinen letzten Besuch zurück. Zigaretten schienen ein Zeichen für Richards Nervosität zu sein. Er inhalierte tief, packte das Feuerzeug weg und ließ seine Hand lässig in der Hosentasche stecken. Die Geste stand im krassen Widerspruch zur Anspannung in seinem Gesicht.

»Ich hatte manchmal das Gefühl, dass Christoph nur auf Wunsch seines Vaters seine Zeit hier absaß. Doch das ist nur mein persönlicher Eindruck. Er nahm an allen Veranstaltungen teil, war ein sehr guter Fechter, aber irgendwie hielt er sich immer abseits. Vielleicht glaubte er, was Besseres zu sein. Keine Ahnung. Aber soweit ich es beurteilen kann, hat er zu keinem eine engere Beziehung unterhalten. Man konnte ihn nicht einschätzen.«

Er blickte zu seinen Verbindungsbrüdern, die stumm nickten. »Er verlor kaum einen persönlichen Satz, wurde nie laut. Das soll was heißen, wenn man so eng beisammen wohnt. Zumal ich ein paarmal versucht habe, ihn zu provozieren und aus der Reserve zu locken. Aber er war immer die Ruhe selbst und blieb auf Abstand.«

Tobias horchte auf.

»Warum haben Sie ihn provoziert?«

»Einfach so. Um zu sehen, wie er reagiert, ob er überhaupt mal eine Reaktion zeigt. Er war immer so ruhig.«

»Womit konnte man Christoph aus der Reserve locken?« Tobias' Neugier war geweckt.

»Ich habe es mit verschiedenen Ansätzen probiert. Hab ihn ›Prinzessin auf der Erbse‹ genannt wegen seiner Adelsherkunft oder hab ihn damit aufgezogen, dass er noch nie eine

Frau mit nach Hause gebracht hat. Aber er war zu clever, um sich dadurch reizen zu lassen.«

Tobias war überrascht. Richard schien die Wahrheit zu sagen und war sehr offen. Irgendetwas daran irritierte ihn. Richard schien dies zu bemerken. Er lächelte schwach.

»Ich weiß, dass Sie mich wegen Ihres letzten Besuches auf dem Kieker haben. Da ich mit der Sache nichts zu tun habe, müsste ich schön blöd sein, Ihnen Informationen vorzuenthalten. Dass ich Christoph öfter angepault habe, ist jedem bekannt. Das hätten Sie sowieso erfahren.«

»Angepault?« Tobias sah ihn fragend an.

Richard nickte. »So nennt man es hier, wenn man jemanden provoziert.«

Tobias nickte. Richard dachte vorausschauend.

»Was für einen Eindruck hatten Sie von seiner seelischen Verfassung?«

Richard räusperte sich.

»Sie wollen doch nicht sagen, dass er sich das selber angetan haben soll?« Er atmete hörbar aus und verzog das Gesicht. »Nein. Beim besten Willen nicht. Das wäre nicht seine Art. Wie schon gesagt, er hatte sich und seine Gefühle immer unter Kontrolle. Er hat von klein auf gelernt, dass Verantwortung auf ihm lastet. Er hätte sich nicht umgebracht, zumal er gerade eine Frau kennengelernt hatte. Seine Prüfungen liefen hervorragend. Ich glaube, das Jurastudium war das Einzige, für das er seinem Vater wirklich dankbar war. Das war genau sein Ding: sich über Stunden mit theoretischen Problemen herumschlagen und für sich sein. Aber nicht auf eine depressive Art. Er schien damit glücklich gewesen zu sein.«

Richard drückte die Zigarette in eine herumstehende Bierflasche und sah Tobias mit einem Blick an, der deutlich machte, dass es nichts mehr zu sagen gab.

Tobias blickte in die Runde. »Hat einer von Ihnen noch etwas zu ergänzen? Ist einem von Ihnen etwas aufgefallen?«

Allgemeines Schweigen.

Richard räusperte sich. »Kann ich dann gehen?«

»Ja, aber wir müssen Ihre Aussage protokollieren. Kommen Sie bitte morgen um zehn aufs Präsidium. Die KTU wird noch einige Stunden beschäftigt sein, aber Sie können sich in Ihre Räume zurückziehen. Falls Ihnen noch etwas einfällt: Ich lasse meine Handynummer da. Jeder Hinweis könnte uns weiterhelfen.«

Tobias ging zu der Kreidetafel, die an der Wand neben dem Kühlschrank hing und auf der anscheinend die Einkäufe notiert wurden. Er schrieb seinen Namen und seine Telefonnummer unten in die Ecke.

»Bitte halten Sie sich alle in den nächsten Tagen zu unserer Verfügung. Vielen Dank.«

Tobias verließ mit Werner den Raum. Der Chef der KTU gab ihnen per Handzeichen zu verstehen, dass sie noch einige Zeit brauchen würden. Also machten sich die Ermittler schon mal auf in Richtung Polizeipräsidium. Same procedure as every time, erst die Fakten sortieren. So langsam ging dieser Fall Tobias an die Nieren.

Er konnte die Schlagzeile schon vor sich sehen: Zwei tote Bonner Studenten innerhalb einer Woche! *Die werden uns auseinandernehmen!* Tobias schlug seine Fahrertür fester zu als gewöhnlich.

Während er den dunklen VW durch die Straßen der Bonner Innenstadt lenkte, versuchte er, seine Gedanken zu ordnen.

Erst wurde Katrin erschlagen und im Rhein entsorgt. Die erste wirkliche Spur führte zu Christoph und seinen Verbindungsbrüdern. Tobias wusste von Lena, dass es zwischen den beiden Toten eine Beziehung gab, sie zu Schulzeiten sogar ein Paar gewesen waren. Und sie hatte ihn auch darüber informiert, dass Christoph seine wahre sexuelle Ausrichtung verheimlichte. Nicht einmal sein engster Freundeskreis schien zu wissen, dass er schwul gewesen war. Katrin hätte ihn verraten können. Aber war das ein ausreichendes Motiv, um jemandem den Schädel einzuschlagen?

Zumal sie schon einmal für ihn geschwiegen hatte. Aber vielleicht ist er ihr an jenem Abend hinterhergelaufen, hat sie um erneutes Schweigen gebeten, doch sie hatte die Schnauze voll gehabt? Vielleicht hatte sie ihm gesagt, dass er sich zum Teufel scheren solle und sie keinen Bock mehr hätte, für ihn zu lügen?

Das laute Hupen des Hintermanns brachte Tobias zurück in die Gegenwart. Er schimpfte leise und legte den ersten Gang ein, um über die Kreuzung zu fahren. Sein Hintermann hatte weniger Glück: Die Ampel zeigte bereits Rot.

Werner hustete und schaute zu Tobias.

»Alles klar bei dir?«

»Ja. Ich versuch nur gerade, das alles zu sortieren. Ich kann mir nicht vorstellen, dass dieser Christoph von Meerbach seiner alten Schulfreundin den Kopf einschlägt. Das passt alles nicht zusammen.«

»Ich finde sogar, das passt sehr gut. Dieser Typ war total darauf bedacht, dass nach außen der schöne Schein gewahrt blieb. Verbindungsstudent, Jurist, die Fechterei und Sauferei. Er hat seinen Brüdern den harten Kerl vorgespielt, anstatt den warmen Bruder raushängen zu lassen. Er muss eine Wahnsinnsangst davor gehabt haben, was seine Familie und seine Freunde von ihm denken, wenn sie es erfahren. Ich halte das für ein starkes Motiv.«

»Okay. Wir müssen mit Lena reden, ihr hat er sich geöffnet, anscheinend hatte sie einen Zugang zu ihm gefunden. Wir müssen mit seiner Familie und seinen engsten Freunden sprechen, damit wir ein besseres Persönlichkeitsprofil von ihm bekommen. Das ist mir alles zu dünn. Irgendwas stimmt da nicht. Der ist zu gut erzogen, um sich selbst zu erstechen. Zu viel Drama für einen Jungen aus gutem Hause, und zudem bräuchte er dafür Eier. Kannst du dir vorstellen, dir eigenhändig einen Degen durch den Hals zu rammen? Dafür braucht man eine Menge Mut. Wenn er den gehabt hätte, hätte er auch zu seiner Neigung stehen können!«

»Okay, okay. Vergiss das Präsidium, wir fahren als Erstes zu seinen Eltern und dann zu Lena. Ich rufe Phillip an, damit er uns die Adresse durchgibt. Fahr rechts ran! Da vorne ist eine Imbissbude. Hol dir eine Cola und was zu essen, und dann übernehme ich das Steuer. Einer lenkt, einer denkt.«

Tobias musste lachen.

»Du hast also die letzten Minuten viel gedacht?«

»Hey! Vorsicht, Großmaul! Mach, dass du aus dem Auto kommst!« Tobias parkte den Wagen am Straßenrand und tat, wie ihm geheißen.

15. Kapitel

Lena öffnete die Wohnungstür, schmiss ihren Schlüssel auf die kleine Holzkommode und nahm ihre Post mit, die dort lag. Julia oder Barbara hatten heute bereits den Briefkasten geleert. Sie klopfte an Julias Zimmertür, aber es schien niemand da zu sein. Es war vollkommen ruhig.

Lena legte ihre Sachen auf den alten Ohrensessel und schnappte sich Zettel und Stift von ihrem Schreibtisch. Sie hoffte, dass Julia nicht allzu böse sein würde, wenn sie die Notiz finden würde. Aber das Treffen mit Luisa ging vor. Nachdem sie den Zettel mit Klebeband an Julias Tür geklebt hatte, begab sie sich zurück in ihr Zimmer und setzte sich mit ihrer Post aufs Bett. Die Telefonrechnung und ein brauner DIN-A5-Umschlag. Sie drehte ihn um, konnte aber keinen Absender erkennen. Zögernd riss sie den Umschlag auf. Fünf Fotos fielen aufs Bett. Fünfmal blickte sie in ihr eigenes Gesicht. Ein ziemlich rotes Gesicht beim Joggen am Rhein, ein sehr entspanntes im Hofgarten, auf dem Rad, vor dem Unigebäude und vor dem Hauseingang von Frau Schneider-Michelsen.

Lena fröstelte, Gänsehaut fuhr über ihren Körper. Sie sah sich im Zimmer um und fühlte sich plötzlich beobachtet. Sogar hier, in ihrem Zuhause. Jemand wusste anscheinend alles über sie, über jeden ihrer Schritte: Was sie studierte, wo ihre Laufstrecke war, welche Ärzte sie besuchte. Ob dieser Jemand auch wusste, warum? Was genau wusste er noch? Oder sie?

»Verdammt!«

Lena ließ die Fäuste auf die Bettdecke sinken. Sie wollte sich zusammenrollen und darunter verstecken, aber sie fühlte sich nicht sicher. Sie stand auf und ging vorsichtig zur Tür. Sie durchsuchte jedes einzelne Zimmer und sah aus jedem Fenster. Sie hatte keine Ahnung, wonach sie suchte, aber sie musste irgendetwas tun!

Wer könnte sie beobachten? War es wegen Katrin? Weil sie den Mörder suchte? Oder hatte es etwas mit ihrer Vergangenheit zu tun? Ihr wurde übel. Sie rannte ins Bad und schaffte es gerade noch bis zur Toilette.

Als sie zitternd vom Fliesenboden aufstand, hatte sie einen Entschluss gefasst. Sie schnappte sich ihre Tasche und packte die Fotos sowie den Umschlag hinein. Als sie ihr Fahrrad vor dem Haus aufschloss, lief es ihr kalt den Rücken hinunter. Hastig drehte sie den Kopf in alle Richtungen, aber sie konnte nichts Verdächtiges erkennen. Vor dem Café an der Ecke standen einige Menschen und unterhielten sich. Jemand lachte laut auf. In der entgegengesetzten Richtung schoben zwei Frauen ihre Kinderwagen nebeneinander her und unterhielten sich angeregt. Es war ein regenfreier Herbsttag. Das Rauschen der Bahn war in der Ferne zu hören. Alles schien normal, aber für Lena fühlte sich alles fremd an. Unheimlich fremd. Hastig trat sie in die Pedale und fuhr auf direktem Weg zum Polizeipräsidium. Sie musste mit Tobias reden.

Zufrieden blickte er ihr hinterher. Er hatte die Angst in ihren Augen sehen können, die Nervosität, mit der sie den Blick hin- und herschwanken ließ, hatte in ihm einen freudigen Schauer erzeugt. Genau so hatte er es geplant. Die Zeit der Sicherheit war vorbei. Er hatte sie lange genug geschont, jetzt würde er mit ihrer Angst arbeiten – bis er sie an seinem Ziel hatte.

Der Schnäuzer erinnerte sie an Hitler, mit dem Unterschied, dass der Mann, der hinter der Plexiglasscheibe saß, hellblond war. »Wie ich bereits sagte, Herr Wagner ist außer Haus, und ich weiß nicht, wann er zurück sein wird. Ich kann ihm mitteilen, dass Sie hier waren. Wenn Sie Ihre Rufnummer hinterlassen, leite ich sie weiter.«

»Er hat meine Nummer. Bitte richten Sie ihm aus, dass Lena hier war. Er weiß dann Bescheid.«

Sie hörte noch ein »Gern.« Aber sie hatte sich schon umgedreht und war auf dem Weg hinaus.

Sie hätte sich denken können, dass er unterwegs war. Doch darüber hatte sie gar nicht nachgedacht. Sie war einfach losgefahren. Sie holte das Handy aus der Jackentasche und wählte Tobias' Nummer. AB. Scheiße!

Der Blick aufs Handy zeigte ihr, dass sie sich beeilen musste, um pünktlich bei Louisa zu sein. Tobias würde sich schon melden. Sie hatte ihm ja eine Nachricht hinterlassen.

Über siebzig Parteien! Lena starrte auf das Klingelschild, als wäre es ein chinesischer Sprachführer. Es dauerte einige Minuten, bis sie Louisas Namen gefunden hatte. Erleichtert drückte sie auf die Klingel. Als das leise Summen ertönte, zog sie die schwere Glastür auf, ignorierte den Aufzug und lief die Steintreppen hinauf in den siebten Stock. Die Flure hatten Krankenhauscharme, graukarierter Teppich, ehemals weiße Wände. Eine Tür wies Einbruchspuren auf. Louisa stand im Türrahmen und erwartete sie mit einem Lächeln. Auf ihrer Fußmatte prangte in Pink auf Gold der Schriftzug »Prinzessin«

»Schön, dass du gekommen bist!« Louisa nahm sie in den Arm, ging einen Schritt zur Seite und bat sie herein.

»Bist du etwa gelaufen?« Louisa schien ehrlich beeindruckt.

»Mir war nach Bewegung.«

Im Flur stand ein Skelett als Garderobenständer mit einem Hakenarm für die kleine Mitbewohnerin. Lena stülpte ihm ihre Jacke über den Kopf. Rechts lag eine Küchenzeile mit Durchreiche ins Wohnzimmer, in der sie mehrere bunte Töpfe mit frischen Kräutern ausmachen konnte. Links stand die Tür zum Bad einen Spalt offen.

»Geh durch! Willst du was trinken?«

»Wasser wäre gut. Danke.«

Lena ging über den alten Laminatboden ins Wohnzimmer. Zum ersten Mal, seit sie den Brief geöffnet hatte, konnte sie wieder frei atmen. Sie merkte, wie sich ihre Muskeln entspannten, als sie auf das gemütliche, weiche Sofa sank. Der Kloß in ihrem Bauch schien sich aufzulösen. Sie ließ ihren Blick durch den Raum schweifen: Vor der Durchreiche zur Küche stand ein massiver Holztisch mit vier Stühlen; auf dem Tisch lagen Jurabücher neben Karteikarten und Notizbüchern. Eine Wand war vollkommen grau gestrichen, lediglich von vereinzelten schwarzen Sternen unterbrochen. Es gab keinen Fernseher, aber Bücherreihen lagen aufeinandergestapelt an der Wand. Stieg Larsson neben Astrid Lindgren. Lena lächelte.

In der linken Ecke hingen Fotos, die mit Stecknadeln an einer Pinnwand befestigt waren. Die meisten zeigten ein kleines dunkelhaariges Mädchen mit großen Kulleraugen und einem ansteckenden Lachen. Das musste Ella sein.

Luisa kam mit zwei Wassergläsern aus der Küche und folgte Lenas Blick.

»Ella ist gerade eingeschlafen.« Sie nickte in Richtung Schlafzimmer. »Normalerweise ist sie durch nichts mehr zu wecken. Sie hat einen gesunden Schlaf.« Eine Falte bildete sich auf Luisas Stirn. »Geht's dir gut? Du siehst blass aus!«

»Ja, alles gut. Es ist nur ein bisschen viel auf einmal. Worum sollen wir uns zuerst kümmern? Mark oder deine Karteikarten?«

Louisa seufzte. »Ich denke, ich kann mich eh nicht mit Lernen beschäftigen, solange mir der Rest im Kopf herumspukt. Lass uns erst überlegen, wie wir die Sache mit Mark angehen wollen, und dann schauen wir weiter.«

»Okay. Da du den schwierigen Part übernimmst, darfst du den Anfang machen. Hast du irgendeine Idee?«

***

»Ich übernehme das.« Werner atmete tief durch.

Tobias war froh, dass nicht er die Todesnachricht überbringen musste. Er hatte bisher wenig Erfahrung mit Eltern, die ihr Kind verloren hatten. Dieses Elternpaar war stadtbekannt. Die Familie von Meerbach lebte seit der Gründung der Republik hier, war schon immer politisch aktiv gewesen und hatte sich geweigert, dem Ruf nach Berlin zu folgen. Sie waren in Bonn verwurzelt und hielten der Stadt die Treue.

Tobias und Werner hatten das Auto verlassen und liefen auf das große schmiedeeiserne Tor zu. Die Sicherheitsvorkehrungen waren für ein ungeübtes Auge kaum zu sehen. Das Grundstück umrandete eine gepflegte grüne Hecke, die mindestens drei Meter hoch war. Den Eingang bildete ein großes Tor in der gleichen Höhe, aus einem Guss gemacht. Keine Stangen, sondern eine drei Meter hohe Metallplatte, die von zwei lebensgroßen Löwen mit weit aufgerissenem Maul bewacht wurde. Nur eine Lichtreflexion verriet Tobias die Kameras, die darin steckten. Er wusste, dass Hecken besonders guten Schutz boten. An ihnen konnten Einbrecher nicht hochklettern oder gar einen Anker hinüberwerfen, um sich hochzuziehen. Werner stieß einen anerkennenden Pfiff aus. Die von Meerbachs schienen sehr um ihre Sicherheit besorgt.

Am rechten Löwenkopf leuchtete ein Klingelknopf. Kein Namensschild wies auf die Bewohner hin. Sekunden, nachdem Tobias die Klingel betätigt hatte, fragte eine unsichtbare Stimme nach ihren Namen und dem Grund ihres Besuches. Werner hielt seinen Ausweis vor den Löwenkopf und antwortete mit leiser Stimme. Tobias wusste, dass Werner auf diese Art die Empfindlichkeit des Mikros testete. Hier schien alles perfekt zu funktionieren. Ein Summen ertönte, und das Tor verschwand in der Mauer; sobald sie das Grundstück betreten hatten, schloss es sich direkt hinter ihnen wieder.

Sie liefen eine breite Auffahrt hinauf, die von Autoreifenabdrücken durchpflügt war. Zur Linken befand sich eine akkurat gestutzte Rasenfläche mit einem römischen Springbrunnen, der kein Wasser führte. Runde Rosenbeete und alten Eichen, die wahrscheinlich der Urgroßvater gepflanzt hatte, vervollständigten das Bild. Das Haus selbst war nicht so groß, wie Tobias es erwartet hätte. Er schätzte es auf etwa zweihundert Quadratmeter. Eine kleine solide Altbauvilla im Godesberger Villenviertel unweit des Rheins.

In der Tür stand ein Mädchen. Tobias erinnerte sich an Phillips Angaben. Christoph von Meerbach hatte zwei Schwestern und zwei Brüder. Drei Geschwister waren noch bei den Eltern gemeldet. Werner hatte ihm vor ein paar Monaten bei einem Feierabendgespräch seine These zur Diskussion gestellt: Eltern, die mehr als ein Kind hätten, würden den Tod eines Kindes besser verkraften. Denn sie hätten noch ein Kind, dem sie ein Vorbild und für das sie stark sein müssten. Tobias wusste nicht, ob das wirklich eine Hilfe sein konnte, als er in das lächelnde Gesicht des Mädchens blickte. Vielleicht war es eher so, dass er mit der Todesnachricht noch mehr Menschen Schmerz zufügte, indem er ihnen nicht nur den Sohn, sondern auch den Bruder nahm.

Werner stellte sie vor und fragte nach den Eltern, während sie ihre Ausweise zeigten.

Das Mädchen hieß Henriette von Meerbach und bat sie, ihr ins Esszimmer zu folgen. Sie liefen durch einen holzgetäfelten Flur und bogen links in ein großes Wohnzimmer ab, das an ein Esszimmer grenzte. Die alten Holzdielen und die vielen Bücher an den Wänden ließen die Räume wohnlich wirken. Ein wenig zu ordentlich für Tobias' Geschmack, aber er war vielleicht auch nicht der richtige Maßstab.

Die Familie saß an einem großen alten Holztisch, auf dem Porzellanschüsseln und leergegessene Teller standen. Der ältere Herr am Kopfende erhob sich und knöpfte dabei sein Jackett zu.

»Johannes von Meerbach.« Er streckte Werner die Hand entgegen.

»Werner Stillhorn. Das ist mein Kollege Tobias Wagner.«

Erneutes Händeschütteln.

»Es tut mir leid, dass wir Sie so spät stören müssen, aber wir haben schlechte Nachrichten für Sie. Es geht um Ihren Sohn Christoph.«

Herr von Meerbach nickte und wies auf die Tür.

»Lassen Sie uns in mein Arbeitszimmer gehen.«

Er ging voraus durch das Wohnzimmer, die knarrende Holztreppe hinauf und links in einen großen dunklen Raum mit meterhohen Bücherwänden und einem alten, schweren Sekretär. In einer Ecke stand ein Besprechungstisch mit vier Stühlen.

Herr von Meerbach setzte sich auf einen der Stühle.

»Was hat er angestellt?«

Frau von Meerbach war ihnen lautlos gefolgt und nahm neben ihrem Mann Platz. Wie in Trance zupfte sie unsichtbare Fusseln von ihrem Rock. Mütter schienen eine innere Eingebung zu haben, wann es ernst um ihre Kinder stand. Tobias merkte, dass sein Mund trocken wurde, und war froh, dass Werner das Wort ergriff.

»Es tut mir leid, Ihnen diese Nachricht überbringen zu müssen, aber Ihr Sohn Christoph ist vor wenigen Stunden tot aufgefunden worden.«

Werner ließ einige Sekunden verstreichen, bevor er weitersprach. Einerseits wollte er den Eltern Gelegenheit geben, das Gesagte zu verarbeiten, andererseits wollte er ihre Mimik und Gestik studieren.

Die von Meerbachs reagierten höchst unterschiedlich: Sein Gesicht schien wie versteinert. Sie hingegen riss die Augen auf und schlug sich die Hand vor den Mund. Die ersten Tränen stürzten hervor. Mit der Rechten griff sie so fest nach der Hand ihres Mannes, dass die Knöchel weiß hervortraten.

»Aber wieso?«, schluchzte sie. »Was ist passiert? Was ist mit meinem Jungen passiert?«

»Wir wissen es noch nicht genau, Frau von Meerbach. Christoph wurde im großen Saal des Verbindungshauses gefunden. Seine Hauptschlagader wurde mit einem Degenstich durchtrennt – durch eigene Hand oder eine dritte Person. Er war sofort tot.«

Tobias hörte, wie Frau von Meerbach die Luft einzog. Ihr Blick zeigte Entsetzen und Ungläubigkeit. Auch ihr Mann verlor kurzzeitig die Kontrolle. Sein Kinn zitterte.

»Das kann nicht sein! Das muss eine Verwechslung sein. Christoph war gestern noch bei uns.«

Während Herr von Meerbach stumm dasaß, plapperte seine Frau weiter, dass ihr Sohn zu jung zum Sterben sei.

Die Luft im Arbeitszimmer war zum Schneiden. Tobias beugte sich vor und stützte die Arme auf die Oberschenkel.

»Diese Schweine!«, zischte von Meerbach. »Diese verfluchten Schweine!« Er schlug krachend mit der Hand auf den kleinen Beistelltisch und sprang auf.

»Du meinst doch nicht, dass sie ihn deswegen …?« Seine Frau schaute noch fassungsloser.

»Na, was denkst du? Glaubst du, es ist ein Zufall, dass er ausgerechnet jetzt ermordet wird?«

Werner ging dazwischen.

»Wir wissen noch nicht, ob es Mord war.«

»Was soll es denn sonst gewesen sein! Oder glauben Sie etwa, unser Junge würde sich selbst die Kehle durchtrennen? Mit einem Degen? Das ist absurd!«

»Ihr Junge zählte zu den Verdächtigen in einem aktuellen Mordfall. Hat er Ihnen davon erzählt?«

Ein verzweifeltes Lachen entfuhr Herrn von Meerbach. Er ging auf Werner zu und blickte ihm direkt in die Augen.

»Mein Sohn hat mir alles erzählt. Er kam gestern Abend zu uns und hat uns von Katrin berichtet. Wir kannten das Mädchen und wussten bereits von ihrem Tod. Christoph erzählte uns die Geschichte und erklärte, dass er aufgrund ihrer gemeinsamen Vergangenheit nun Zielscheibe Ihrer Ermittlungen geworden war. Und ja, falls Sie darauf hinauswollen: Er hat uns in diesem Zusammenhang offenbart, dass er kein Interesse an Frauen hat.«

Johannes von Meerbach schnaufte und machte eine kurze Pause. Sein Anzug saß immer noch tadellos, aber sein Gesicht durchzogen tiefe Furchen. Er ging zu einem Beistelltisch mit einem silbernen Tablett. Darauf standen eine Kristallflasche, in der eine goldene Flüssigkeit schimmerte, und ein paar Gläser.

»Noch jemand?«, fragte er in Richtung des Besprechungstisches. Die beiden Kommissare lehnten dankend ab. Er füllte zwei Gläser und ging zurück zu seinem Platz. Das zweite Glas reichte er seiner Frau, aber sie schüttelte den Kopf. Sein Blick duldete jedoch keine Widerrede, sodass sie es in einem Zug leerte. Er nahm ebenfalls einen Schluck und fuhr fort:

»Mein Sohn hatte vor, am nächsten Morgen zu Ihnen ins Präsidium zu kommen, um reinen Tisch zu machen und sich nicht mehr zu verstecken. Ich habe mir so was schon gedacht. So alt und keine Mädchengeschichten. Da erleben wir mit seinen Geschwistern andere Dinge. Ich habe ihm angeboten, ihn zu begleiten, aber er wollte das allein erledigen.« Er senkte den Blick und schwenkte das Glas in seiner Hand. »Der Tod von Katrin hat ihn sehr mitgenommen. Sie hat ihn damals nicht verraten, und das hat er ihr hoch angerechnet. Er hat mich sogar gefragt, ob ich meine Verbindungen nutzen kann, um bei den Ermittlungen Druck zu machen. Er hat uns gefragt, ob wir ihn zur Beerdigung in Osnabrück begleiten würden. Ihm war wichtig, Katrins Mutter persönlich sein Beileid auszusprechen.«

Von Meerbach versank für einen kurzen Moment in seiner Erinnerung.

»Was seine Aussage anging, habe ich ihm nicht widersprochen. Ich habe ihm allerdings geraten, seine Vorlieben innerhalb der Verbindung nicht öffentlich zu machen. Ich bin selber Vestige. Ich kenne die Jungs, mit denen er zusammenlebt. Die meisten sind liberal und offen, aber es gibt natürlich auch immer ein paar, die eine sehr altertümliche Denkweise an den Tag legen.«

»Und wie denken Sie darüber?« Die Frage war Tobias einfach herausgerutscht.

Herr von Meerbach warf ihm einen abschätzigen Blick zu, leerte sein Glas und ignorierte die Frage. Dann erhob er sich, nahm seiner Frau das Glas aus der Hand und ging erneut zum Beistelltisch. Mit zwei frisch gefüllten Gläsern kehrte er zurück.

»Ein solches Geständnis hätten einzelne Verbindungsbrüder als persönlichen Affront gesehen. Er hätte damit die gesamte Verbindung in Verruf gebracht. Für ihn selbst wäre es ein Spießrutenlauf sondergleichen geworden.«

Er leerte das Glas erneut.

»Ich habe mir Sorgen gemacht und ihn ermahnt, abzuwarten. Zumindest bis er nicht mehr auf dem Haus wohnt und einen eigenen Rückzugsort hat.« Er senkte den Blick. »Er hat offenbar nicht auf mich gehört.«

Werner warf Tobias einen Seitenblick zu. Kein Feierabend, sondern eine weitere Befragung der Vestigen. Tobias verabschiedete sich in Gedanken von seinem Bett und ausreichend Schlaf.

Dann richtete er seine Aufmerksamkeit auf Christophs Eltern. Sie hielten sich beide verzweifelt an ihren Gläsern fest. Ein Anker in einem Chaos aus schlechten Nachrichten – als könnten sie damit die Zeit anhalten. Herr von Meerbach hatte ohne Aufforderung alle Details offengelegt und machte nicht den Anschein, etwas zu verbergen. Aber Tobias wusste, dass diese Szene vollkommen anders aussehen könnte, wenn er und Werner die Bühne verließen.

»Was werden Sie jetzt unternehmen?«, richtete Herr von Meerbach sich an Werner.

»Als Erstes werden wir noch einmal mit seinen Verbindungsbrüdern sprechen. Dann müssen wir die Berichte der Rechtsmedizin und der kriminaltechnischen Untersuchung abwarten und darauf hoffen, dass der Täter Spuren hinterlassen hat.«

Werner zögerte.

»Nach Ihrer Aussage hatte Ihr Sohn keinen Grund, sich selbst zu töten. Folglich suchen wir einen Mörder. Die Frage ist, wer ein Interesse an seinem Tod haben könnte und ob seine Verbindung zu Katrin bedeutet, dass wir es mit ein und demselben Täter zu tun haben. Fällt Ihnen außer den Vestigen noch jemand ein, mit dem Christoph Streit gehabt hat? Hatte er vielleicht heimlich eine Beziehung? Irgendetwas, das uns weiterhelfen könnte?«

Das Paar sah sich zum ersten Mal bewusst an. Frau von Meerbach zuckte mit den Schultern und überließ ihrem Mann die Antwort.

»Da kann ich Ihnen nicht weiterhelfen. Uns ist nichts dergleichen bekannt. Christoph verhielt sich meist unauffällig und war ein Einzelgänger. Er wurde Mitglied der Vestigen, weil er an ihre Prinzipien glaubte. Genau wie ich und sein Großvater. Unsere Familie hat eine lange Verbindungstradition. Wir befürworten das Lebensbundprinzip, dass alle Mitglieder ein Leben lang zusammenhalten. Auch das gemeinsame Lernen und die Disziplin waren ihm wichtig. Die Saufveranstaltungen waren Christoph eher ein Graus. Ich weiß, dass sich seine Jungs darüber oft lustig gemacht haben. Aber sie haben ihn auch geschätzt, denn er war ein sehr guter Student und ein ebenso guter Fechter.« Er atmete auf. »Zudem zahlen wir einen erhöhten Jahresbeitrag.«

Tobias fühlte seinen Blick auf sich ruhen, ließ sich jedoch zu keinem Kommentar hinreißen.

Von Meerbach fuhr fort.

»Was seine Beziehungen angeht: Er sagte, er finde es schwer, überhaupt jemanden kennenzulernen. Seine Geschwister haben ihn damit aufgezogen, dass er keinen Facebook-Account gehabt hat. Jemanden einfach anzusprechen, das war nicht seine Art. Das wäre ihm auch bei Frauen schwergefallen. Ich glaube nicht, dass er schon einmal eine Beziehung hatte.«

»Dürfen wir mit Christophs Geschwistern reden?«, fragte Tobias leise.

Von Meerbach hob beide Hände.

»Ich wäre Ihnen dankbar, wenn das bis morgen warten könnte. Ich habe keine Ahnung, wie ich ihnen Christophs Tod beibringen soll.« Er stockte.

»Das verstehen wir. Wir können die Befragung auch später vornehmen.« Werner stand auf und gab Tobias mit einem Blick zu verstehen, dass er es nicht weiter versuchen sollte. Er legte seine Visitenkarte auf den Tisch. »Wenn Sie Hilfe brauchen oder Ihnen noch etwas einfällt, melden Sie sich bitte bei mir. Wir haben einen sehr guten psychologischen Dienst, der auf solche Situationen spezialisiert ist. Danke, wir finden selbst hinaus.«

Tobias war dankbar für die Möglichkeit, das Zimmer zu verlassen und aktiv zu werden.

Er drückte auf die Fernbedienung des Autoschlüssels, das fröhliche Blinken des Dienstwagens stand im krassen Gegensatz zu seinem Gemütszustand. Tief atmete er die kühle Herbstluft ein, eine angenehme Mischung aus nassem Laub und Rheinluft. Sein Körper fühlte sich bleischwer an wie nach einer langen Wanderung, wenn all seine Muskeln schmerzten und er nur noch liegen wollte.

Sie fuhren wortlos zu den Vestigen. Ihre Tagesration an Buchstaben war fürs Erste aufgebraucht. Alles war gesagt worden, und doch blieben so viele Fragen offen. Aber vielleicht könnte ein erneuter Besuch des Verbindungshauses Licht ins Dunkel bringen.

Es war bereits halb zehn, als die beiden Kriminalhauptkommissare an die Tür der Vestigia klopften.

Nach einigen Minuten öffnete Richard Schönfeld die Tür und stolperte ihnen entgegen. Biergeruch stieg Tobias in die Nase und ließ ihn einen Schritt zurückweichen.

»Guten Abend, Herr Schönfeld. Es haben sich noch einige Fragen ergeben, die wir mit Ihnen und Ihren Mitbewohnern besprechen möchten. Wenn Sie uns bitte hineinlassen würden!«

An Werners Tonfall war deutlich zu hören, dass der letzte Satz keine Frage war. Richard war selbst im Suff in der Lage, die Situation richtig zu deuten. Er trat einen Schritt zur Seite und machte eine einladende Handbewegung.

»Wir sitzen in der Küche. Der Kneipsaal ist ja noch versperrt.«

Er klingt fast vorwurfsvoll, dachte Tobias und führte dies auf die Blutalkoholkonzentration zurück. Da sagte man Sachen, die nicht besonders clever oder feinfühlig waren.

In der Küche waren dieselben Männer versammelt wie wenige Stunden zuvor. Nur dass die meisten mittlerweile blutunterlaufene Augen hatten und ihren Namen nicht mehr verständlich aussprechen konnten. Das konnte ja heiter werden!

Tobias' Stimmung sank auf den Nullpunkt. Was für ein beschissener Tag! Er war froh, dass Werner das Reden übernahm.

»Herr Schönfeld, Sie haben uns gesagt, dass Christoph nicht mit zu dieser Trinkveranstaltung gekommen ist, weil er jemandem das Haus zeigen wollte. Stimmt das?«

Richard schien überrascht, nickte aber.

»Ja, zumindest hat er mir das gesagt.«

»Er wollte einem anderen Mann das Haus zeigen?«

Richard lachte auf.

»Das nehme ich an. Frauen werden schließlich bei uns nicht aufgenommen.«

»Hat Christoph öfter Männer empfangen, die Interesse an Ihrer Verbindung hatten?«

Richard runzelte die Stirn. »Anfragen kommen meist per Mail, wenn Studenten auf Zimmersuche sind und nicht viel Geld ausgeben können. Die Zimmer hier sind sehr günstig. Manchmal kommt jemand persönlich vorbei, um sich das Haus und die Leute anzugucken. Meistens erledige ich das allerdings.«

»Warum blieb an diesem Abend ausgerechnet Christoph hier?«

»Er wurde wohl direkt von einem Kommilitonen angesprochen. Die Anfrage kam nicht über unsere Homepage.«

»Kam das öfter vor?«, fragte Tobias.

Richard blickte fragend in die Runde, alle schüttelten den Kopf oder zuckten mit den Schultern.

Werner hakte nach.

»Keiner von Ihnen hat Christoph je mit einem anderen Mann durchs Haus laufen sehen?«

Erneutes Kopfschütteln.

»Okay. Er brachte also weder Frauen noch Männer mit nach Hause?«

Jetzt erwachte Richard aus seiner Starre.

»Was wollen Sie damit andeuten?«

Werner trat einen Schritt auf ihn zu.

»Was glauben Sie, worauf ich hinaus will?«

Ein paar Sekunden blickten sie sich schweigend in die Augen. Dann drehte Werner sich zu den anderen.

»Vielleicht hat Christoph keinen Bewerber für eines Ihrer Zimmer empfangen, sondern seinen Freund. Vielleicht haben Sie das mitbekommen. Uns liegen Zeugenaussagen vor, dass Christoph sich nicht länger vor Ihnen verleugnen wollte. Er wollte reinen Tisch machen. Vielleicht hat er seinen Freund eingeladen, um Sie von der Ernsthaftigkeit seiner Veranlagung zu überzeugen.«

Werner wandte sich wieder Richard zu und sah ihm direkt in die Augen.

»Und dann sind Sie ausgerastet! Sie konnten es nicht ertragen, dass ausgerechnet Ihr Lieblingswidersacher aus Ihrer Verbindung eine Lachnummer macht. Denn nichts anderes wäre es doch gewesen, oder?«

Er sah die Männer der Reihe nach an, die auf den schwarzweiß karierten Fliesenboden starrten.

»Wenn das rausgekommen wäre, hätten Sie als Schwulenverbindung in die Annalen der Geschichte eingehen können. Im wahrsten Sinne des Wortes!«

»Das reicht!« Richards Gesicht war tiefrot.

»Was fällt Ihnen ein, uns so etwas zu unterstellen! Dann bringen wir ihn einfach um. Hier. In unserem Haus. Unseren Verbindungsbruder.« Er schnaufte und suchte nervös nach seiner Zigarettenpackung. »Sie haben kein Wort verstanden von unserem Leben hier, oder? Ja, es hätte einige Wellen geschlagen, wenn das herausgekommen wäre. Aber das ist totaler Quatsch. Christoph hatte keinen Besuch auf seinem Zimmer. Er hat auf der letzten Party diese Frau angequatscht. Warum hätte er das machen sollen? Das ist totale Scheiße, die Sie uns erzählen!«

Werner hob beschwichtigend die Hand.

»Wir haben Hinweise, dass Christoph von Meerbach homosexuell war. Dass das nicht in Ihr Konzept passt, ist wohl allen klar. Daher liegt die Frage nahe, ob Sie davon wussten und wie Sie die Angelegenheit regeln wollten.«

»Sie können hier fragen, wen Sie wollen. Christoph hat zu keinem von uns ein Wort darüber verloren. Im Gegenteil. Er hat öfter von einer Exfreundin gesprochen. Das war wohl ein harter Schlag für ihn, als sie sich getrennt hat, deswegen wollte er es langsam angehen lassen.«

»Das hat er Ihnen vielleicht erzählt, um Sie auf Abstand zu halten. Und plötzlich liegt er tot in Ihrem Ballsaal. Das kann kein Zufall sein!«

Richard tigerte durch die Küche, die Hand mit der Zigarette flog immer wieder zum Mund.

Er hat es nicht gewusst! Der Gedanke schoss Tobias durch den Kopf, als Richard vor ihm stehen blieb.

»Vielleicht bin ich zu weit gegangen.« Sein glasiger Blick ging durch Tobias hindurch. »Vielleicht ist das alles meine Schuld. Ich habe ihn ständig aufgezogen. Aber … aber das war nur ein Spiel zwischen uns. Ich meine, ich konnte nicht wissen, dass er … dass er meine Unterstellungen persönlich nimmt. Das war nur … ach, Scheiße!«

Er warf die Bierflasche, die er in der anderen Hand gehalten hatte, mit Wucht auf die Fliesen und verließ ohne ein weiteres

Wort die Küche. Zurück blieb ein Rudel hilfloser Welpen, die nicht wussten, wie sie sich ohne Anführer verhalten sollten. Tobias nahm die Frage erneut auf.

»Hat Christoph gestern Abend das Gespräch mit einem von Ihnen gesucht?«

Alle schüttelten simultan den Kopf. Tobias beschlich das Gefühl, dass die Verbindungsbrüder nichts Persönliches über Christoph gewusst hatten. Er versuchte, sich die Enttäuschung nicht anmerken zu lassen, und gab Werner ein Zeichen zum Aufbruch. Der nickte resigniert. Sie verabschiedeten sich und verließen das Haus.

»Feierabend!«

Tobias nickte stumm und stieg zu Werner in den Dienstwagen.

***

Lena verließ Louisas Wohnung kurz vor Mitternacht. Sie radelte in Gedanken versunken die Hausdorfstraße Richtung Südstadt entlang und genoss den kühlen Fahrtwind. Die Straßenlaternen tauchten die Allee in einen blassen Schein. Am Straßenrand ragten Kirschbäume, mittlerweile fast nackt und kahl, in den dunklen Himmel. Es war erstaunlich ruhig für einen Freitagabend, kein Mensch war zu sehen. Plötzlich flammte ein kleines gleißendes Licht auf. Lena hörte ein leises Klicken. Sie riss den Kopf hoch und blickte nach rechts und links. Niemand war zu sehen. Hatte sie sich das eingebildet? Oder war sie gerade fotografiert worden?

Sie fuhr weiter und versuchte, sich zu beruhigen. Niemand war ihr am Straßenrand aufgefallen. Die Fotos in ihrer Post hatten sie nervös gemacht, vielleicht fantasierte sie sich einfach nur etwas zusammen. Andererseits, vorher war ihr auch nie aufgefallen, dass sie fotografiert worden war.

Mist! Aber warum sollte jemand sie nachts mit Blitzlicht fotografieren? Da war doch klar, dass sie es merken musste. Oder wollte dieser Unbekannte, dass sie seine Nähe spürte? Warum? Um ihr Angst zu machen? Um ihr zu zeigen, dass er sie verfolgte – immer und überall? Oder wollte er entdeckt werden? Was zur Hölle wollte der Scheißkerl von ihr? Sie in den Wahnsinn treiben?

Lena stieg in die Pedale und parkte ihr Rad nach wenigen Minuten vor der Haustür. Sie schloss es an den Fahrradständer und hastete die Stufen empor. Ihre Hände zitterten so stark, dass sie mehrere Anläufe benötigte, um die Tür zu öffnen. Rasch ging sie hinein, schloss hinter sich ab und ließ sich gegen die Tür fallen.

Sie durfte sich von diesem Arschloch nicht aus dem Konzept bringen lassen! Erst jetzt fiel ihr auf, dass Tobias sich nicht gemeldet hatte. Wahrscheinlich hatte er gerade viel Arbeit und keinen Nerv auf eine hysterische Tussi, die ihm mit ihren Tipps die Zeit stahl.

16. Kapitel

Das Wochenende war eigentlich heilig, aber Tobias hatte zu Hause keine Ruhe. Außerdem hatte er festgestellt, dass er sein Handy nicht bei sich hatte, vermutlich lag es noch im Büro auf seinem Schreibtisch. Gegen 9.00 Uhr traf er im Präsidium ein, stieg die Treppen empor in die zweite Etage und ging den Flur entlang. Als er die Tür zum Büro öffnete, blickte er auf Werner, der gerade eine rote Akte öffnete. Er musste lächeln; anscheinend gab es da noch jemand, der keine Ablenkung fand.

Werner nickte ihm kurz zu. »Da liegt noch der Bericht der KTU.« Tobias nickte, griff nach der blauen Akte und setzte sich an seinen Schreibtisch. Aus dem Augenwinkel sah er sein Handy neben dem Telefon liegen, aber das musste warten. Schweigend vergingen die nächsten Minuten.

Plötzlich lachte Tobias, der den Bericht der KTU vor sich liegen hatte, laut auf.

»Das ist kein Abschiedsbrief! So eine Scheiße! Wer soll das glauben? Hör dir das an: Liebe Eltern, ich will nicht mehr. Ich habe mich schuldig gemacht. Es tut mir leid. Euer Christoph. Geschrieben auf seinem Klausurblock in Blockschrift. Daneben sein PC im Schlafmodus. Vorher hat jemand mehrfach erfolglos versucht, ein Passwort einzugeben.«

»Klingt, als hätte der Täter nach dem Mord einen Selbstmord inszenieren wollen.«

»Der Täter wollte, dass wir Christoph für Katrins Mörder halten. Der Brief ist nicht mehr als eine Panikreaktion, um uns auf eine falsche Fährte zu locken.«

Tobias wurde schlecht bei der Vorstellung, allerdings klang diese Theorie sehr einleuchtend.

***

Lena blickte angestrengt auf ihr Handy. Samstag, 29.10.2014, 13.16 Uhr. Sie hatten nur einen Abend Zeit gehabt, ihren Plan zu visualisieren. Viel zu wenig Zeit! Wir haben nicht alle Eventualitäten einplanen können, dachte sie. Ihr rechter Fuß machte sich selbstständig und wippte auf und ab. Luisa dagegen war die Ruhe selbst. Keine hektischen Bewegungen, kein Nägelkauen, kein Wippen. Vielleicht eine Spur zu ruhig?

Sie standen in dem kleinen grau-grünen Flur in der ersten Etage des Altbaus in der Lennéstraße, in dem das Institut für Privatrecht untergebracht war. Es gab einen viereckigen Tisch mit Infomaterial zu neuer Studienliteratur und Werbeflyer für verschiedene Repetitorien.

Lena schaute aufs Handy. 13.17 Uhr. Die Klausuren wurden immer samstags um 09.00 Uhr in Hörsaal C von den wissenschaftlichen Mitarbeitern ausgeteilt und nach fünf Stunden, um 14.00 Uhr, wieder eingesammelt. Mark war für diese Aufgabe zuständig. Er würde um neun die Blätter austeilen und etwa fünfzehn Minuten warten, um eventuelle Fragen zu beantworten. Danach würde er sich gegenüber der Uni ins *Café Friedrich* setzen und in Ruhe einen Kaffee trinken. Louisa kannte den Besitzer des Cafés. Er hatte ihr verraten, dass Mark den ersten Kaffee vor Ort trank und den zweiten immer in sein Büro mitnahm, um dort zu arbeiten.

Genau da wollten sie ihn abpassen. Sie brauchten ein kleines Zeitfenster, sodass Mark wenige Möglichkeiten blieben, auf Luisas Überfall zu reagieren. Um Punkt 13.30 Uhr wollten sie loslegen. Gegen 13.45 Uhr musste Mark spätestens aufbrechen, um die Klausuren einzusammeln. Unruhig wippte Lena mit dem Fuß.

Sie hatten knapp kalkuliert. Der Ablauf schien klar.

In der Theorie.

Ein erneuter Blick auf die Uhr. Die Ziffern sprangen um. Vorhang auf.

»Okay, wir haben alles getestet: Die Sprachmemofunktion deines Handys ist aktiviert, die Aufnahme ist selbst in der Tasche von guter Qualität. Tief durchatmen und keine Sorge!« Und flüsternd: »Wir kriegen das Schwein dran!«

Louisa nickte stumm. *Sie sieht heute noch blasser aus als sonst,* dachte Lena und umarmte das Mädchen, das ihr in den letzten Tagen so vertraut geworden war. Sie sahen sich an. Stummes Einvernehmen.

»Ich bin direkt vor der Tür. Wenn irgendetwas schieflaufen sollte, fang an zu schreien! Ich bin in zwei Sekunden bei dir.«

Louisa nickte erneut.

Lena ließ sie los und stellte sich an den Infotisch. Sie sah, wie sich Louisas Brustkorb hob und senkte. Energisch streckte sie das Kinn nach vorne und schien all ihren Mut zusammenzunehmen. Dann öffnete Louisa die Tür zu Marks Büro.

»Ich habe es mir überlegt: Ich will dein Angebot doch annehmen.«

Irritiert blickte Mark von seinem Schreibtisch auf. Als er Louisa erkannte, entspannten sich seine Züge, und ein anzügliches Lächeln erschien.

»Ach, jetzt auf einmal doch? Woher der Sinneswandel?«

»Es klappt nicht. Der Kredit, die Arbeit, meine Tochter ist

krank geworden. Ich schaff das alles nicht.« Ihre Stimme zitterte.

»Tja, ich könnte Mitgefühl heucheln. Mmh. Leider habe ich schlechte Nachrichten für dich. Der Preis für die Lösungen hat sich gerade erhöht.«

»Was meinst du damit?« Louisa war an Marks Schreibtisch getreten. »Du weißt doch, dass ich keine Kohle hab.«

»Wer spricht denn hier von schnödem Mammon? Da wird uns zwei Hübschen schon noch was Besseres einfallen.« Er lehnte sich im Drehstuhl zurück, während seine Augen voll Begierde über Louisas Körper wanderten. »Wie wär's, wenn du die Tür abschließt. Dann kommst du langsam zu mir zurück und ziehst dich dabei aus. Schön langsam!«

Sein anzüglicher Blick ließ Louisa erschaudern. Sie drehte sich wie in Trance um und spürte seinen Blick auf ihrem Hintern. Eine Gänsehaut krabbelte langsam ihren Nacken hoch. Was zur Hölle tat sie hier eigentlich?

Bevor Louisa die Tür erreichte, wurde sie aufgerissen. Eva stürmte herein. Sie hielt in der Bewegung inne, als sie Louisa erblickte. Statt des Fluches, den sie offensichtlich gerade ausstoßen wollte, kam nur ein »Oh« aus ihrem Mund. Die beiden Frauen standen sich für Sekundenbruchteile gegenüber, so als wäre die Zeit angehalten worden. Eva bemerkte Louisas ängstlichen Blick und sah, dass sie zitterte. Mark wirkte enttäuscht. Eva ließ ihren Blick zwischen den beiden hin und her wandern. Irgendetwas stimmte hier nicht, aber sie konnte es nicht einordnen.

»Tut mir leid, ich wollte euch nicht unterbrechen.«

»Kein Problem.« Mark schwenkte mit dem Drehstuhl nach rechts und links, gab sich bemüht entspannt. »Louisa hat noch Fragen zur Stellvertretung, aber da ich jetzt sowieso los muss, um die Klausuren einzusammeln, müssen wir unser Gespräch später fortführen. Ich bin in einer halben Stunde zurück. Dann können wir deine Fragen in Ruhe durchgehen. Eine nach der anderen, ganz langsam.«

Die letzten Worte kamen bedächtig über seine Lippen, dabei blickte er Louisa starr in die Augen. Die drehte sich ungelenk um und verließ langsam das Büro.

Eva schüttelte den Kopf. »Meinst du nicht, dass es ausreicht, wenn uns die Studenten in unseren Sprechzeiten nerven? Musst du ihnen auch noch deine spärliche Freizeit anbieten? Die sollen sich den Kram schön selbst erklären.« Sie rollte mit ihren braunen Augen.

Mark schenkte ihr ein nachsichtiges Lächeln wie ein Vater, der seine unwissende Tochter belehrt.

»Der Fall ist anders. Du kennst Louisa. Du müsstest doch wissen, dass sie viel um die Ohren hat. Ihr Studienkredit, ihre kleine Tochter. Da kann man schon mal eine Ausnahme machen, oder?«

Auf einmal fühlte sich Eva miserabel. Sie fühlte sich als schlechter Mensch! Sie war ihren Studenten nie so nahegekommen. Keiner suchte ihren Rat. Alle gingen zu Mark und vertrauten sich ihm an. Woran lag das? Ob sie zu kalt wirkte? Irgendwas an ihr schien die Leute abzuschrecken. Mark wusste so viel Privates über seine Studenten und nahm sogar auf ihre Belange Rücksicht. Sie war nicht so hilfsbereit.

»Was machst du überhaupt hier?«, hörte sie ihn fragen. »Wolltest du nicht zu Hause an deiner Dissertation arbeiten? Ich hatte dir angeboten, dass ich das heute allein übernehme.«

Eva schnaubte. »Tja, das war der Plan. Allerdings bevor ich

am Schreibtisch gesessen und festgestellt habe, dass meine Unterlagen im Büro liegen.«

»Dann besorg ich uns einen Kaffee.«

Mit diesen Worten erhob sich Mark aus dem Stuhl. Eva sah ihm nach. Kaffee ohne Bestellung, kein Wunder, dass die Studenten lieber zu ihm gingen.

»Lass gut sein! Ich schnapp mir nur meine Unterlagen und bin weg. Wir sehen uns Montag.«

»Was machen wir jetzt?«

Luisas Frage hing in der schwülen Nachmittagsluft. Lena saß neben ihr auf der Hofgartenwiese. Sie hatten sich gerade die Sprachaufnahme von Louisas Handy angehört. Die Qualität war wie erwartet gut, der Wortlaut angsteinflößend. Mark schien keine Skrupel zu haben, sich am helllichten Tag in seinem Büro zu nehmen, was er wollte. Aber war er auch zu einem Mord fähig gewesen?

Lena ließ den Blick über das kurfürstliche Schloss schweifen. Es wollte alles nicht so richtig zusammenpassen. Selbst wenn Mark Katrin ebenfalls zum Sex hatte erpressen wollen, wenn sie im Gegensatz zu Luisa laut geworden wäre und sie sich noch in seinem Büro gestritten hätten, dann hätte er sie an Ort und Stelle erschlagen. Statt Gefahr zu laufen, dass sie aus seinem Büro ein Gebäude weiter zum Leiter der Juristischen Fakultät lief. Warum hätte er so lange warten sollen? Er hätte befürchten müssen, dass Katrin sich Lena anvertraute. Oder bekam Lena deshalb diese Bilder? Als Warnung? Steckte Mark dahinter? In Lenas Kopf drehte sich alles. Sie musste Mark zur Rede stellen. Das alles musste ein Ende haben!

Luisas Stimme holte sie in die Gegenwart zurück.

»Es läuft bisher alles nach Plan. Wir haben die Aufnahme. Jetzt solltest du deinen Freund bei den Bullen anrufen.«

Lena nickte. Nach dem ersten Klingeln erklang Tobias' Stimme.

»Hi, Tobias, hier ist Lena. Ich habe da etwas für dich.«

»Lena, sag mir bitte, dass du nicht auf eigene Faust unterwegs gewesen bist!«

Lena schwieg.

»Was hast du gemacht?«, stöhnte er.

»Ich habe einen Tipp von einer Kommilitonin bekommen. Sie sagte mir, dass Mark, der AG-Leiter von Katrin, die Mädels erpresst, die die Prüfung nicht auf Anhieb geschafft haben und die befürchten, ein zweites Mal durchzufallen. Er bietet an, ihnen die Prüfungsfragen zu geben, wenn sie ihm zu Diensten sind, wenn du verstehst.«

»Lena, was zum Teufel hast du gemacht? Du hast dich doch nicht etwa mit dem Typen …?«

»Nein!«, unterbrach sie ihn. »Ich hab schließlich meine Zwischenprüfung schon in der Tasche. Aber Louisa, die Kommilitonin, von der ich den Tipp bekommen habe, hat sich heute mit Mark getroffen und …« Lena hörte, wie Tobias laut durchatmete, und beeilte sich, ihre Geschichte zu beenden. »Wir haben alles aufgenommen, was er gesagt hat. Sie soll sich in einer Viertelstunde mit ihm treffen.«

»Verdammte Scheiße, Lena! Was habt ihr euch dabei gedacht? Ich bin froh, dass du nicht mehr auf Mördersuche bist, aber muss es ausgerechnet ein Vergewaltiger sein?«

»Louisa hat gesehen, wie Katrin vollkommen aufgelöst aus Marks Büro gekommen ist, kurz vor der Nacht, in der …« Lena verstummte. Jetzt konnte sie Tobias nicht mehr atmen hören. »Du kommst augenblicklich ins Präsidium! Sofort, ohne Umwege.«

»Aber …«

»Kein Aber. Es reicht, das Ganze ist eine Nummer zu groß für dich! Du schnappst dir jetzt deine Freundin mit der Aufnahme und schwingst deinen Arsch hierher!«

Sie musste das Telefon einige Zentimeter vom Ohr weghalten und sah, wie Luisa die Augenbrauen hochzog.

»Und dann?«

»Werden wir uns der Sache annehmen.«

»Aber wie wollt ihr Mark zum Reden bringen? Wenn ihr ihn festnehmt, wird er seine Schalen zuklappen wie eine Auster und nichts mehr sagen. Er wird behaupten, Louisa sei ein Einzelfall und Katrin hätte er nie gesehen. Der muss irgendwie aus der Reserve gelockt werden.«

»Vergiss es! Hör auf damit! Das ist mein Job, und ich werde mich darum kümmern. Komm her oder ich lass dich von den Kollegen festnehmen.«

Lena legte auf. Weitere Diskussionen würden keinen Sinn ergeben. Tobias war deutlich genug geworden. Aber sie hatte einen Plan, und den würde sie auch zu Ende bringen! Wenn sie richtig lag, dann blieben ihr ungefähr zehn Minuten Zeit, bevor Tobias mit einem Mannschaftswagen voller Kollegen an der Uni eintreffen würde.

»Er klang nicht begeistert.« Leise drang Louisas Stimme an ihr Ohr.

Lena schüttelte den Kopf. »Er sagt, wir sollen das der Polizei überlassen.«

»Ja, ich habe euch beide gut verstehen können. War kaum zu überhören. Ich bin deiner Meinung: Wenn die Polizei Mark festnimmt und erst auf der Wache verhört, hat er genug Zeit, die Fassung wiederzugewinnen und sich zu überlegen, ob und was er aussagen will. Schließlich ist er Jurist.«

»Er muss überrumpelt werden. Wir müssen das Überraschungsmoment nutzen, um ihn zu einer Aussage zu bringen, die er sonst nicht machen würde.«

Ein Seitenblick verriet Lena, dass sie sich einig waren.

»Ich brauche dein Handy.«

Louisa fragte nicht, sondern reichte es Lena.

»Dann gib mir deins für den Notfall.«

Lena sah auf die Uhr. Es war mittlerweile 14.00 Uhr. Mark würde jetzt die Klausuren einsammeln und in sein Büro bringen. Sie hatte nicht viel Zeit, wenn sie ihn dort vor seinem Feierabend erwischen wollten. Sie stand auf, strich sich unbewusst mit beiden Händen über die Hose und ging los in Richtung Juristischer Fakultät. Louisa folgte ihr in einigem Abstand.

***

Tobias schlug mit der Faust auf die Tischplatte. »So eine verfluchte Scheiße!« Er fuhr sich durch die Haare und blickte zu Werner. »Wir müssen sofort zur Juristischen Fakultät.«

Ohne weitere Erklärung griff er nach seiner Lederjacke und stürzte aus dem Raum. Werner schüttelte den Kopf, doch dann folgte er ihm langsam. Er wusste, dass Tobias den Dienstwagen aus dem Parkhaus holen musste und ihn vor der Wache aufgabeln würde.

Tobias stand mit laufendem Motor am Straßenrand, als Werner aus dem Präsidium trat, die Beifahrertür geöffnet.

»Du musst Verstärkung anfordern. Mindestens einen Mannschaftswagen zur Juristischen Fakultät.« Er erklärte

Werner die Lage und schlug aufs Lenkrad. Dann schaltete er das Blaulicht ein. »Scheiße!«

Werner warf ihm einen Seitenblick zu. »Jetzt krieg dich mal ein! Wir brauchen keine zehn Minuten zur Lennéstraße.«

»Lena ist auf dem Weg zu Paschwitz!«

Tobias' Stimme war nur noch ein Flüstern, aber Werner hatte genau verstanden.

***

Lena hatte gesehen, wie Mark in sein Büro ging, aber sie war noch nicht bereit, ihm zu folgen. In ihrem Kopf rauschte und flimmerte es wie bei einem gestörten Fernsehbild. Ihre rechte Hand steckte in der Jackentasche und umklammerte Louisas Handy. Sie hatte es unterwegs bereits eingestellt. Ihr Puls raste.

Sie atmete tief ein. Ein Ruck ging durch ihren Körper. Sie stieß sich von der Wand ab, an der sie gelehnt hatte, und drückte die Starttaste.

Get the Party started.

Lena spürte, wie Adrenalin ihren Körper durchflutete. Ihre Hand zitterte. Sie klopfte nur einmal, drückte die Türklinke hinunter und stieß die Tür zu Marks Büro auf. Schweigend starrte sie ihn an, sah das Erstaunen in seinem Blick, nahm es in sich auf und schloss die Tür. Ihre Blicke kreuzten sich. Sein Gesichtsausdruck war interessiert. Sie ließ den Blick kurz schweifen. Sein Schreibtisch zeigte keine Fotos, Modellautos, nichts, was Auskunft über sein Privatleben oder seine Interessen gegeben hätte. Auch die wenigen Bilder an der Wand schienen von seinem Vorgänger zu stammen. Typische Kalenderbilder von Bonn: Kirschblüten und Post-Tower.

»Ich weiß über alles Bescheid«, sagte Lena und beobachtete

dabei Marks Reaktion. »Ich weiß, was du mit den Studentinnen treibst. Ich weiß, dass Katrin bei dir ihm Büro gewesen ist. Sie war verzweifelt, aus Angst vor der Prüfung. Sie konnte nicht mehr richtig schlafen, kaum essen. Sie ging zu dir, um dich um Hilfe zu bitten.«

Marks Augen waren zu kleinen Schlitzen geworden. Lena ging weiter Richtung Schreibtisch. Mit jedem Schritt wurde ihre Stimme lauter und fester.

»Du hast ihr dasselbe gesagt wie allen anderen Mädchen. Du wusstest nicht, dass Katrin anders war. Sie wollte sich das nicht gefallen lassen. Sie hat gedroht, dich auffliegen zu lassen. Sie wollte den Dekan einschalten.«

Lena konnte sehen, wie seine Kiefermuskeln arbeiteten.

»Du wolltest deinen Arsch retten und hast sie nachts erschlagen und in den Rhein geworfen! Weggeworfen! Wie ein Stück Müll!« Die letzten Worte kamen nur noch leise über ihre Lippen. Sie fühlte sich wie ein Langstreckenläufer, der das Letzte aus sich herausgeholt hatte und dem nun auf der Ziellinie jegliche Energie aus dem Körper wich.

Diesen Moment der Erschöpfung nutzte Mark. Mit einer Schnelligkeit, die Lena ihm nicht zugetraut hätte, kam er hinter dem Schreibtisch hervor. Der erste Schlag traf sie am linken Jochbein. Es wurde dunkel. Sie taumelte, fiel und atmete den Staub und Dreck des alten Teppichbodens. Marks Gewicht drückte ihr die Luft ab. Dann spürte sie seine Hände an ihrem Hals.

Sie hatte Situationen wie diese hunderte Male trainiert, verschiedene Möglichkeiten der Gegenwehr geprobt, aber ihr Körper blieb starr. Sie konnte die Augen nicht öffnen, die Arme nicht bewegen; sie waren fest an die Seiten gepresst, unfähig, sich von dort zu lösen. Die Beinmuskeln waren bis zum Zerreißen angespannt. Wie ein Baumstamm lag sie da und spürte das Gewicht auf ihrem Körper. Seine Hände, einzelne Schweißtropfen, die von seinem Gesicht auf ihres perlten. Das Atmen wurde schwerer.

Plötzlich war das Gewicht weg. Sie lag da, alle Muskeln ihres Körpers angespannt, die Augen geschlossen, bewegungslos.

Lena konnte nicht einschätzen, wie lange sie gelegen hatte, bevor Geräusche in ihr Bewusstsein drangen. Sie spürte kalte Finger auf ihrem Arm. Jemand öffnete ihre Hand und entwand ihr das Handy.

Sie hörte leise, wie ihr Name geflüstert wurde. Langsam öffnete Lena die Augen. Stellte fest, dass sie kaum sehen konnte. Eine verschwommene Louisa und ein Tross in Blau-Schwarz. Wie viele Uniformierte um sie herumstanden, konnte sie nicht sagen. Nur langsam lösten sich die Schemen in einzelne Menschen auf.

Die Spannung verließ Stück für Stück ihren Körper. Ein tiefes Stöhnen kam aus ihrer Kehle. »Habt ihr ihn? Hat er gestanden?«

»Tobias wird schon etwas aus ihm rauskriegen.«

Louisas Stimme klang beruhigend.

»Tobias ist hier?«, fragte Lena leise.

»Ich hab ihn von deinem Handy aus angerufen. Ich hatte Angst, dass Mark durchdreht, wenn du ihn zur Rede stellst. Immerhin hat er deine Freundin getötet. Ich hätte mir im Spiegel nicht mehr in die Augen sehen können, wenn dir was passiert wäre.« Sie drückte Lenas Hand. »Er hätte keine Sekunde später da sein dürfen!«

Gerade noch rechtzeitig, Louisa behielt diesen Gedanken

für sich. Lena sah schlimm aus. Ihr linkes Auge war blutunterlaufen und die Wange dick angeschwollen.

In diesem Moment erschien ein Sanitäter mit einem Kühlakku in der Hand. Er besah sich Lenas Gesicht, ließ ihre Augen seinem Zeigefinger folgen und stellte ihr einige Fragen.

»Mir geht's gut. Die Wange brennt, und ich habe höllische Kopfschmerzen, sonst ist alles okay. Ich brauche keine Hilfe. Ich will nur nach Hause.«

Der Sanitäter nickte und wandte sich an einen der umstehenden Polizisten. Louisa half ihr aufzustehen. Sie schwankte und musste sich am Schreibtisch abstützen. Ein stechender Schmerz durchzuckte ihren Kopf. Ein Schauer fuhr durch ihren Körper. Sie hatte sich nicht zur Wehr gesetzt. Sie hatte starr wie ein gefällter Baum dagelegen und sich nicht gerührt. Diese Erkenntnis traf sie wie ein Faustschlag in den Magen.

Was zur Hölle war nur los mit ihr? Sie trainierte wie eine Wahnsinnige, aber ihr Körper versagte ihr den Dienst. Die Angst lag wie ein Stein in ihrem Magen. Da war sie wieder, diese Angst, die sie so lange bekämpft hatte. Ihr stummer Begleiter.

»Alles okay? Willst du dich lieber setzen?« Louisa klang besorgt.

»Es geht schon.«

Lena klammerte sich an Louisas Arm und ging die ersten Schritte, als einer der Polizisten auf sie zutrat.

»Der Sani sagt, Sie möchten nach Hause?«

»Ja.«

»Ich nehme Sie mit.«

Lena widersprach nicht. Sie ließ sich von Louisa und dem Polizisten zu einem Streifenwagen führen und nach Hause fahren.

Sie hatte genug für heute.

In diesem Moment machte ihr heimlicher Beobachter kein Foto.

17. Kapitel

Verdammt, ich war das nicht. Ich habe niemanden umgebracht! Ich bin nicht der, den Sie suchen!«

»Wer sind Sie dann? Nur ein harmloser Erpresser und Vergewaltiger, den wir laufen lassen sollten?«

Tobias hatte Mühe, den Kerl auf der anderen Seite des Stahltischs nicht zu packen und seinen Kopf auf die Platte zu schlagen.

Sie hatten Mark gleich in Handschellen ins Polizeipräsidium gebracht. Tobias und Werner waren ohne Umwege mit ihm in den Verhörraum gegangen und ließen die beiden Handyaufnahmen laufen, die Luisa ihnen über *WhatsApp* geschickt hatte. Sie wollten ihm so wenig Zeit wie möglich geben, um sich auf dieses Verhör vorzubereiten. Doch Mark war clever. Ihm reichte die kurze Autofahrt, um sich zu sammeln und seine Gedanken zu ordnen. Selbstbewusst und gelassen saß er nun den beiden Beamten gegenüber. Das brachte Tobias zum Rasen.

Er hielt das Handy hoch. »Sie haben die Aufnahmen gerade gehört. Sie haben die Hilflosigkeit der Studentinnen ausgenutzt, um sie zum Sex zu zwingen.«

»So ein Quatsch! Ich …«

»Wir haben Zeugen, die gegen Sie aussagen wollen. Ich bin sicher, dass sich mit der Zeit weitere Opfer melden werden, wenn der Anfang einmal gemacht ist.«

»Aber Sie verstehen …«

»Ich verstehe, dass Sie das bisschen Macht, das Sie besitzen, gegen Ihre Studentinnen ausgespielt haben. Ich habe auch die Zeugin verstanden, die ausgesagt hat, dass Katrin vor wenigen

Tagen aufgelöst aus Ihrem Büro gelaufen kam. Wollen Sie das abstreiten?«

»Nein, aber das war anders. Ich …«

»Für mich sieht das alles sehr eindeutig aus, Herr Paschwitz.«

In diesem Moment ging die Tür auf, und ein Kollege kam mit einer grünen Mappe herein. Er flüsterte Tobias etwas zu, öffnete die Akte und zeigte auf einen Absatz. Tobias bedankte sich, überflog die erste Seite und zitierte: »Sexuelle Belästigung, Nötigung in soundso viel Fällen. Interessantes Strafregister haben Sie da, Herr Paschwitz.« Er blickte von den Unterlagen auf.

»Den alten Kram können Sie vergessen. Das ist alles eingestellt worden.«

Paschwitz' Verteidigung klang ebenso dünn wie seine Stimme. Sein Kinn sank auf die Brust.

Tobias ließ ihm Zeit. Irgendwann würde er einsehen, dass er verloren hatte. Die Zeiger der Wanduhr tickten leise, und Tobias fragte sich erneut, ob dieses Ticken die Befragten nervös machen sollte, oder die Polizisten in den Wahnsinn treiben. Schließlich legte Paschwitz den Kopf in den Nacken und atmete laut aus.

»Ja, ja, okay. Ich habe Studentinnen Prüfungsfragen gegeben, wenn sie sich im Ausgleich dafür erkenntlich zeigten.«

Tobias schnaufte.

Mark hob die Hände. »Das ist alles. Ich weiß, dass ich meine Position ausgenutzt habe, aber die hätten alle gehen können. Keine musste mein Angebot annehmen. Ich habe niemanden gezwungen!«

Der letzte Satz hing im Raum wie eine stinkende Sportsocke. Marks Stimme hatte gezittert, weil er aufgrund seiner Ausbildung genau wusste, dass es verschiedene Arten von Zwang gab, und die Ausnutzung der misslichen Lage in solcher Form war definitiv eine Art von Zwang.

»Und Katrin?« Tobias' Ton war schneidend.

»Katrin war in meinem Büro und hat es wortlos wieder verlassen. Aber das geht vielen so. Die brauchen alle ein paar Tage, um mein Angebot zu verdauen.«

Ein selbstgefälliges Lächeln blitzte auf Paschwitz' Gesicht auf. »Dann kommen sie alle angekrochen! Warum hätte ich davon ausgehen sollen, dass die Sache bei Katrin anders läuft? Dann müsste ich auch andere Studentinnen umgebracht haben! Das ergibt doch keinen Sinn!«

Jetzt klang er verzweifelt.

Tobias beobachtete das Mienenspiel zwischen Stolz und Betroffenheit. Der wirkliche Mark Paschwitz war höchst zufrieden mit seiner Leistung, aber er wusste, dass sein Vorgehen nicht sozialadäquat war, daher versuchte er jetzt, Reue vorzuspielen. »Es ergibt durchaus Sinn, dass Sie Katrin umgebracht haben, wenn sie die Erste war, die gedroht hat, die Sache öffentlich zu machen.«

»Sie drohte Ihnen, und Sie bringen sie um. Aber wie passt Christoph in die Sache? Hat er Sie beobachtet? Oder hat Katrin sich ihrem Exfreund anvertraut?«

Paschwitz' Mund stand offen. »Wovon zum Teufel reden Sie?«

Er starrte Tobias stumm an. Entweder hatte er wirklich keine Ahnung oder war Anwärter für den nächsten Oscar! Werner hatte kein gutes Bauchgefühl bei der Sache. Er hatte im Beobachtungsraum Platz genommen und sah, wie Tobias Paschwitz musterte. Anscheinend wusste auch Tobias nicht, wie er sein Gegenüber einschätzen sollte.

»Katrin hat mir nicht gedroht. Sie hat nichts gesagt und ist gegangen. Verdammt, das ist doch Wahnsinn! Wann soll ich sie denn umgebracht haben?«

»In der Nacht der Ersti-Party, am Samstag, dem 20. Oktober, zwischen Mitternacht und ein Uhr.«

Ein Lächeln erschien auf dem Gesicht des Beschuldigten: »Da war ich im *Club Chantal* an der Siegburger Straße. Dort können Sie gerne nachfragen. Das war mein Geburtstag. Ich habe mich selbst beschenkt, mit einer Dame namens Nadja.« Grinsend lehnte er sich in seinem Stuhl zurück und verschränkte die Arme vor der Brust. Für Paschwitz schien das Gespräch damit beendet.

***

Lena hörte Julia in der Küche lauthals mitsingen: »*You're not bigger than this not better, why can't you learn.*«

»Lucky Denver Mint« von Jimmy Eat World. Lena musste lächeln. Sie blickte zu dem Polizisten, der sie nach Hause begleitet hatte, und entdeckte in seinem Gesicht einen Anflug von guter Laune.

»Vielen Dank fürs Mitnehmen.«

Der Polizist schien den Wink mit dem Zaunpfahl nicht zu verstehen und rührte sich nicht von der Stelle. »Ich will nicht unhöflich sein, aber ich möchte jetzt wirklich meine Ruhe haben!« Lena hatte Mühe, nicht zickig zu klingen. Sie war total erledigt.

»Herr Wagner hat mich gebeten, auf Sie aufzupassen.«

Der junge Polizist fühlte sich jetzt offenbar ebenfalls unwohl, denn er besah sich aufmerksam seine Schuhspitzen.

Lena schnaufte. »Das haben Sie getan. Sie haben mich an

einem Stück nach Hause gebracht. Aber Sie werden nicht wie ein Hund vor meinem Bett liegen heute Nacht.«

Der junge Polizist sah sie irritiert an.

»Oh, nein. Ich wollte nicht …«

»Schon gut.« Lena winkte ab. »Hören Sie, ich will nur ins Bett. Euren Täter habt ihr ja jetzt. Also besteht keine Gefahr mehr.«

»Wir müssen morgen früh noch Ihre Aussage aufnehmen.«

»Kein Problem. Ich schlaf mich aus und bin morgen früh gegen neun im Präsidium.«

Ihr Gegenüber schüttelte den Kopf. »Oh, nein. Ich werde Sie um Punkt neun hier abholen. Herr Wagner hat klare Anweisungen gegeben.«

Lena nickte, in diesem Moment hätte sie wohl jedem Vorschlag zugestimmt.

»Okay. Dann gute Nacht.«

Lena schloss leise die Tür, kramte ihren Haustürschlüssel aus der Tasche und schloss doppelt ab.

»Da bist du ja endlich …« Julia stand plötzlich vor ihr. »Oh mein Gott! Was ist mit deinem Gesicht passiert? Lena? Verdammt, sag was! Was zur Hölle …?«

»Stopp!« Lena hob die Hände. »Ich erzähl dir gern alles später in Ruhe. Aber erst einmal muss ich ins Bad. Ich fühl mich, als könnte ich eine Dusche gebrauchen. Kopfschmerztabletten wären auch nicht schlecht. Kann das Essen noch warten?«

Der Lasagneduft schwebte aus der Küche zu Lena herüber. Tomatensauce und überbackener Käse. Ihr Magen knurrte hörbar. Jetzt erst merkte sie, wie hungrig sie war. Sie hatte keine Ahnung, wann sie das letzte Mal gegessen hatte.

»Kein Problem. Ich kann alles warmhalten. Mach dich in Ruhe fertig!«

Julia strich ihr kurz über den Arm und ging in die Küche.

Aus dem Küchenfenster kam nur wenig Licht, die Deckenleuchte blieb aus. Er stellte sich vor, wie das Kerzenlicht Lenas Haut zum Leuchten brachte. Er wollte sie anfassen, spüren. Er schüttelte sich. Das Träumen musste aufhören. Sie würde nicht freiwillig zu ihm kommen, das war ihm nun klar. Er hatte seinen Weg gewählt, und den musste er zu Ende gehen. Er drehte auf dem Absatz um und war nach wenigen Schritten in der Dunkelheit verschwunden.

Eine Stunde später saßen sie auf der Eckbank in der Küche, beide mit vollem Bauch und einem halbleeren Glas Rotwein in der Hand.

»Unfassbar.« Julia schüttelte den Kopf. »Wie lange ist Mark mit der Masche durchgekommen?«

»Keine Ahnung.«

»Da werden sich bestimmt noch mehr Mädels melden, wenn das öffentlich gemacht wird.«

»Schwierig, die meisten haben bestimmt Angst, dass ihnen die Zwischenprüfung aberkannt wird. Oder es ist ihnen peinlich zuzugeben, dass sie auf sein ›Angebot‹ eingegangen sind.«

»Stimmt. So könnte man das auch sehen. Der wird gewusst haben, wen er sich für seine Spielchen aussucht. Nur die verzweifelten und unscheinbaren Studentinnen. Oh, Mann! Warum hat Katrin uns das nicht erzählt?«

Lena sah trübsinnig in ihr Glas und schwenkte den restlichen Wein. Genau diese Frage hatte sie sich in den letzten

Stunden hundertmal gestellt. Hatte Katrin ihr nicht vertraut? Der Gedanke verletzte sie, und sie behielt ihn für sich.

»Keine Ahnung. Wahrscheinlich hat sie sich geschämt.«

»Oder Katrin hat über sein Angebot nachgedacht.«

»Wer weiß.«

Julia boxte ihr in die Seite. »Tobias wird es herausfinden, wenn er ihn in die Mangel nimmt. Der ist bestimmt verdammt sauer!«

»Oh ja!«

»Auf dich bestimmt auch, mmh?«

Julia musterte ihre Freundin von der Seite. Lena sah erledigt aus. Ihre linke Gesichtshälfte schillerte bereits in allen Farben. Die Augen glänzten nicht mehr, waren stumpf.

»Du solltest jetzt ins Bett gehen.«

Julia stellte Lenas Teller auf ihren und ging damit zum Spülbecken. Lena folgte ihr und griff nach dem Schwamm.

»Oh, nein, Madame. Sie werden Ihren Hintern umgehend ins Bett schwingen!«

»Aber du hast schon gekocht und …«

»Nichts und. Du hattest einen beschissenen Tag, und ich bin deine Freundin. Hör auf, so zu tun, als wärst du in der Lage, ein schlechtes Gewissen zu bekommen. Du gehörst ins Bett und damit basta.«

Julia deutete mit dem ausgestreckten Arm Richtung Tür. Lena umarmte sie kurz, aber fest und verschwand in ihrem Zimmer. Zähneputzen konnte sie auch morgen früh. Sie wollte nur noch schlafen.

***

Werner knallte den Telefonhörer fluchend auf die Gabel. Draußen war es mittlerweile stockdunkel geworden.

»Ich habe meine alten Kontakte spielen lassen. Ich kenne Kurt, den Besitzer des *Club Chantal*, aus meiner Zeit bei der Sitte. Keine guten Neuigkeiten.«

Er blickte Tobias entschuldigend an. »Nadja hat Paschwitz' Alibi bestätigt. Die Kollegen haben auch Karl, den Besitzer, befragt. Der kann sich so genau an den Typ und den Abend erinnern, weil Paschwitz Stammkunde ist und am besagten Abend – im Gegensatz zu seinen sonstigen Gewohnheiten – zwei Flaschen Champagner für jeweils hundert Euro bestellt und ein paar Damen für sich hat tanzen lassen. Die Rechnung wurde um dreiundzwanzig Uhr ausgestellt. Erst nach der Bezahlung durfte Paschwitz mit Nadja aufs Zimmer. Vom *Club Chantal* bis zum Tatort sind es locker dreißig Minuten mit dem Auto. Karl und Nadia haben ausgesagt, dass Paschwitz sturzbetrunken um kurz nach eins mit dem Taxi weggefahren ist. Die Kollegen haben den Taxifahrer bereits ausfindig gemacht. Er hat die Angaben bestätigt. Alles sauber.«

»Scheiße!«

Tobias fuhr sich durch die blonden Haare. »Er hat die Studentinnen erpresst, aber er kann Katrin nicht erschlagen haben. Es sei denn, er hatte einen Komplizen.«

»Hätte, hätte, Fettbulette.« Werner schüttelte den Kopf. »Unwahrscheinlich. Er hat das bisher immer allein durchgezogen. Keiner wusste was von seiner Masche. Warum sollte er jetzt jemanden dazuholen? Mit einer Sache hat Paschwitz auch recht: Warum hätte er sie gleich töten sollen? Das passt überhaupt nicht zu seinem Stil. Er ist ein feiges Schwein. Er erpresst nur Mädels, die in einer ausweglosen Situation sind. Er hat noch nie eine feste Freundin gehabt. Die Nutten kann er sich bei seinem Gehalt nur am Geburtstag leisten. Arme Sau, eigentlich.«

»Pfft …« Tobias pfiff durch die Zähne. »Jetzt reicht es aber mit dem Mitgefühl.«

»In einer Sache hast du recht. Der Typ ist ein feiges Arschloch. Er erpresst heimlich im Hinterzimmer, wenn sich die Gelegenheit bietet, und spielt ansonsten den unauffälligen Muttersohn. Allein schon sein Aussehen, mit den Pullundern und weißen Hemden. Er versucht alles, um nicht aufzufallen, setzt sich im Puff in die dunkelste Ecke und schaut nur. Der würde es nicht schaffen, jemandem mit voller Wucht den Kopf einzuschlagen und dann noch die Nerven zu bewahren, um das Ganze zu vertuschen.«

Er blickte Werner an. Er wusste, was dieser nun sagen würde, und er hasste diesen Satz:

»Alles auf Anfang.«

18. Kapitel

Werner hatte Tobias gerade nach Hause geschickt. Die Ermittlungen im Fall Katrin waren ins Stocken geraten, mehr noch, sie mussten wieder bei null anfangen. Er kannte dieses Auf und Ab aus anderen Fällen, aber Tobias war dieses Mal persönlich betroffen.

Er sah auf den Turm von Akten auf seinem Schreibtisch. Ältere Fälle, in denen Berichte fehlten oder korrigiert werden mussten. Dazu die Unterlagen zu ihrem aktuellen Fall.

Phillip hatte noch einmal versucht, jedes noch so kleine Detail aus Katrins Leben zu rekonstruieren. Aber das Mordmotiv lag weiterhin im Dunkeln. Sie würden ihre Ermittlungen wieder von vorne aufnehmen müssen. Bei ihrer WG, ihren Freundschaften, ihren Gewohnheiten.

Werner ging zum Fenster und öffnete es. Er musste an seine zwei Töchter denken, die beide schon volljährig waren. Eine arbeitete bei der örtlichen Bank, die andere studierte in Potsdam. Wenn es seine Tochter gewesen wäre, würde er keine Minute mehr ruhen. Genau mit dieser Motivation ging er an diesen Fall heran. Dieses junge Mädchen hätte seine Tochter sein können. Er würde den Täter finden, wie lange auch immer diese Suche dauern würde!

Er schloss das Fenster, trank den Kaffeerest und setzte sich an den Schreibtisch. Irgendwo in diesem Papierstapel musste die Lösung liegen! Also begann er von vorne.

Am nächsten Morgen fand Tobias seinen Kollegen mit dem Kopf auf dem Schreibtisch vor. Ein seltenes Bild, und er musste kurz lächeln. Werner konnte richtig fanatisch sein, sobald es um die Arbeit ging. Wenn man ihn fragte, wie er das aushielt, zuckte er entweder mit den Schultern oder zeigte auf das Familienfoto auf seinem Schreibtisch. Je nachdem, wer die Frage gestellt hatte.

Tobias schlich sich leise aus dem Büro hinaus und ging in den obersten Stock des Polizeigebäudes. Hier gab es eine kleine Cafeteria. Er orderte zwei Kaffee und ein großes Käsebaguette. Mit geübten Schritten jonglierte er alles zurück ins Büro. Er schob den Kaffee vor Werners Nase, zog ihn dann aber zurück aus Angst, er könnte sich verbrühen, wenn er ruckartig den Kopf hob. Stattdessen legte er die geöffnete Tüte mit dem Baguette auf den Schreibtisch.

Als Werner sich noch immer nicht regte, hüstelte Tobias gekünstelt und öffnete noch ein weiteres Mal die Bürotür, um sie laut zuzuschlagen. Das half! Werners Kopf ging ruckartig nach oben, und er schaute ihn verwirrt an.

»Wie spät ist es?«

»Kurz nach acht.«

»Oh Mist!«

»Kaffee und Brötchen?«

Werner schüttelte irritiert den Kopf.

»Danke. Das ist mir schon lange nicht mehr passiert.«

Tobias lachte.

»Ich geh noch eine Runde durch die Flure und schau bei den Kollegen, was es Neues gibt.«

Werner nickte. Als Tobias aus der Türe verschwand, starrte Werner noch immer auf seinen Kaffee. Die Wärme und der Duft hatten für ihn immer etwas Beruhigendes gehabt, aber seit dem plötzlichen Tod seiner Frau Gabi vor fünf Jahren hielt er bestimmte Vorgaben ein. Heute jedoch machte er eine Ausnahme.

Mit Anfang vierzig überkam Gabi das dringende Bedürfnis, gesünder zu leben. Zu der Zeit hatten die ersten Bekannten einen Herzinfarkt erlitten oder waren an Krebs erkrankt. Da musste man handeln. Sie kochte jeden Morgen Haferbrei, dünstete abends frisches Gemüse, kaufte frischen Fisch und jeden Morgen gab sie Werner eine kleine Thermoskanne voll grünem Tee mit in die Arbeit, dazu Dinkelbrot mit Gemüseaufstrich.

Genauso regelmäßig goss er den Tee auf der Arbeit in den Abfluss, warf das Brot in den Müll und brachte abends die leere Kanne nach Hause. In der Kantine gab es Schnitzel mit Pommes Schranke, aber daheim erfüllte er ihren Wunsch nach Besserung. Ihr Tod kam still und unerwartet und traf ihn und seine Töchter hart. Werner fühlte sich schlecht, weil er Gabi belogen hatte. Wenn es auch nur um Kleinigkeiten wie diesen beschissenen Tee ging, so war es doch ihr Wunsch gewesen, den er nicht akzeptiert hatte. Daher gab es seit fünf Jahren für ihn morgens immer Haferbrei und grünen Tee. Quasi in stillem Gedenken. Nur sonntags, wenn er keinen Dienst hatte, gönnte er sich ein ausgiebiges Frühstück mit Kaffee, Salamibrötchen und Zeitung.

Er schnaufte kurz und griff dann beherzt zur Kaffeetasse. Grünen Tee gab es in der Kantine eh nicht. Heute musste er eine Ausnahme machen.

»Kollege Klein hat angerufen, er holt Lena jetzt ab und bringt sie her für ihre Aussage. Wir müssen ihr sagen, dass Mark Paschwitz nicht der Täter gewesen sein kann.«

»Und dass sie gefälligst aufhören soll, eigenmächtige Untersuchungen vorzunehmen. Du musst ihr deutlich machen, dass sie sich damit selbst in Gefahr bringt.«

»Ich kenne Lena, sie wird sich davon nicht abhalten lassen.«

»Dann müssen wir sie unter Polizeischutz stellen.«

Tobias ließ sich mit lautem Stöhnen auf seinen Sessel fallen. »Aber …«

»Kein aber. Sie weiß zu viel und sie stellt den falschen Leuten zu viele Fragen. Der Mörder läuft noch frei herum, und wenn er aus demselben Bekanntenkreis, sprich der Uni kommt, was zu vermuten ist, dann wird er die Sache mit Paschwitz schnell mitkriegen. Dann steht Lena auf seiner Abschussliste.«

Tobias nickte ergeben.

»Okay. Aber das darfst du ihr verklickern.«

Wo zum Teufel kam dieser Kerl her? Plötzlich schien sie die Kerle anzuziehen wie die Fliegen! Erst Christoph, und jetzt diesen Typen, der aussah wie der Bachelor persönlich. So war das nicht geplant. Ihm war die Rolle des Helden zugedacht. Das Adrenalin rauschte durch seinen Körper! Er konnte seit Christophs Tod nicht mehr durchschlafen. Immer wieder wachte er mit einem Piepen in den Ohren auf und dem Geschmack von rostigen Nägeln auf der Zunge. Er opferte sich auf und wofür? Damit ein anderer die Ernte einfuhr. Das konnte er nicht zulassen! Dafür war er bereits zu weit gegangen! Er brauchte einen Plan.

Kurze Zeit später kam Lena zur Tür herein. Werner zeigte auf den Polizisten neben ihr, der gerade das Zimmer wieder verlassen wollte.

»Sie bleiben auch.«

Ein kurzer Ruck ging durch den Körper von Stefan Klein. Er drehte um und schloss leise die Tür hinter sich.

Eine Stunde später saßen sie immer noch zu viert im Büro

der Kommissare Wagner und Stillhorn. Lena hatte die Vorkommnisse vom Vortag zu Protokoll gegeben, aber seltsamerweise fühlte sie nicht die Erleichterung, die sie erwartet hatte. Jetzt, wo Katrins Mörder gefasst war, hätte sie sich doch federleicht fühlen müssen. Aber die ernsten Gesichter der beiden Kommissare ließen sie spüren, dass hier etwas nicht stimmte. Das machte sie wahnsinnig.

Warum wollte Werner, dass dieser neue Polizist bei ihnen blieb?

»Der Paschwitz bleibt doch jetzt in Haft, oder? Oder darf er bis zu seiner Verhandlung frei herumlaufen?«

Tobias und Werner warfen sich einen kurzen Blick zu. Es kam Lena vor, als würden die beiden Ballwerfen mit heißen Kartoffeln spielen. Werner schien verloren zu haben.

»Frau Schmidt, wir haben mittlerweile neue Erkenntnisse.«

Lena zog fragend eine Augenbraue hoch und presste die Lippen angespannt aufeinander. Der Tonfall konnte nichts Gutes verheißen. Ihr Magen zog sich zusammen.

»Herr Paschwitz hat für den Tatabend ein Alibi. Das heißt, er hat Ihre Freundin nicht erschlagen. Er hat seine Position als Wissenschaftlicher Mitarbeiter ausgenutzt, um Mädchen zu erpressen und zum Sex zu zwingen, aber er ist kein Mörder.«

Die Worte hingen schwer im Raum und rieselten nur langsam in Lenas Bewusstsein.

»Heißt das, Sie müssen ihn gehen lassen?«

Werner schaute sie mitfühlend an.

»Genau das heißt es. Er ist bereits seit heute Morgen auf freiem Fuß. Es wird eine Anzeige geben wegen Erpressung und sexueller Nötigung.«

Lena wurde laut.

»Sie lassen ihn gehen? Was, wenn sein Alibi erkauft oder erlogen ist? Woher wollen Sie …«

Werner unterbrach sie. »Ich weiß, dass Sie wütend sind, Frau Schmidt. Glauben Sie mir, uns erging es genauso, als wir die Nachricht bekommen haben. Aber sein Alibi ist wasserdicht, von mehreren Personen bestätigt. Er war es nicht.«

Lena stand so abrupt auf, dass ihr Stuhl nach hinten umfiel. Sie begann, durch das Büro zu tigern. Werner musste ein Lächeln unterdrücken und sah zu Tobias. Ob ihm diese Gemeinsamkeit auch aufgefallen war?

Tobias ging auf Lena zu, packte sie an den Schultern und sah ihr in die Augen. »Verstehst du, was das heißt? Mark Paschwitz ist nicht der Täter. Katrins Mörder läuft immer noch da draußen herum. Da Katrin außer der Uni hier keine Verbindungen hatte, ist die Wahrscheinlichkeit hoch, dass der Mörder aus dem universitären Umfeld stammt. Damit ist es ebenso wahrscheinlich, dass er dich und auch Paschwitz kennt.« Seine Stimme war ruhig und klar. »Die Geschichte von gestern wird in der Uni bereits die Runde gemacht haben. Bestimmt wird Paschwitz' Verhaftung das Thema der nächsten Tage, wenn nicht sogar Wochen sein. Der Mörder weiß jetzt, dass du hinter ihm her bist. Lena, du bist in Gefahr! Kapierst du das?«

Lena hörte nicht nur Sorge in Tobias' Stimme. Da war mehr! »War Christoph schon bei euch wegen seiner Aussage?«

Treffer! Die Gesichtszüge von Tobias entgleisten.

»Was ist passiert?«

Tobias führte sie zum Stuhl zurück und drückte sie sachte darauf. Werner ergriff das Wort, während Tobias hinter Lena stehenblieb, eine Hand auf ihrer Schulter.

»Christoph von Meerbach wurde gestern tot aufgefunden.«

Werner schwieg, um Lena Zeit zu geben, die Nachricht zu verarbeiten. »Er wurde in seinem Verbindungshaus gefunden. Der Obduktionsbericht wird uns Genaueres sagen.«

Lena konnte es nicht fassen. Warum Christoph? Sie war sich sicher, dass er ihr die Wahrheit gesagt hatte. Wo lag die Verbindung zu Katrin? Das konnte doch kein Zufall sein! Sie war wie vor den Kopf geschlagen. Leise hörte sie Tobias' Stimme.

»Ab sofort stehst du unter Polizeischutz. Herr Klein wird dich überallhin begleiten. Du wirst nicht mehr allein aufs Klo gehen. Hast du das verstanden?«

Lena reagierte nicht.

»Ich meine das ernst! Keine Alleingänge mehr, keine eigenen Ermittlungen. Ab jetzt arbeiten wir zusammen!«

Lena versuchte, ihre Gedanken zu ordnen. Was hatte Tobias gesagt?

»Zusammen? Was meinst du damit? Inwiefern arbeiten wir zusammen?« Sie blickte fragend zu ihm hoch. Er drehte sich auf der Stelle und blickte betreten zu Boden, aber Lena verstand ihn auch ohne Worte. »Ich soll euer Köder sein?«

Sie konnte sehen, wie Tobias mit sich kämpfte.

»Ja, so könnte man es nennen.«

Jetzt schaltete sich auch Werner ein.

»Der einzige Anhaltspunkt, den wir haben, ist, dass Katrin einen sehr überschaubaren Aktivitätsradius hatte. Außer der Uni gab es keinerlei Verpflichtungen. Entweder war sie ein Zufallsopfer, was gemäß der Statistik sehr selten der Fall ist, oder aber sie kannte ihren Mörder von der Uni. Ob er nun selber Student ist oder dort arbeitet oder nur die Mülltonnen leert, wissen wir nicht. Wir haben nicht mehr viel Zeit, und uns bleiben noch weniger Möglichkeiten, es herauszufinden. Wir haben noch keine Verbindung zwischen dem Mord an

Katrin und dem Tod von Christoph von Meerbach herstellen können. Zudem haben wir noch zu wenig Informationen über das zweite Opfer vorliegen. Wir brauchen dich!«

Er machte eine kurze Pause.

»Vor allem brauchen wir kein drittes Opfer!«

Seine Stimme klang eindringlich.

Lena fühlte sich unsicher. Dafür klang Tobias umso entschlossener.

»So oder so wirst du Polizeischutz bekommen. Entweder arbeitest du hier mit uns zusammen oder aber wir schicken dich mit Herrn Klein auf Urlaubsfahrt, bis wir den Mörder gefasst haben. Deine Entscheidung.«

»Ich bleibe!« Lena war selbst überrascht, wie fest ihre Stimme in dem Moment klang, aber niemals würde sie sich wegschicken lassen. Das war für sie sonnenklar. Über alles andere könnte sie später noch nachdenken.

»Doch er wird nicht in der WG übernachten!«

»Das Problem ist schon geklärt. In der WG über euch ist ein Zimmer frei, dort wird er vorübergehend einziehen. So wundert sich keiner, wenn ihr zusammen ein und aus geht. Die Hintergrundgeschichte wird lauten, dass er dein Cousin und gerade neu nach Bonn an die Uni gewechselt ist, in der Hoffnung, dass seine Cousine ihm hilft, hier Fuß zu fassen. Dein Onkel hat dich quasi als Aufpasser für seinen faulen Sohn auserkoren, damit er im Studium endlich vorankommt.«

Lena nickte.

»Gute Geschichte, so auf die Schnelle.«

»Werner hat eine Nachtschicht eingelegt.«

Lena blickte Werner interessiert an. Sie hatte Gefallen gefunden an der Idee. So konnte sie an allem direkt beteiligt bleiben.

»Okay. Was genau soll ich tun?«

Werner zuckte kurz die Schultern.

»Eigentlich nichts. Tu genau das, was du sonst auch tun würdest. Geh weiter zur Uni, besuch deine Vorlesungen, halt die Ohren offen, aber werde nicht zur Tratschtante. Wenn du dein Verhalten plötzlich komplett änderst, könnte das dem Täter auffallen. Versuch einfach, du selbst zu sein. Das klingt leicht, wird aber verdammt schwer.«

Lena straffte die Schultern.

»Ich krieg das schon hin.«

»Herr Klein wird immer an deiner Seite sein, zusätzlich wird es Observationen durch andere Kollegen geben, die wir dir nicht mitteilen. Nicht um dich außen vor zu lassen, sondern um dich zu schützen. Wenn du wüsstest, dass der Typ im Café neben dir zu uns gehört, würde dich das nervös machen und dich eventuell verraten.«

Lena nickte erneut.

»Okay.«

Tobias fuhr fort.

»Herr Klein wird zu uns Kontakt halten, und wir beide sehen uns weiterhin beim Training. Sobald dir irgendetwas seltsam vorkommt, meldest du dich!«

»Verstanden.«

»Sicher?«

»Sicher.«

»Okay.«

Tobias atmete auf. Stefan Klein lächelte Lena schüchtern zu, und Werner Stillhorn ergriff erneut das Wort.

»Stefan, du hast doch Zivilklamotten im Spind?«

Der Gefragte nickte, stand ohne weitere Anweisungen auf und ging zur Tür hinaus. Wenige Minuten später kam er in Jeans und Turnschuhen zurück. Werner und Tobias nickten zustimmend, und Stefan Klein verließ mit Lena wortlos die Wache.

Als sie in Stefan Kleins Privatwagen saßen, brach er als Erster das Schweigen.

»Wie schauen deine Pläne für heute aus? Wohin soll die Fahrt gehen?«

»Zuerst einmal nach Hause, dort muss ich meinen Unikram holen, und um 11 Uhr ist die nächste Vorlesung.«

»Das sollte ja zeitlich kein Problem sein. Das heißt, ich benötige einen Rucksack und Bücher? Oder was nimmt man so in die Uni mit, damit man leidlich interessiert aussieht?«

Lena musste lächeln.

»Ich denke, Block und Stift reichen aus. Manche kommen auch ohne alles und hören nur zu. Andere haben ihren Laptop dabei und zocken. Alles möglich.«

»Klingt gar nicht so schlecht, so eine Juravorlesung.«

Jetzt lachten beide, aber sofort wurde Stefan wieder ernst.

»Hör mal, ich weiß, dass keiner gern rund um die Uhr einen Babysitter bei sich haben will, aber da wir beide das nicht entscheiden, wäre ich froh, wenn wir uns damit abfinden und das Beste draus machen.«

Lena nickte. Der Typ schien in Ordnung zu sein. Sie musterte ihn von der Seite. Mittelgroß, durchtrainierte Figur, braune Kurzhaarfrisur, die gab es wohl zum Abschluss der Polizeiakademie gratis. Allerdings hätte Lena es durchaus schlechter treffen können. Wenn er lächelt, sieht er aus wie Jake Gyllenhaal. Sie nickte ihm zu.

»Okay. Zunächst kannst du meine Bücher mitbenutzen.«

Sie stockte kurz, bevor sie weitersprach. »Katrin und ich haben uns auch immer abgesprochen, wer wann die Gesetzestexte mitbringt, weil diese Wälzer so furchtbar schwer sind.«

Sie blickte zu Stefan, der nickte. Sie spürte, wie ihr die Tränen hochkamen, und wechselte gekonnt das Thema.

»Wir brauchen für dich ein Rad. Hier fährt keiner aus der Südstadt mit dem Auto zur Uni, das macht keinen Sinn für die paar Meter und bei der Parkplatzsituation.«

Erneut sah sie aus dem Augenwinkel sein stummes Nicken.

»Ich habe noch ein altes Hollandrad im Keller, das reicht bestimmt für den Anfang. Haben sie dir eigentlich gesagt, wie lange diese Bewachung andauern soll? Ich meine, wenn man den Täter nicht bald findet. Du kannst ja nicht wochenlang neben mir herlaufen?«

»Sie haben nichts dazu gesagt. Aber ich werde so lange neben dir herlaufen, wie es sein muss. Nur um das klarzustellen, ich mach das nicht nur, weil es mein Job ist, sondern weil ich keine ruhige Nacht mehr hätte, wenn ich wüsste, dass ich derjenige bin, der es vergeigt hat und« – dabei wurde seine Stimme deutlich leiser – »der eventuell deinen Tod verursacht hat. Dafür brauch ich deine Hilfe.«

Er parkte den Wagen vor ihrer Haustür und blickte ihr in die Augen. Lena schlug ihre nieder. Sie hatte ein schlechtes Gewissen, weil sie vorher ernsthaft überlegt hatte, wie sie ihn am besten abschütteln könnte. Sie hob den Blick, und die beiden nickten sich zu. Wortloses Einverständnis.

Sie verließen das Auto und liefen gemeinsam die Stufen hinauf.

»Ab jetzt gehen wir folgendermaßen vor: Wenn wir nach

Hause kommen, betrete ich als Erster deine Wohnung und schaue in alle Zimmer.«

Er sah, wie Lena den Mund öffnete, um zu protestieren, und kam ihr zuvor: »Ich weiß, ihr habt eine WG, und die anderen wollen in ihrer Privatsphäre nicht gestört werden, aber dir ist wohl auch nicht daran gelegen, dass sich jemand eine deiner Mitbewohnerinnen als Geisel genommen hat, um in die Wohnung zu kommen. Also wird zu euer aller Sicherheit jedes Zimmer angeschaut. Ich verspreche auch, nicht in der Unterwäsche zu wühlen.« Er grinste sie kurz an.

»Sobald ich alles geprüft habe, kannst du gern deine Ruhe haben. Ich gehe dann hoch in mein Zimmer. Allerdings gibt es eine Kamera, die eure Haustür im Blick hat. Ich bekomme Bescheid, sobald jemand versucht, bei euch einzudringen.«

»Okay. Ganz schön viel Aufwand.«

»Es steht ja auch einiges auf dem Spiel.« Er legte den Kopf ein wenig schief und sah sie durchdringend an, als würde er durch seinen Blick herausfinden können, wie sie das gerade Besprochene verkraftete.

»Dürfte ich deinen Schlüssel haben?«

Lena legte ihren Wohnungsschlüssel in seine geöffnete Hand.

»Ich gehe jetzt rein, und du wartest bitte, bis ich die Wohnung freigebe.«

Oh Mann, das kann ja heiter werden!, dachte Lena genervt. Aber als Stefan seine Waffe aus dem Halfter zog und vorsichtig die Wohnungstür aufschloss, wurde es ihr flau im Magen, und ihre Nerven begannen zu flattern. Sie hielt sich am Türrahmen fest und sah zu, wie Stefan langsam Zimmer für Zimmer in Augenschein nahm, und erst in diesem Moment wurde ihr klar, was es wirklich hieß, wenn jemand sein Leben riskierte, um andere zu schützen. Eine Welle der Dankbarkeit stieg in ihr hoch und hinterließ in ihrem Körper ein wohliges Kribbeln. Sie fühlte sich geborgen, als er seine Waffe einsteckte und ihr mit einem Nicken zu verstehen gab, dass ihre Wohnung sicher war.

»Ich gehe jetzt hoch. Wann soll ich dich abholen?«

»Da wir noch dein Fahrrad fahrtauglich machen müssen, würde ich vorschlagen in fünfzehn Minuten.«

»Okay.«

***

»Wenn du nicht gleich stehen bleibst, schieß ich dir in den Fuß!«

Im Gegensatz zu seinen Worten klang Werners Stimme eher weich.

»Du magst sie sehr, oder?«

Tobias blickte ihn an, und Werner konnte ihm die Antwort im Gesicht ablesen. Tobias' Mimik zeigte tiefe Sorgenfalten und ein schlechtes Gewissen.

»Lena bekommt Personenschutz. Das ist in dieser Situation nur angemessen. Wir haben keine Spur, keinerlei Hinweise auf den Täter. Mittlerweile ist mehr als eine Woche vergangen, und wir tappen vollkommen im Dunkeln, während deine Freundin sich selbst immer weiter reinreißt.« Er stand auf, legte beide Hände auf Tobias' Schultern und blickte ihn ernst an. Mit leiser und eindringlicher Stimme fuhr er fort: »Ihr wird nichts passieren! Stefan ist sehr gut ausgebildet, und deine Lena ist ziemlich tough. Sie schafft das! Wichtig ist jetzt, dass du Ruhe bewahrst und ihr den Rücken stärkst. Sie braucht deinen Zuspruch. Denn wenn ich nicht vollkommen neben der Spur bin, dann meine ich erkannt zu haben, dass sie dich auch mag.«

Werner sah die Zweifel in Tobias' Blick, aber zugleich entspannte sich seine Körperhaltung ein wenig.

***

Lena schloss die Kellertür auf und zeigte auf ein verstaubtes, rostiges Fahrrad. Stefan hievte das alte Ross die kleine Steintreppe hinauf und hinaus auf die Straße. Er lehnte es an die Hauswand, dann standen er und Lena Schulter an Schulter und betrachteten das Gebilde aus Stahl und Dreck.

»Ich hole Eimer und Lappen.«

Lena wollte gerade die drei Stufen zum Haus nehmen, als ihr Blick auf ihr eigenes Rad fiel und sie abrupt stehen blieb. Ihr Hinterreifen war platt. Mit einem Fingerzeig auf den Reifen rief sie Stefan zu:

»Ich bring mein Flickzeug mit.«

Sie verschwand im Haus und kehrte nur wenige Minuten später bewaffnet mit Eimer, Lappen und dem Flickzeug zurück. Während Stefan das Rad von der Schmutzschicht befreite, baute Lena ihr Hinterrad aus. Sie wollte an den Schlauch heran, um diesen ins Wasser zu halten und so das Loch zu finden. Bei näherer Betrachtung brauchte sie aber nicht mehr zu suchen. Unbemerkt hielt sie die Luft an, und ihr Körper versteifte sich.

»Alles okay?«

Stefan war ein aufmerksamer Beobachter.

»Ja, oder besser nein. Der Reifen wurde offensichtlich aufgeschlitzt. Kein einfacher Platten.«

Stefan war sofort neben ihr und sah sich den Schaden an.

»Der muss in die KTU.«

»Das klingt wie im Film. KTU. Wofür steht das überhaupt?«

»Kriminaltechnische Untersuchung. Vielleicht hat der Täter ja Fingerabdrücke hinterlassen. Wäre zu schön!«

Er blickte zu Lena.

»Ich glaube, die Vorlesung können wir vergessen. Wir packen den Reifen ins Auto, bringen den Kram zur Wache und auf dem Rückweg besorgen wir dir ein neues Hinterrad.«

Lena nickte ergeben.

Sie hätte jetzt eh keiner Vorlesung folgen können. Sie spürte, dass er es gewesen sein musste. Katrins Mörder muss hier gewesen sein, direkt vor ihrem Haus, und hatte sich an ihrem Rad zu schaffen gemacht. Sie bekam Gänsehaut. Vielleicht war es sogar einer der Spaziergänger, die heute an ihrem Haus vorbeigegangen waren? Vielleicht hatte sie ihm sogar zugelächelt, als er hier vorbeispaziert war? Wer wusste das schon?

Sie sah sich um. Suchte nach einem Kameraobjektiv, das auf sie gerichtet war. Doch sie konnte nichts entdecken. Sie atmete tief durch. *Du wirst noch paranoid! Reiß dich zusammen!* Sie schnappte sich den Putzeimer mit der einen und das Werkzeug mit der anderen Hand und verschwand wieder im Haus.

Hier konnte sie das leise Klicken der Kamera nicht hören.

Nachdem sie das Rad zur KTU gebracht, ein neues Hinterrad eingekauft und sogar eingebaut hatten, schlug Stefan vor, eine kleine Radtour am Rhein entlang zu unternehmen. Er wusste genauso gut wie sie, dass der kaputte Reifen kein Zufall sein konnte, und versuchte nun, sie ein wenig abzulenken. Lena war ihm dankbar dafür, dass er keine Therapiegespräche führte, sondern sie stattdessen durch Bewegung auf andere Gedanken bringen wollte.

19. Kapitel

Als Lena nach Hause kam, hörte sie leise Musik aus Julias Zimmer: Richard Ashcroft. Wie passend. Sie wollte schnell ihre Sachen in ihr Zimmer werfen und dann das Gespräch mit Julia hinter sich bringen. Das hatte sie nun lange genug aufgeschoben. Als sie ihr Zimmer betrat, änderte sich innerhalb von Sekunden alles, und ihr wurde schlagartig schwindelig.

Ihr Kleiderschrank stand offen, ihre Unterwäsche war über den ganzen Boden verstreut. Hastig sprang sie aus dem Zimmer und stieß ohne anzuklopfen Julias Tür auf.

»Warst du an meiner Unterwäsche?«

»Bitte was?«

»Warst du an meiner Unterwäsche?«

Julia blickte sie an, als würde sie chinesisch sprechen. Lena bemerkte erst jetzt, wie seltsam ihre Frage klingen musste, und setzte hinzu: »Mein Kleiderschrank steht offen, und meine Unterwäsche liegt auf dem Boden verteilt.«

Jetzt war es Julia, die verstört wirkte.

»Spinnst du jetzt total? Was sollte ich mit deiner Unterwäsche? Hast du Barbara gefragt? Ich bin erst vor fünf Minuten nach Hause gekommen. Ich würde mir nie etwas aus deinem Schrank nehmen, ohne dich vorher zu fragen. Das weißt du doch! Und schon gar nicht deine Unterwäsche!« Das letzte Wort betonte sie leicht angeekelt.

Lena lief hinüber zu Barbara, aber die war nicht da. Dann kontrollierte sie die Wohnungstür. Es gab keine Zeichen für einen Einbruch. Das Schloss schien intakt. *Das konnte doch nicht wahr sein.* Sie spürte, wie dieses Gefühl völliger Hilflosigkeit über sie kam und ihr ungefragt ins Gesicht schlug. Sie sackte zusammen; ihr Puls raste, und ihr Atem ging immer schneller. Julia erkannte das Problem. Sie lief rasch in die Küche und kam mit einer kleinen Brottüte zurück, die sie Lena vor den Mund hielt. Sie atmete hinein, und ihr Atem wurde langsam wieder ruhiger. Sie hatte schon lange nicht mehr derart hyperventiliert. Eigentlich hatte sie gehofft, dass diese Zeiten der Panikattacken endgültig vorbei wären und sie ihren Körper besser unter Kontrolle hätte.

Nach einer Weile standen Lena und Julia zusammen auf und gingen in Julias Zimmer.

»Du solltest Tobias anrufen. Die sollen das Schloss genau untersuchen. Fehlt denn etwas? Oder ist sonst etwas anders?«

»Keine Ahnung. So genau habe ich nicht nachgeschaut. Vielleicht war es ja wirklich Barbara. Vielleicht hat sie spontan einen Typen kennengelernt und vor lauter Panik hat sie sich an meinem Kleiderschrank bedient?«

Lena hörte selbst an ihrer zittrigen Stimme, wie unwahrscheinlich das klang.

Doch Julia widersprach ihr nicht, sondern öffnete mit leichter Hand eine Rotweinflasche. Die hatte schon gestern Abend in ihrem Zimmer gestanden, als sie auf Lena wartete, aber jetzt schien ihr ein guter Zeitpunkt für alkoholische Getränke.

Sie goss jedem ein Glas ein und setzte sich im Schneidersitz zu Lena aufs Bett. Die traurige Stimme von Richard im Hintergrund schien gut gewählt. Da sie vorher ein wenig gedöst hatte, war das große Deckenlicht aus. Auf der Fensterbank brannte ein Rudel Kerzen, und ihre kleine Nachttischlampe gab ein schwaches, gelbliches Licht von sich.

Sie reichte Lena ein Weinglas.

»Also, was ist die letzten Tage los mit dir? Du bist doch sonst nicht aus der Ruhe zu bringen. Das kann nicht nur mit Katrin zu tun haben. Da ist doch noch was anderes. Lüg mich jetzt nicht an.«

Julia klang sehr bestimmt, und Lena wusste, dass sie ihr schon seit langem eine Erklärung schuldig war. Auch Frau Dr. Schneider-Michelsen hatte ihr mehrfach geraten, sich zumindest ihren engsten Freundinnen anzuvertrauen. Trotzdem fiel es ihr so unglaublich schwer. Sie hatte sich einen solch dicken Panzer zugelegt, dass sie es jetzt kaum mehr schaffte, aus diesem Schweigen wieder auszubrechen. Aber sie fühlte, dass es an der Zeit war. Sie brauchte jemanden, der all das mit ihr gemeinsam durchstand.

Das Blut rauschte durch seinen Körper. Er ballte die Hände zu Fäusten und starrte auf das Haus. Warum passierte nichts? Warum hörte er keine Schreie, kam kein Blaulicht herangerauscht? Sie würde doch bestimmt als Erstes ihren Bullenfreund anrufen. Er war so blind gewesen! Sie war genau wie alle anderen – sie hatte seine Aufmerksamkeit nicht verdient. Hatte ihn nur wertvolle Zeit gekostet und ihn hingehalten. Aber jetzt war er an der Reihe! Er schlug mit der Faust gegen einen Baumstamm. Sie musste seine Nachricht erhalten haben!

Lena blickte in ihr Glas und schwenkte die blutrote Flüssigkeit langsam im Kreis. Zögerlich nahm sie einen großen Schluck, blickte Julia an und begann stockend zu erzählen.

»Es ist mittlerweile fünf Jahre her. Jeden Dienstag- und Donnerstagabend bin ich mit dem Rad zur Sporthalle gefahren. Einen Donnerstagabend kam ich aus der Halle, und mein Vorderrad war platt. Ich habe mir nichts dabei gedacht. Das Rad war alt, und da ich ständig damit unterwegs war, handelte es sich nicht um meinen ersten platten Reifen. Ich wollte es durch den Park zur Busstation schieben, um es so nach Hause zu transportieren.«

Lena stockte, aber Julia nickte ihr aufmunternd zu.

»Im Wald hörte ich Schritte hinter mir. Als ich mich umdrehte, sah ich einen Jogger, der auf mich zulief. Aber auch das kam mir nicht seltsam vor. Auf dieser Strecke waren abends öfters noch Läufer unterwegs, obwohl der Park nicht beleuchtet war. Es war ein Novemberabend, Neumond und dichte Wolken, sodass alles im Dunkeln lag. Mein Licht am Rad funktionierte nur schwach, weil es durch das Schieben nicht genügend Energie bekam. Der Jogger schloss zu mir auf, und plötzlich spürte ich einen stechenden Schmerz am Hinterkopf. Dann wurde alles schwarz.«

Sie schluckte schwer und nahm einen weiteren Schluck Rotwein zu Hilfe.

»Das Nächste, woran ich mich erinnern kann, ist ein schwacher Nieselregen, der mich weckte. Ich konnte ihn nicht nur im Gesicht spüren, sondern am ganzen Körper. Als ich mir dessen bewusst wurde, begriff ich, dass ich nackt sein musste. Ich versuchte, Hände und Füße zu bewegen, aber ich war wie ein X an Bäume gefesselt.«

Lena fasste unwillkürlich an ihr Handgelenk.

»Dann sah ich ihn. Er stand einfach nur da. Sein Gesicht verdeckt von einer schwarzen Skimaske. Dazu trug er eine schwarze Regenjacke. Vollkommen stumm stand er zwischen meinen Beinen und starrte auf mich herab. Aus diesem Winkel konnte ich nicht mehr von ihm erkennen. Ich fing an zu flehen, zu betteln, fragte ihn, was er von mir wolle, und bat ihn, mich loszumachen.

Doch er gab keinen Laut von sich. Langsam kam er auf mich

zu, bis er mit seinen Beinen dicht vor mir stand. Da konnte ich sehen, dass nur sein Oberkörper vermummt war. Der Rest war nackt.«

Lenas Stimme war nur noch ein Flüstern, und sie kämpfte mit den Tränen.

»Er ließ sich Zeit. Er kniete sich auf mich und streichelte mit dem Kopf an meinen Brüsten entlang. Die raue Wolle der Skimaske kratzte auf meiner Haut. Er schien mich aufzusaugen und mein leises Flehen zu genießen. Kurz dachte ich, er würde doch noch von mir ablassen. Aber dann spürte ich den stechenden Schmerz, als er in mich eindrang. Ab da ging alles fürchterlich schnell. Ich warf den Kopf zurück und schrie meinen Schmerz hinaus. Genau fünf Stöße brauchte er. Ich kann es noch heute spüren. Dann ließ er von mir ab. Danach hat er sich wohl angezogen. Ich weiß es nicht. Ich lag da und schrie und weinte. Ich konnte nicht mehr aufhören. Nur verschwommen nahm ich wahr, dass er sich an meinem rechten Handgelenk zu schaffen machte. Auf einmal war er weg. Es dauerte einige Minuten, bis ich begriff, dass er die rechte Handfessel gelockert hatte, und noch einige Minuten mehr, bis ich mich daraus befreien konnte. Ich kroch zu meinem Handy und wählte den Notruf. Allerdings konnte ich kaum etwas sagen.«

Ihre Stimme wurde ein wenig fester.

»Hinterher erfuhr ich, dass sie mein Handy geortet haben, um mich zu finden. Den Typ haben sie nie erwischt. Man weiß bis heute nicht, wer es war und warum er sich ausgerechnet mich ausgesucht hat. Viele Vermutungen, keine Erkenntnisse.«

Lena nahm einen weiteren Schluck Rotwein. Das war ein hartes Stück Arbeit für sie gewesen. Sie hatte diese Geschichte bisher genau dreimal erzählen müssen. Der Polizei, ihrem

Psychiater im Krankenhaus und Frau Dr. Schneider-Michelsen.

Da Julia vollkommen steif neben ihr saß und verstummt war, sprach sie weiter.

»Die Termine jeden Freitagvormittag sind nicht an der Uni, sondern bei meiner Psychiaterin. Eigentlich dachte ich, dass ich das Ganze gut verarbeitet hätte, aber jetzt scheint alles wieder hochzukommen.«

Sie sah Julia in die Augen.

»Sie haben den Täter nie gefunden. Ich konnte damals nichts tun, war wie gelähmt. Seitdem gehe ich zur Therapie und trainiere, damit ich mich nie wieder so wehrlos fühlen muss. Nun sitze ich hier, eine meiner besten Freundinnen ist tot. Ich konnte sie nicht schützen. Im Gegenteil, ich habe sie allein gehen lassen! Und ich kann nicht einmal ihren Mörder finden!« Die Tränen liefen nun ungehindert ihr Gesicht hinunter. »Ich kann das nicht zulassen. Ich kann nicht untätig dasitzen. Vor allem will ich nicht, dass Katrins Täter ebenso ungesühnt davonkommt! Ich konnte mich selbst nicht verteidigen und Katrin auch nicht, aber ich muss dieses Mal alles versuchen, um den Täter zu finden! Verstehst du das?«

Sie sah Julia fragend an. Die blickte immer noch wie eine Eisskulptur in ihr Weinglas. Dann plötzlich sah Lena eine Träne, die aus ihrem Auge kullerte, und sie nahm ihre Freundin in den Arm.

Julia lehnte sich gegen sie.

»Oh Mann. Eigentlich müsste ich dich trösten! Das ist die schlimmste Geschichte, die ich je gehört habe! Ich dachte, es ginge vielleicht um den Unfall deiner Eltern oder Ähnliches. Aber das? Ich meine, wer macht denn so was? Was für ein

Psychopath muss man sein, um so eine gestörte Scheiße zu machen?«

Sie redete sich in Rage und sprang wild gestikulierend vom Bett auf. Als sie zum dritten Mal in Folge etwas von Scheißwixer rief, musste Lena unwillkürlich lachen. Sie lachte immer lauter, und es schien, als würde dabei ein Teil des Ballasts von ihr abfallen. Ein kleiner Knoten in ihr drinnen hatte sich gerade gelöst, und sie war froh, dass Julia endlich Bescheid wusste und sie nun keine Geheimnisse mehr voreinander hatten.

Auch Julia schien sich langsam zu beruhigen; gemeinsam leerten sie ihre Gläser.

Julia wurde ernst.

»Ich habe damals wirklich gedacht, dass dein Nervenzusammenbruch etwas mit deinen Eltern zu tun gehabt hätte. Deine Großeltern waren so angespannt, und deine Tante faselte wirres Zeug, dass das alles schon viel zu lange totgeschwiegen worden wäre oder so. Ich habe mich nie getraut, dich danach zu fragen. Ich hatte Angst, alte Wunden aufzureißen und dass es dir erneut schlecht gehen würde. Ich wollte dich nicht noch einmal so sehen!«

Sie drückte Lena an sich.

»Ich bin froh, dass du es mir endlich erzählt hast!«

»Jetzt musst du Tobias anrufen!« Julias Stimme war eindringlich. Lena hatte ihren Kleiderschrank fast vergessen.

»Entweder du rufst ihn an, oder ich tu es.«

»Okay, okay. Ich rufe ihn an.«

Da Julia ihr unmittelbar das Handy hinhielt, hatte Lena keine Wahl. Sie nahm es und wählte Tobias' Nummer.

Es dauerte keine halbe Stunde, da war nicht nur Tobias vor Ort, sondern er hatte gleich noch Werner und zwei Typen von der Spurensicherung mitgebracht: sie waren gerade mit größter Aufmerksamkeit dabei, ihre Unterwäsche zu begutachten, sodass Lena am liebsten im Boden versunken wäre. An der Haustür waren sie schon fertig mit der Untersuchung. Dort konnten keine Spuren gesichert werden. Im Stillen ahnte Lena, dass sich auch in der restlichen Wohnung nichts finden lassen würde. Der Täter war ein Phantom.

»Ich glaube, ich habe hier etwas. Oder bewahren Sie Ihre bereits getragene Wäsche grundsätzlich auch bei der sauberen auf?«

Lena bekam einen hochroten Kopf. Sie wollte dem Mann in dem weißen Plastikanzug schon eine saftige Erwiderung an den Kopf werfen, als es ihr die Sprache verschlug. Er hielt einen abgetragenen roten Slip mit kleinen blauen Blümchen in der Hand. Sie war wie vor den Kopf geschlagen, und um sie herum wurde es schwarz. Die anderen Stimmen verschwammen zu einem einzigen lauten Summen, und sie sah erneut die Schreckensbilder vor sich: den Nieselregen, den Vergewaltiger, wie er über ihr stand, wie er an ihren Brüsten roch, wie er in sie stach.

Julias Stimme kam als Erste zu ihr durch.

Lena blickte sie an.

»Das ist die Unterwäsche, die ich an dem Abend vor sechs Jahren getragen habe.«

Dann drehte sie sich um, rannte ins Bad und schloss sich ein. Sie wollte nicht reden, nicht sehen und vor allem nichts fühlen. Sie sank auf die Knie und weinte. Sie hatte das Gefühl, niemals damit aufhören zu können.

Tobias blickte verwirrt zu Julia.

»Was meint sie denn damit?«

Julia wand sich unter seinem Blick. Sie wollte das, was ihr Lena gerade anvertraut hatte, nicht direkt preisgeben und ihr Vertrauen missbrauchen. Aber wie sollte sie Tobias sonst weiterhelfen?

»Verdammt, Julia was ist hier los?«

»Das kann ich dir nicht sagen! Du musst Lena schon selber fragen. Oder in euren Polizeiakten nachsehen.«

Julia drehte sich weg. Dieser Hinweis war schon mehr, als sie hätte geben dürfen. Sie wollte Lena unbedingt schützen. Aber wie sollte sie das tun, wenn ihr größter Albtraum unbemerkt in ihre Wohnung spazieren konnte?

»Wir sollten einen Krankenwagen rufen.«

Erst als Julia das sagte, begriff Tobias, dass Lena nicht mehr im Raum war. Eine Eiseskälte durchfuhr ihn, und er hastete zum Badezimmer.

»Lena? Lena, bitte sag irgendetwas. Lena?«

Er wartete, aber es kam keine Antwort. Dann hörte er die Dusche.

»Wenn du nicht antwortest, breche ich die verdammte Tür auf!«

Stille.

Tobias fragte nicht noch einmal. Er nahm Anlauf und trat mit voller Wucht die alte Holztür aus den Angeln. Lena saß zusammengekauert in der Duschkabine und hielt ihre Knie umschlungen. Sie wiegte sich langsam vor und zurück. Das heiße Wasser hatte ihre Klamotten durchnässt und vermischte sich mit den Tränen, die nicht enden wollten.

Tobias stellte das Wasser ab, schob eine Hand unter ihre Knie und legte die andere um ihren Rücken. Behutsam hob er sie hoch und brachte sie nach unten, wo bereits der Krankentransporter wartete. Julia war mit einer kleinen Tasche zur Stelle und erklärte sich bereit, ins Krankenhaus mitzufahren. Tobias nickte ihr dankbar zu.

»Ich komme nach, sobald wir hier alles untersucht haben. Stefan wird hinter euch herfahren.«

»Okay. Ich bleibe bei ihr.«

Sie nickten einander kurz zu. Dann schlossen sich die Türen, und er blieb allein mit vielen Fragen auf der Straße zurück.

Hier ging es um mehr als nur um Katrins Tod. Er hatte das Gefühl, als würde alles offen vor ihm liegen, wenn er nur den richtigen Blickwinkel hätte. Es machte ihn wahnsinnig! So viele Fragen und Möglichkeiten, aber er schien nichts richtig greifen zu können.

An Lena kam er auch nicht heran. Er trat voller Wucht gegen einen kleinen Stein am Straßenrand, der nur knapp einen parkenden BMW verpasste. Tobias fluchte leise. Er wollte Lena unbedingt beschützen, aber er hatte keine Ahnung, wie er das anstellen sollte. Sie unternahm ständig Alleingänge, sie redete nicht mit ihm, und anscheinend gab es Dinge in ihrem Leben, die sie nicht mit ihm besprechen wollte. *Kein Wunder!* Er wusste, dass er sich gerade in Rage dachte. Wieso sollte sie auch ihre Probleme mit einem Typen besprechen, den sie lediglich vom Sport kannte?

Aber ihr Anblick gerade, wie sie sich unter dem warmen Duschstrahl zusammenkauerte und hin und her wiegte wie ein Baby, hatte ihn bis ins Mark getroffen. Es tat ihm im Innersten weh, sie so zu sehen. Was meinte Julia wohl mit ihrem Kommentar, dass er die Polizeiakten studieren sollte? Ob es da etwas über Lena gab? Das konnte er sich nicht vorstellen, und dennoch: Er brauchte die verdammten Akten! Als er tief aufseufzte, erschreckte er damit einen kleinen Sperling zu Tode, der rasch auf und davon flog.

In der Hoffnung, die Spurensicherung könnte ihn weiterbringen, ging Tobias wieder zurück in die Wohnung. Werner hatte unterdessen Phillip gebeten, Lena Schmidt genauer zu durchleuchten. Es musste irgendwo einen Zusammenhang geben.

In dem Moment kam Barbara nach Hause. Als sie die vielen Menschen in ihrer Wohnung sah, wollte sie erst den Rückzug antreten. Doch Tobias hatte sie schon bemerkt.

»Hallo, du musst Barbara sein, Lenas und Julias Mitbewohnerin?« Es war mehr eine Feststellung als eine Frage, und Barbara nickte automatisch.

»Komm doch rein. Wir gehen besser in die Küche.«

Er erklärte ihr kurz, dass jemand in Lenas Zimmer eingedrungen sei.

»Hat außer euch dreien noch jemand einen Schlüssel?«

Sie blickte ihn immer noch stumm an. Tobias wartete einige Sekunden, bevor er seine Frage wiederholte. »Hat noch jemand einen Schlüssel?«

Er konnte seine Ungeduld kaum verbergen. Barbara hatte den Kopf eingezogen und erinnerte ihn an eine Schildkröte.

Er schlug mit der Hand auf den Tisch und schrie sie an: »Wer hat einen Schlüssel?«

Barbara zuckte zusammen und flüsterte ein leises »Niemand«.

»Keine Nachbarn? Euer Vermieter?«

»Nein. Nicht einmal die Vermieter.« Sie flüsterte immer noch, und Tobias musste sich nach vorne beugen.

»Wann hast du die Wohnung verlassen?«

»So gegen 16 Uhr.« Barbara zupfte langsam ein Taschentuch aus ihrer Jeans. »Ich hatte Vorlesung von 16.30 bis 18 Uhr.«

»War vorher jemand in der Wohnung? Postbote, Handwerker, Stromableser, irgendjemand?«

»Nein. Niemand war hier. Hendrik hat kurz geklingelt und nach Lena gefragt, aber als ich ihm sagte, dass die nicht da ist, ist er auch gleich wieder verschwunden.«

Mist! Das konnte doch alles nicht wahr sein. Tobias gab sich alle Mühe, seine Selbstbeherrschung nicht zu verlieren. Am liebsten wollte er lauthals schreien, aber dann würde Barbara wahrscheinlich einen Herzinfarkt erleiden und tot umfallen.

Werner hatte sein Telefonat mittlerweile beendet und kam hinzu. Interessiert blickte er Barbara an.

»Stimmt es, dass Sie ursprünglich in Osnabrück studierten?«

Barbara schien irritiert. »Ja, das stimmt.«

»Jetzt studieren Sie Jura in Bonn, wie Lena und Katrin.«

»Ja.« Barbara wusste nicht, worauf diese Fragen abzielten, aber in ihrem Bauch machte sich ein komisches Gefühl breit.

»Warum genau haben Sie die Uni gewechselt?«

»Wie bitte? Warum wollen Sie das wissen?« Ihr Blick wechselte von Tobias zu Werner. Sie schien verwirrt. »Was hat denn das mit dem Einbruch zu tun?«

»Genau das versuche ich herauszufinden. Weder an der Tür noch an den Fenstern sind Einbruchspuren sicherzustellen. Also muss der Täter einen Schlüssel gehabt haben, oder jemand hat ihn selbst hereingelassen.«

Barbara starrte ihn sprachlos an.

»Außerdem habe ich gerade mit den Kollegen aus Osnabrück telefoniert – Ihrer Heimatstadt. Sie können sich wohl denken, was die mir erzählt haben?«

Tobias blickte von seinem Kollegen zu Barbara, die nun mit hochrotem Gesicht Löcher in die Tischplatte stierte wie ein Vulkan kurz vor dem Ausbruch.

Werner klärte seinen Kollegen auf: »Die Kollegen haben eine dicke Akte zu Barbara Lechner. Die junge Dame hier hat vor einigen Jahren eine Bewährungsstrafe bekommen, weil sie einen Herrn gestalkt hat. Erst waren es harmlose kleine Briefe, in denen sie ihm ihre Liebe gestand. Dann Anrufe, gerne auch nachts, Wohnungseinbruch und Diebstahl seiner Unterwäsche bis zu durchstochenen Autoreifen. Das volle Programm über mehrere Monate.«

Sie blickten beide zu Barbara, die wie ein Sack nasser Wäsche dahockte und die Schultern hängen ließ.

»Was sagen Sie zu diesen Parallelen? Nichts? Dann bitte ich Sie jetzt, uns auf die Wache zu begleiten.«

Plötzlich klingelte Werners Handy. Er brummte ein paarmal leise, schickte mehrere Flüche hinterher und legte auf.

»Bitte warten Sie in Ihrem Zimmer. Wir müssen uns kurz besprechen, bevor wir losfahren.«

Er wartete, bis Barbara es geschafft hatte, ihren erschlafften Körper von der Bank zu erheben und in ihr Zimmer zu schleppen. Dann schloss er die Tür hinter ihr und wies Tobias an, sich hinzusetzten. Phillip hatte Lenas alte Akte gefunden. In wenigen ruhigen Worten berichtete Werner, was er selbst gerade erst von Phillip erfahren hatte. Der Grund für Lenas Nervenzusammenbruch war nun beiden klar. Tobias trat dieses Mal gegen keinen Stuhl und gab keine Flüche von sich. Er saß stumm da. Wenn Werner ihn nicht aufgefordert hätte, mit ihm zu kommen, wäre er wohl für die nächsten Stunden oder Tage so sitzen geblieben. Ihm fehlte plötzlich jede Energie.

»Ich kann das hier allein erledigen.«

Werner nickte auf die hinteren Sitze, wo Barbara sich aufhielt.

»Fahr du ins Krankenhaus und schau nach, wie die Lage ist. Es wäre gut, wenn wir Lena bald befragen könnten, um ein wenig Licht ins Dunkel zu bringen.«

Tobias nickte, aber er hatte keine Ahnung, wie er Lena dazu bringen sollte, über all diese schrecklichen Erlebnisse zu sprechen. Er wusste nicht, ob er ihren Bericht überhaupt hören wollte. Allein das gerade Erfahrene ließ ihn immer noch frösteln.

Ganz in Gedanken versunken, steuerte er das Auto durch die engen Straßen der Bonner Südstadt. Wie in einer Seifenblase kam er sich vor. Er hörte Werner neben ihm telefonieren, aber so leise, dass er kaum einen Satz verstand.

»Lena bekommt Polizeischutz. Sie haben bereits ein Team abgestellt, das gleich ins Krankenhaus fährt, die sind in wenigen Minuten bei ihr und lösen Stefan ab. Fahr hin und schau nach, wie es ihr geht und ob sie schon bereit ist, mit uns zu sprechen. Dann fahr nach Hause und schlaf dich aus! Die Ergebnisse der KTU sind eh erst morgen Vormittag bei uns. Ausgeschlafen denkt es sich besser.«

Tobias nickte stumm.

Er setzte Werner und Barbara vor der Wache ab und fuhr Richtung Krankenhaus davon.

20. Kapitel

Eine unbändige Freude zog durch seinen Körper und zauberte ein Lächeln in sein Gesicht. Sie war fast erledigt. Das hatte sie nun davon. So sollte es sein. Sie hat seine Liebe nicht verdient. Hat es nie verstanden. Er musste sie zerstören, um seine Besessenheit zu beenden. Er hatte sich neu formiert. Die Polizei tappte noch immer im Dunkeln. Er konnte machen, was er wollte, ohne gefasst zu werden. Er war klüger als alle anderen, ihnen immer einen Schritt voraus. Er würde keine Fehler machen. Nur noch ein einziger Schritt, um ihr den letzten Rettungsanker zu nehmen. Dann würde sie sterben!

Julia tigerte unruhig den Krankenhausflur auf und ab. Sie hatte es auf dem Stuhl neben Lenas Bett nicht mehr ausgehalten, konnte jetzt nicht länger stillsitzen.

Erst hatte sie versucht, sich mit Stefan zu unterhalten. Doch zu laufenden Ermittlungen durfte er sich nicht äußern, und andere Gesprächsthemen waren nicht greifbar.

Sie hatte auch versucht, Thomas zu erreichen, aber der hatte sein Handy ausgeschaltet. *Typisch! Da brauchte man einmal eine starke Schulter, und dann so etwas. Auf niemanden war Verlass!*

Der Arzt, der vor wenigen Minuten bei Lena war, hatte Julia mitgeteilt, dass er Lena Beruhigungstabletten gegeben hätte und es einige Stunden dauern könnte, bis sie Besuch empfangen dürfte. Aber Julia wollte das Krankenhaus nicht verlassen. Sie wollte in der Nähe bleiben, falls Lena wach wurde und sie sehen wollte.

***

Tobias lief den langen Flur hinunter auf Julia zu. Eigentlich sollten Krankenhäuser etwas Steriles ausstrahlen, aber bei Tobias kam immer nur der Gedanke an all die Keime und Bakterien auf, die hier umherzirkulierten. Steril war anders. Er schob die Gedanken beiseite und drückte Julia zur Begrüßung die Schulter. Er fühlte sich hilflos.

»Wie schaut es aus? Hast du mit dem Arzt sprechen können?«

Er sah die dunklen Ringe unter ihren glasigen Augen. Ihre Stimme klang weit entfernt.

»Sie haben ihr Beruhigungsmittel gegeben, und seitdem schläft sie. Die Ärzte meinten, es könne gut sein, dass sie bis morgen früh durchschläft.«

»Weißt du, ob sie noch etwas gesagt hat?«

»Keine Ahnung, im Krankenwagen hat sie nur dagelegen und geweint. Da kam kein Wort über ihre Lippen.«

Tobias fuhr sich mit der Hand durch die Haare und kickte mit der Fußspitze unsichtbare Steine vom Boden.

»Du weißt, was damals mit ihr passiert ist?«

Julia nickte und schaute betreten zu Boden. Tobias konnte sehen, dass Julia am Limit lief, aber die Fragen stiegen wie Seifenblasen in seinem Kopf auf.

»Hast du irgendeine Ahnung, wie das mit dem Mord an Katrin oder Christoph zusammenhängen könnte? Hat Lena dir irgendetwas in dieser Richtung mitgeteilt? Ihr habt doch miteinander gesprochen.«

Er erkannte an ihrem Blick, dass sie genauso wenig Antworten hatte wie er selbst. Sie zucke resigniert mit den Schultern.

»Ich habe wirklich keine Ahnung. Ich weiß nur, dass Lena einen Stalker hatte. Sie hat Umschläge bekommen, mit Fotos von sich. Ich glaube, dass hat ihr mehr Angst eingejagt, als sie zugegeben hat. Sie tut immer so furchtbar stark, aber das ist sie nicht.«

Tobias spürte, wie Julia zögerte. Sie schien zu überlegen, wie viel sie Tobias wohl erzählen dürfte, ohne Lena das Gefühl zu geben, dass sie sie verraten würde. Er blickte sie an und wartete, versuchte Ruhe auszustrahlen, obwohl sein Körper gerade von Ameisen zerfressen wurde. Trotzdem ließ er ihr Zeit. Julia fasste einen Entschluss.

»Sie hatte in letzter Zeit öfter Albträume. Ich bin aufgewacht, weil ich sie nachts schreien gehört habe. Sie wollte mir den Grund erst nicht nennen, aber als dann die Fotos dazukamen und die Nachricht von Christophs Tod – das war alles einfach zu viel für sie.«

Julia senkte den Blick und strich sich immer wieder den Pony aus der Stirn.

»Sie hat mir von der Vergewaltigung erzählt, von den Fotos …«

Sie stockte, kurz bevor sie Tobias in die Augen blickte, und fragte: »Ob es derselbe Täter sein kann? Könnte es sein, dass er ihr die ganzen Jahre über gefolgt ist? Dass er immer noch hinter ihr her ist? Ich meine, das ergibt doch keinen Sinn, oder? Er hat sich doch damals schon genommen, was er wollte. Warum sollte er immer noch Interesse an ihr haben? Gibt es solche Fälle?«

Tobias zuckte verzweifelt mit den Schultern. Er schien kurz nachzudenken, schüttelte aber dann niedergeschlagen den Kopf.

»Ich habe, ehrlich gesagt, keine Ahnung. Zumindest habe ich noch keinen derartigen Fall gehabt. Die meisten Vergewaltigungen finden im Familien- und Bekanntenkreis statt.

Bei anderen Tätern ist es meist so, dass sie sich ihr Opfer eher zufällig suchen. Aber möglich ist alles. Ich kann mir kaum vorstellen, dass das alles Zufall sein soll. Doch ich habe die Akten von damals noch nicht gelesen. Morgen kommen der Bericht der KTU und die alten Berichte. Danach wissen wir mehr. Vielleicht hat er Spuren hinterlassen, die wir nun zuordnen können, weil sie sich an beiden Tatorten finden. Ich hoffe, dass uns das irgendwie weiterbringt!«

Er ließ sich erschöpft gegen die Wand sinken. Julia hatte plötzlich Mitleid mit ihm. Er sah vollkommen fertig aus. Seine sonst so perfekten Haare standen strähnig in alle Richtungen, sein Hemd hing aus der Hose, und sein Gesicht sah so zerknautscht aus wie Geschenkpapier nach dem Auspacken.

»Ich werde reingehen und nach ihr sehen.«

Tobias stieß sich von der Wand ab und schritt langsam zu der Tür, die in Lenas Zimmer führte. Julia beobachtete ihn aufmerksam. Er schien vor der Tür kurz innezuhalten, als würde er vor einer unsichtbaren Wand stehen. Aber dann straffte er die Schultern und drückte vorsichtig die Türklinke herunter, um hinter der Tür zu verschwinden.

Er steht auf dich! Julia musste bei diesem heimlichen Zwiegespräch mit Lena lächeln. *Er ist Bulle und hat bestimmt schon schlimmere Fälle bearbeitet, und trotzdem nimmt ihn dieser Fall ganz besonders mit. Er ist vollkommen fertig. Wegen dir! Er mag dich.* Julia war sich in dieser Sekunde vollkommen sicher, dass Lena ihre Gedanken hören konnte. Sie spürte eine tiefe Verbundenheit, die sie ruhiger werden ließ.

Tobias wusste nicht recht, was genau er tun sollte. Er kam sich vor wie ein Einjähriger, der zum ersten Mal auf einen Stuhl klettern will. Ein unglaublich hohes Ziel, und die Risiken konnte man nicht abwägen. Leise ging er vor bis an Lenas Bett. Dann legte er vorsichtig seine Hand auf ihre.

»Hey.« Er kam sich so selten dämlich vor. Lena sah so verletzlich aus. Sie hatte die Augen geschlossen, und er konnte ihren leisen Atem hören. Regelmäßig ging er ein und aus. Diese Regelmäßigkeit sprang auf Tobias über und ließ ihn ruhiger werden. Er entspannte sich merklich und strich Lena mit der linken Hand über den Kopf. Dann flüsterte er in ihr Ohr:

»Du brauchst keine Angst mehr zu haben. Du bist hier sicher. Eine Polizeiwache wird gleich vor deinem Zimmer postiert. Hier kommt keiner rein. Hörst du? Alles wird gut. Wir werden dieses Schwein finden!«

Er stockte kurz und schüttelte den Kopf.

»Warum hast du nicht vorher schon mit mir geredet? Ich hätte …« Er stockte. Ja, was genau hätte er anders gemacht? Hätte er überhaupt irgendetwas anders machen können?

»Okay. Wahrscheinlich hättest du trotzdem gemacht, was du wolltest. Aber dann hätte ich dich besser im Auge behalten können. Du kannst nicht alles alleine regeln. Du musst gar nicht alles alleine regeln.«

Die Tür wurde geöffnet, und ein Mann im weißen Kittel schaute ihn fragend an.

»Was genau tun Sie hier?«

»Kriminalkommissar Wagner, ich wollte nur schauen, wie es ihr geht.«

»Schön. Das haben Sie ja jetzt. Die Patientin braucht absolute Ruhe. Ich bitte Sie, den Raum jetzt zu verlassen. Hinterlassen Sie Ihre Nummer, und wir melden uns bei Ihnen, sobald sie vernehmungsfähig ist.«

Tobias nickte dem Arzt zu, drückte kurz Lenas Hand und verschwand aus dem Zimmer.

Mittlerweile war auch der wachhabende Polizist vor Ort eingetroffen. Tobias kannte ihn vom Sehen. Sie grüßten sich flüchtig, und Tobias drückte ihm seine Visitenkarte in die Hand.

»Melden Sie sich bitte sofort, wenn es was Neues gibt und Frau Schmidt vernehmungsfähig ist. Ich bitte Sie, sehr aufmerksam zu sein!« Bei dem letzten Satz sah er seinem Kollegen lange in die Augen. Dann drehte er sich um, hob kurz die Hand, um Julia zu grüßen, und verschwand aus dem Krankenhaus mit all seinen Keimen.

Julia war fest entschlossen, im Krankenhaus zu warten. Sie wollte sofort zur Stelle sein, wenn Lena aufwachte. Die Vorstellung, wie verängstigt sie sein müsste, ließ Julia fast wahnsinnig werden. Wie sollte sie ihre Freundin vor dieser Ausgeburt der Hölle beschützen?

Sie ließ sich mit dem Rücken die Wand hinuntergleiten und verharrte in der Hocke, das Gesicht in ihre Hände gelegt. Sie konnte das alles nicht fassen. Ausgerechnet Lena, ihre beste Freundin! Die Lena, die immer so unscheinbar wirkt. Julia hatte geglaubt, dass Lena sich wenig aus ihrem Äußeren machte, weil es ihr Prinzip war, sich nicht zu verstellen. Oder weil Schminke und Ähnliches für sie zu aufwendig waren. Lena war nie aufwendig, sondern immer praktisch gekleidet; meist trug sie Jeans und Turnschuhe. Manchmal dachte Julia, Lena wäre zu bequem, um sich in hohen Schuhen durch die Uni zu kämpfen. Aber jetzt war ihr klar, dass sich Lena möglichst unsichtbar machen wollte. Sie wollte keinerlei Aufmerksamkeit auf ihre schlanke Figur oder ihre blauen Augen richten. Einzig ihre gute Laune machte diesen Plan ein wenig zunichte. Wenn sie lächelte, strahlte sie so eine Herzlichkeit aus, dass sie auch ohne Pumps und Make-up aus einer Gruppe von Leuten herausstach. Aber dessen war sie sich wohl nicht bewusst. Sonst hätte sie sich auch das Lächeln verboten.

Wie falsch sie das alles eingeschätzt hatte! Und das bei ihrer Freundin und Mitbewohnerin. Julia schlug sich innerlich vor die Stirn. Der ständige Drang, kilometerweit zu rennen, das Kampfsporttraining an drei Abenden die Woche – ihre Freundin war nicht nur sportlich und bewegungsfreudig, es war ihr ein innerer Drang. Sie musste rennen, um zu vergessen. Sie musste trainieren, um sich nicht noch einmal so hilflos fühlen zu müssen.

Langsam ergab all das für Julia einen Sinn.

***

Keine vier Meter entfernt erwachte Lena aus ihrem kurzen, traumlosen Schlaf. Sie erkannte einen Krankenhausraum, verriegelte Fenster, kratziges weißes Bettzeug und einen Tisch auf Rollen neben ihrem Bett. Im ersten Moment erschrak sie und fühlte sich fünf Jahre zurückversetzt. Aber dann wurde ihr bewusst, dass sie keine körperlichen Schmerzen fühlte. Es gab keine Abschürfungen oder andere Verletzungen. Nur diese bleierne Schwere in ihren Gliedern. Es war für sie eine unglaubliche Kraftanstrengung, nach dem Wasserglas auf dem Tisch neben ihrem Bett zu greifen und es anzuheben.

Als sie es geleert hatte, fühlte sie sich besser. Von der Nebelwand in ihrem Kopf lösten sich allmählich einzelne Wolkenteile und schwebten nach rechts und links hinweg. Die Botschaft dahinter war für Lena deutlich lesbar: »Ich werde mich nicht verstecken!«

Zuerst ganz leise, dann immer lauter kamen ihr die fünf Wörter über ihre Lippen.

»Ich werde mich nicht verstecken!«

Klar und deutlich kamen sie jetzt aus ihr heraus. Sie würde sich nicht noch einmal wochenlang in eine Klinik zurückziehen oder ihre Stadt, ihre Freunde und ihr ganzes Leben eintauschen in der falschen Hoffnung, ihrem Peiniger entfliehen zu können. Sie würde sich nicht unsichtbar machen. Sie hatte die Schnauze gestrichen voll von dieser Scheiße! Sie wollte ihr altes Leben zurück, ihre Selbstsicherheit!

Lena hielt kurz inne. Sie hatte nicht mehr geweint. Als wäre der vorherige Nervenzusammenbruch eine Art Gewittersturm gewesen, der sie auf wundersame Art gereinigt hatte. Sie fühlte sich klar. Sie wusste, was zu tun war.

***

Julia zuckte kurz zusammen, als eine Hand ihre Schulter berührte. Sie hatte Hendrik nicht kommen sehen. Viel zu sehr war sie in ihrer eigenen Gedankenwelt gefangen. Dann drangen seine Worte zu ihr durch.

»Alles okay mit dir?«

Die Stimme klang weich und mitfühlend. Julia blickte kurz auf und sah direkt in Hendriks braune Augen. Er hatte sich vor sie gekniet.

»Du siehst aus, als könntest du einen Kaffee gebrauchen.«

Sie nickte nur schwach. Er half ihr hoch, und sie gingen schweigend nebeneinander durch die Krankenhausgänge zur Cafeteria.

Als sie am Ende der Schlange ihre weißen Plastiktabletts ausgehändigt bekamen, setzten sie sich auf dazu passende

Plastikstühle. Jeder fingerte stumm an dem Henkel der Tasse, bevor Hendrik als Erster seine Stimme fand.

»Ich glaube, den Löffel brauchst du nicht. Den Kaffee kann man eh nicht umrühren, so stark ist der! Aber wenigstens ist er warm.«

Hendrik lächelte ihr aufmunternd zu.

»Haben die Ärzte dir schon irgendetwas mitgeteilt?«

Julia schüttelte den Kopf und zuckte gleichzeitig entschuldigend mit den Schultern.

»Nicht wirklich. Sie sagten etwas von Nervenzusammenbruch und dass sie nicht wüssten, wann Lena aufwacht und ob sie dann mit jemandem sprechen möchte. Ich glaub, sie haben ihr irgendein Mittel zur Beruhigung gegeben. Sie ist ziemlich schnell eingeschlafen.«

»Was ist denn eigentlich passiert?«

»Das ist eine lange Geschichte, die dir Lena irgendwann selbst erzählen muss, wenn sie so weit ist. Die Kurzform lautet, bei uns ist eingebrochen worden und jemand hat in Lenas persönlichen Sachen gekramt. Jemand von früher, mit dem sie … schlechte Erfahrungen gemacht hat.«

Bei dieser Formulierung stockte sie. Das war viel zu harmlos, aber sie konnte Hendrik nicht ungefragt Lenas größtes Geheimnis anvertrauen. Nicht so eines. Nachdem sie nun selbst alles erfahren hatte, gefiel ihr der Gedanke, Hendrik vor der Wahrheit schützen zu können. Denn sie wusste, wie schwer sie wog.

Sie nippte an dem lauwarmen Kaffee und zog angeekelt die Mundwinkel runter.

»Der ist echt ungenießbar!«

Hendrik lachte auf. »Das ist wohl untertrieben. Wahrscheinlich denken die hier, dass die Leute, die hierherkommen, das gar nicht bemerken, weil die eh andere Sorgen haben.«

Julia stimmte ihm zu. »Nix mit schöner Atmosphäre, damit man sich schnell wohler fühlt. Alles schön steril, weiße Plastikmöbel, Plastikessen und dazu 'ne lauwarme Dröhnung statt Krönung.«

Die beiden mussten lachen. Julias Nackenmuskeln entspannten sich ein wenig.

»Tut gut! Auch wenn mir eigentlich gerade nach Heulen ist.«

Hendrik sah sie mit einem eigentümlichen Blick an.

»Was hältst du davon, wenn wir diese Hochburg an Depressionen verlassen und eine Runde durch den Kottenforst wandern? Wenn wir zurück sind, ist bestimmt auch Lena wieder ansprechbar. Hier können wir eh gerade nichts machen.«

Julia stimmte erneut zu, und sie verließen gemeinsam das Krankenhaus Richtung Wald. Es hatte am Mittag ein wenig geregnet, die Luft war frisch. Der Wald roch nach Erde und Laub, und ihre Schritte machten leise Schmatzgeräusche auf dem braunen Lehmboden. Sie liefen einige Minuten schweigend nebeneinander her.

»Kennst du das Wildschweingehege hinten bei der Waldau?«

Julia schüttelte den Kopf.

»Dann lass uns doch dahin spazieren. Die Wildschweine haben gerade Nachwuchs bekommen.«

Julia musste lächeln. Hendrik konnte wirklich süß sein, aber das sollte sie ihm wohl lieber nicht mitteilen. Süß war kein Attribut, das ein Mann gerne hörte.

Sie genoss die Bewegung an der frischen Luft. Plötzlich fiel ihr ein, dass sie Thomas anrufen wollte. Ob er wohl später noch Zeit hätte, bei ihr vorbeizukommen? Sie konnte sich nicht vorstellen, allein in der Wohnung zu sein. Vielleicht sollte sie lieber zu ihm gehen? Sie schüttelte energisch den Kopf. Jetzt hatte sie schon Angst vor ihrer eigenen Wohnung! *Aber er war dort gewesen!* Der Gedanke durchzuckte sie wie ein Blitz. Hell und heiß.

Sie würde diese Frage später entscheiden. Erst einmal wollte sie die frische Luft genießen und ein wenig abschalten, bevor sie ins Krankenhaus zurückkehrte. Je nachdem, was die Ärzte sagten und wie es Lena ging, konnte sie später immer noch entscheiden, ob sie Thomas bei sich haben wollte. Sie bemerkte die Reaktion ihres Körpers und erinnerte sich an ihr letztes Treffen mit Thomas.

Ihr Magen hatte rumort, und sie war ständig darauf bedacht, beim Laufen nicht mit der Hand an seine zu stoßen, weil sie Angst hatte, sich zu verbrennen. Das durfte nicht sein. Ihre Freundin machte eine schwere Krise durch, und sie war dabei, sich zu verlieben. *Schlechtes Timing.*

Hendriks Meinung dazu war ihr auch völlig unklar. Aber irgendwann müsste sie mit ihm darüber reden, schließlich war er mit Thomas befreundet. Die beiden hatten doch bestimmt über sie gesprochen? Unauffällig musterte sie Hendrik, der neben ihr lief und auch stumm seinen Gedanken nachhing. Vielleicht sollte sie ihn gleich fragen? *Beschissener Zeitpunkt!*

Verärgert trat sie gegen einen der Kiesel auf dem Weg. Sie war eindeutig zu erschöpft, um weiter darüber nachzudenken. Aber das musste sie auch gar nicht, denn in diesem Moment hörte sie das erste leise Quieken. *Babywildschweine!*

***

Lena versuchte, in Gedanken alle Einzelheiten durchzugehen, die sie hatte. Sie wusste, dass jemand erfolgreich versucht hatte, ihr Angst einzujagen. Dieser Jemand war ihr gefolgt und hatte sie fotografiert. Die gefundene Unterwäsche war ein eindeutiger Hinweis, dass es derselbe Mann sein musste, der sie bereits vor sechs Jahren vergewaltigt hatte.

Ihre Kehle wurde trocken. Sie griff erneut nach dem Wasserglas neben ihrem Bett und trank einen Schluck. Danach behielt sie es in der Hand, um etwas zu tun zu haben. Ihre Hände mussten arbeiten, während ihre Gedanken arbeiteten. Stumme Übereinkunft.

Die entscheidende Frage war, ob der Mann, der sie verfolgte, auch derselbe war, der Katrin ermordet hatte. Warum hätte er das tun sollen? Vielleicht, um sie auf sich aufmerksam zu machen? Vielleicht hatte er schon vorher versucht, ihre Aufmerksamkeit zu erhalten, war dabei aber zu vorsichtig gewesen. Vielleicht dachte er, wenn er eine große Tat voranschickt, hätte sie mehr Respekt vor ihm? Oder er mochte den Gedanken, ihr Furcht einzuflößen. *Scheiße! Der Typ musste vollkommen durchgeknallt sein!*, schoss es Lena durch den Kopf. Wenn das sein Motiv war, dann hatte der Typ nichts mehr zu verlieren.

Die Frage war nur, wo und wie sie ihn zu fassen kriegen könnte. Was könnte sein nächster Schritt sein? Wenn er schon Katrin als Köder missbraucht hatte, wer blieb da noch? Julia, ihre Großeltern? Viel Auswahl hatte er nicht mehr, da sie nur wenige Menschen so nah an sich heranließ. Sie brauchte einen Plan. Als Erstes müsste sie mit Julia reden. Vielleicht könnte sie sie überreden, sich in den Zug zu setzen und ihre Großeltern besuchen zu fahren. Auf diese Weise hätte sie alle drei zusammen und könnte sicher sein, dass es ihren Großeltern gut ginge.

Ihr Verfolger konnte sich nicht zweiteilen. Wenn er es wirklich auf Lena abgesehen hätte, dann würde er hier in Bonn bleiben und Julia nicht folgen. *Aber was, wenn ich mit all meinen Vermutungen falsch liege und Julia und meine Großeltern damit in Gefahr bringe?* Es war zum Verrücktwerden!

Lena wand sich unter ihrer steifen Krankenhausdecke und schlug sich die Hände vors Gesicht. Sie hielt die Augen einige Sekunden geschlossen und wartete, bis der Tornado in ihrem Kopf zu einer leichten Brise abgeklungen war. Die Tabletten wirkten noch nach.

Sie hatte keine Wahl. Sie wollte nicht länger in dieser passiven Rolle verharren und abwarten, was als Nächstes passieren würde. Dieses Mal wollte sie ihrem Verfolger zuvorkommen, wollte ihn aus dem Konzept bringen. Sie wollte endlich selbst die Fäden in der Hand halten und bestimmen, was zu tun ist. Nur dieses eine Mal wollte sie ihm nicht willenlos ausgeliefert sein, keine hilflose Puppe an dünnen Fesseln. Heute war Schluss damit! Sie musste anfangen zu kämpfen. Da es draußen bereits dunkel war, sollte sie sich besser beeilen.

Schwungvoll sprang sie aus dem Bett, mit dem Ergebnis, dass ihr gleich schwarz vor Augen wurde. *Scheiß Beruhigungstabletten!* Sie hoffte, dass die Wirkung bald nachlassen würde, und ging zu dem Stuhl, der links vom Bett am Fenster stand. Langsam nahm sie ihre Jeans, T-Shirt und ihre restlichen Sachen. Nachdem sie sich angezogen hatte, schlich sie leise auf die Tür zu.

Sie wusste, dass keiner sie sehen durfte. Sie kannte Tobias gut genug, um zu ahnen, dass er Polizeischutz geordert hatte. Die Polizisten würden sie nicht gehen lassen.

Vorsichtig öffnete sie ihre Tür einen kleinen Spalt. Rechts

im Gang erkannte sie eine kleine Rezeption, mit dem Rücken zu ihr stand dort ein Mann, auf dessen Jacke in großer Schrift das Wort »Polizei« prangte. Er schien mit der Krankenschwester zu flirten, jedenfalls lachte diese lauthals und strich sich mit der rechten Hand eine Strähne aus dem Gesicht.

Lena wagte es, die Tür einen Spalt weiter aufzuschieben, und blickte nach links. Hier stand der Stuhl des Polizisten, und den Gang entlang ging es zum Treppenhaus. Vielleicht sechs Schritte, sieben? Sie zögerte nicht. Sie hörte das erneute Lachen der Krankenschwester und war bereits aus dem Zimmer. Es waren nur sechs Schritte bis zur Tür, die ins Treppenhaus führte. Die schwarze Zahl im Flur zeigte ihr an, dass sie sich in der dritten Etage befand.

Zwölf Stufen, ein Halbkreis, wieder zwölf Stufen, zweite Etage. Zwölf Stufen, ein Halbkreis, wieder zwölf Stufen, erste Etage. Ihr kamen ein Arzt und ein weiterer Polizist entgegen. Beide schienen in Gedanken versunken und schauten sie nicht an. Nachdem sie an ihnen vorbei war, bemerkte sie, dass sie die Luft angehalten hatte. Sie atmete tief durch. Weiter, zwölf Stufen, Halbkreis, dreizehn Stufen und durch die kleine Glastür in die große Empfangshalle. Hier herrschte reges Treiben, niemand beachtete sie. Lena ging durch die große Drehtür und sah sich um. Der breite Weg schien direkt zu den Bussen zu führen. Jedes Krankenhaus musste eine gute Anbindung an öffentliche Verkehrsmittel haben. Vor allem, wenn es, wie die Uniklinik in Bonn, auf einem Berg mitten im Wald lag.

Allerdings hatte Lena keinen Cent dabei. Da tippte ihr jemand auf die Schulter. Lena zuckte zusammen, als hätte sie einen elektrischen Schlag erhalten. Sie drehte sich um und blickte in dunkle Kuhaugen.

»Entschuldige, ich wollte dich nicht erschrecken!«

Eine kurze Pause, in der Lena sich sammeln konnte.

»Darfst du schon raus?«

Barbara musterte Lena besorgt von oben bis unten.

Lena überlegte kurz, dann zog sie Barbara mit sich auf einen kleinen Parkplatz am Waldrand neben dem Klinikgebäude. Sie mussten ja nicht direkt auf dem Präsentierteller stehen.

»Ehrlich gesagt, habe ich mich rausgeschlichen.«

Lena schaute betreten zu Boden, doch dann besann sie sich. *Kein schlechtes Gewissen! Aktion!* Sie hob entschlossen das Kinn an und blickte Barbara in die Augen.

»Bist du mit dem Bus hier?«

»Nein, ich bin durch den Wald den Berg hochgelaufen. In der Wohnung war es so ruhig, Julia ist nicht zu erreichen gewesen, und keiner wollte mir am Telefon mitteilen, wie es dir geht. Also dachte ich …«

»Moment.« Lena wurde hellhörig. »Julia ist nicht zu Hause und auch per Handy nicht zu erreichen?«

Lena spürte ein nervöses Zucken in ihrer Magengegend, und ihr wurde schlecht. Die Nervosität schien unmittelbar auf Barbara abzufärben, denn sie fing an zu stottern.

»J-j-julia ist nicht mehr da gewesen, s-s-seit sie mit dir ins Krankenhaus ist. Ihr Telefon scheint aus zu sein. Zumindest kommt da immer sofort die Mailbox. Aber das macht ja auch nichts …«

»Das macht nichts?«

In Lenas Körper schien jede Nervenfaser zu brennen.

»Nein, ich mein, weil, ich habe sie ja gerade gesehen.«

»Gesehen?« Lena hätte Barbara gern geschüttelt, in der Hoffnung, dass die Wörter dann in einer verständlichen Reihenfolge aus ihrem Mund purzelten.

»Ja, aber sie konnte mich nicht mehr hören, die beiden waren schon zu weit weg.«

»Die beiden? Wovon zum Teufel redest du?«

Barbara atmete tief durch und schien sich zu sammeln.

»Julia und Hendrik. Die beiden schienen aus dem Krankenhaus zu kommen. Ich habe sie nur kurz gesehen, bevor sie in den Waldweg Richtung Waldau abgebogen sind. Ich dachte, nach dem Trubel wollten sie vielleicht, also, so ein kleiner Spaziergang soll gut sein, um die Nerven zu beruhigen.«

»Aber warum sollte Julia ihr Handy ausstellen? Gerade jetzt hätte sie es doch angelassen, damit das Krankenhaus sie erreichen kann, falls ich ansprechbar wäre. Julia würde mich nicht alleine lassen, ohne erreichbar zu bleiben.«

Oder doch? In Lenas Kopf schwirrten die Gedankenfetzen durcheinander wie ein Haufen Seifenblasen, die auf einer Bö durch die Sonne tanzten. Alle schillerten, aber man konnte nicht alle gleichzeitig verfolgen.

»Ich muss dir noch etwas anderes sagen.« Jetzt war es Barbara, die betreten zu Boden blickte. Lena konnte sehen, wie ihre Mitbewohnerin einen inneren Kampf ausfocht und um Worte rang.

»Mir ist da noch was eingefallen. Ich weiß auch nicht, warum ich daran nicht früher gedacht habe.«

Sie trat vorsichtig nach ein paar Kieseln und grub die Hände so tief in die Hosentaschen, dass ihre Hose einige Zentimeter tiefer rutschte. Wie ein kleines Kind, das einen Lolli geklaut hatte.

»Jetzt spuck's schon aus, verdammt!«

Lena war kurz davor, die Beherrschung zu verlieren. Dann sah sie, wie sich in Barbaras Augen das Wasser sammelte, und beruhigte sich.

»Ich hatte es vergessen. Ich meine, er hat ja nur nach dir gefragt, er stand nur an der Tür, er war nicht in der Wohnung. Ich meine, ich weiß auch nicht genau. Er ist schließlich euer Freund.«

Jetzt schrillten bei Lena alle Alarmglocken. Sie fasste Barbara an den Schultern, sah ihr in die Augen und sprach mit leiser Stimme auf sie ein:

»Wer war an der Tür? Und was wollte er?«

»Hendrik war da. Kurz bevor die Polizei kam und dein Zimmer untersucht hat. Und bevor du … also …«

Lena nickte nur kurz, »bevor ich ins Krankenhaus gekommen bin«.

»Genau. Er klopfte und hat nach dir gefragt. Ich sagte ihm, dass du noch unterwegs seist, und da ist er wieder gegangen.«

»Aber?«

Lena hatte die Zweifel in Barbaras Stimme gehört und wusste, dass da mehr war.

»Aber kurz darauf bin ich in den Keller gegangen, um meine Wäsche aufzuhängen. Du weißt doch, dass ich dazu immer die Tür offenlasse, damit ich keinen Schlüssel mitnehmen muss.« Eine Träne lief ihr über die Wange.

»Ich hätte das nicht tun sollen. Ich meine, der Schlüssel wiegt ja nichts, den hätte ich auch einstecken können und die Tür anständig schließen. Es ist meine Schuld, dass jemand in dein Zimmer konnte.«

Jetzt liefen die Tränen in kleinen Strömen ihr Gesicht hinab. Lena nahm ihre Mitbewohnerin in den Arm.

»Es ist nicht deine Schuld«, flüsterte sie ihr ins Ohr. »Schuld ist nur der, der in mein Zimmer eingedrungen ist. Niemand sonst. Er wird dafür büßen.«

Sie war selbst erstaunt, wie klar und sicher ihre Stimme

klang. Aber jetzt hatte sie es laut ausgesprochen. *Er würde büßen.* Hendrik würde büßen müssen. Aber könnte er derjenige sein, der in ihrem Zimmer war? Was, wenn er gegangen war und beim Hinausgehen den Täter hineingelassen hatte?

Lena wusste nicht mehr, was sie denken sollte, aber eines war ihr klar: Wenn Hendrik etwas mit den Fotos und der Unterwäsche in ihrem Zimmer zu tun hatte, dann war Julia in höchster Gefahr.

So langsam fügten sich alle Einzelteile des Puzzles zusammen. Hendrik, wie er sie immer wieder unauffällig berührte, wie eine anschmiegsame Katze. Hendrik im Park, als sie mit Louisa unterwegs war. Sein Drängen, dass sie Christoph aufsuchen sollte und dass er der Täter sein müsse. Sein Versuch, sie zu einem Ausflug zu zweit zu überreden. Und Hendriks Statur. Sie fröstelte.

Barbara schien ihre Gedanken zu lesen, denn plötzlich hörte sie auf zu schluchzen und blickte Lena mit angstweiten Augen an.

»Du glaubst doch nicht etwa …? Julia geht nicht an ihr Handy. Meinst du … Oh Gott!«

Barbara schlug sich die Hände vors Gesicht und fing hemmungslos an zu weinen. Lena nahm sie bei der Schulter und sprach mit beruhigender Stimme auf sie ein.

»Du gehst jetzt zurück ins Krankenhaus und fragst nach meinem Zimmer. Davor sitzt ein Polizist Wache. Falls der mein Verschwinden noch nicht bemerkt hat, mach ihn unauffällig darauf aufmerksam. Falls er es doch bemerkt hat, warte auf Tobias und erzähl ihm, was du mir gerade erzählt hast. Schick ihn in die Waldau. Ich verlass mich auf dich!« Sie drückte Barbara noch einmal kurz an sich, dann drehte sie sich um und rannte in den Wald.

21. Kapitel

Lena fühlte die kleinen Kiesel, die durch ihre Turnschuhe piksten, und fragte sich, ob sie auf dem richtigen Weg war. Sie hoffte, dass Barbaras Einschätzung stimmte und Hendrik und Julia den kleinen Waldweg Richtung Waldau genommen hatten. Normalerweise traf man auf den Waldwegen rund um die Uni immer einzelne Fußgänger und Freizeitläufer, heute jedoch erschien der Wald wie ausgestorben.

Vielleicht lag das an dem schwarzgrauen Himmel, der den Wald dunkel färbte und auf ein gewaltiges Unwetter schließen ließ. Nichts Ungewöhnliches für einen Herbsttag in Bonn, aber genau das, was Lena jetzt nicht brauchen konnte. Oder es lag an der Uhrzeit? Es war bereits kurz nach zehn.

Langsam, aber stetig erhöhte sie ihre Schrittzahl. Sie musste Julia finden. Sie musste einfach. Plötzlich erinnerte sie sich an ihre Unterhaltung mit Hendrik im Hofgarten. Wollte er nicht mit ihr in den Kottenforst? Sie suchte in der hintersten Schublade ihres Gehirnkastens. Er hatte versucht, sie zu einem Spaziergang in den Kottenforst zu überreden. Sie fröstelte bei dem Gedanken. Damals hatte sie sich zum ersten Mal in seiner Gegenwart unwohl gefühlt. Er war so seltsam bestimmt gewesen. Gleichzeitig schien er sehr eingeschnappt, als sie nicht auf seinen Vorschlag einging und darauf beharrte, alleine nach Hause zu gehen.

Babywildschweine! Genau! Er wollte mir die Babywildschweine zeigen. Sie klammerte sich an diesen Strohhalm. Vielleicht hatte er sich jetzt auf Julia konzentriert, nachdem sie ihm eine Abfuhr gegeben hatte. Es war ein sehr dünner Faden, der zu den Schweinen führte, aber es war ihr einziger Anhaltspunkt.

***

Barbara hastete durch den Krankenhausflur zum Aufzug. Nervös wechselte sie von einem Bein auf das andere, während sie darauf wartete, dass das kleine Dreieck über dem Aufzug anzeigte, dass er losfuhr. Selten war sie unter einer solchen Spannung gestanden. Ihr war klar, dass Lena sich in Gefahr begeben würde und dass sie die Einzige war, die davon wusste. Somit war sie die Einzige, die ihr helfen konnte, und sei es nur dadurch, dass sie die Polizei zu Hilfe holte.

Sie schrak kurz zusammen, als das laute Pling des Aufzugs ertönte und die Türen aufgingen. Sie drückte den Knopf für die dritte Etage und hoffte, dass sie schnell genug war, um Lena zu helfen. Sie hätte ihr gleich sagen sollen, dass sie zuerst die Polizei anrufen sollte. Schließlich hatte sie doch Freunde dort. Erst anrufen, dann kopflos in den Wald rennen.

Was für eine bescheuerte Idee! Barbara hätte sich selbst ohrfeigen können. Aber als sie vor Lena stand, hatte sie keinen klaren Gedanken mehr fassen können. Sie konnte immer nur an eines denken: Es war ihre Schuld, dass jemand in ihre Wohnung kommen konnte. Und es war reine Glückssache, dass gerade keiner von ihnen zu Hause gewesen war. Wer weiß, was sonst hätte passieren können. Ein kleiner Schauder überfiel sie, dann öffneten sich schon die Türen. Sie rannte nach links den Gang hinauf zu der kleinen Rezeption.

»Sie müssen mir helfen. Ich bin hier …«

»Ich muss hier gar nichts.«

Der Polizist drehte sich träge zu ihr um und musterte sie.

»Aber ich bin hier wegen Lena. Sie ist in Gefahr und …«

»Ach ne. Das ist ja gut zu wissen. Ein Glück, dass ich hier bin. Da brauchen wir uns ja alle keine Sorgen mehr zu machen. Jetzt geh nach Hause.«

Er drehte ihr wieder den Rücken zu.

»Ts, da will sich wohl jemand wichtigmachen.«

Er zwinkerte der Krankenschwester zu, die leise kicherte.

Barbara wurde wütend.

»Jetzt hören Sie doch, Lena ist nicht mehr in ihrem Zimmer.«

»Nein, jetzt hörst du mir zu. Wenn du glaubst, dass ich auf so einen Kleinmädchentrick reinfalle und dich in ihr Zimmer lasse, dann hast du dich getäuscht! Da musst du dir schon etwas Besseres einfallen lassen. Ich habe klare Anweisungen. Keiner geht in dieses Zimmer!«

»Aber dann sollte auch keiner rauskommen, oder?«

Barbara war selbst erstaunt. Sie hatte gerade einem Polizisten, einer absoluten Autoritätsperson, Paroli geboten. Stolz durchströmte ihren Körper, und sie fühlte sich, als wäre sie gerade einige Zentimeter gewachsen.

»Da ist keiner raus und keiner rein, und jetzt verschwinde. Ich habe hier zu tun.«

Er drehte sich um.

»Das sehe ich«, murmelte Barbara wütend.

Sie machte auf dem Absatz kehrt, aber anstatt zum Aufzug zu gehen, blieb sie vor Lenas Türe stehen und riss mit einer schnellen Bewegung die Tür auf.

»Hey, was zum …«

Der Polizist sprang sofort hinter ihr her, gefolgt von der

Krankenschwester. Barbara stand mitten im Zimmer und zeigte auf das leere Bett.

»Hören Sie mir jetzt zu?«

Er starrte sie mit offenem Mund an, während sich die Krankenschwester lautlos und mit eingezogenem Kopf hinter ihren Tresen verzog.

»Scheiße!«

»Ja, gut festgestellt. Jetzt machen Sie schnell und rufen Sie Tobias Wagner an.«

Der zuvor so träge dreinblickende Bulle hatte jetzt schreckgeweitete Augen. Er nickte und angelte nach dem Funkgerät an seinem Gürtel, um einen für Barbara unverständlichen Code einzugeben. Wenige Sekunden später klingelte sein Handy.

Barbara konnte Tobias deutlich durchs Handy fluchen hören. Jetzt hieß es warten, bis die Truppe angerollt war. Der Polizist hatte sich zum Telefonieren ans Fenster gestellt und ihr den Rücken zugedreht. Sie seufzte. Immer das Gleiche. Immer sah sie die Leute nur von hinten. Keiner wollte ihr ins Gesicht sehen.

Leise verließ sie das Zimmer. Sie würde am Haupteingang auf Tobias warten.

***

»Wir sollten langsam zurückgehen, wenn wir nicht im Dunkeln laufen wollen.«

Julia fühlte sich entspannt, aber jetzt, da die Sonne hinter den Wolken verschwunden war, bekam sie ein schlechtes Gewissen, weil sie Lena so lange allein gelassen hatte.

»Von dem Platz hier hat man freie Sicht auf die Wolken.«

Hendrik steckte seinen Zeigefinger in den Mund und hielt ihn in die Höhe.

»Der Wind dreht. Es ist deutlich kälter geworden. Siehst du die Wolken? Über uns steht eine klassische Gewitterwolke, Cumulonimbus, schon mal gehört?«

Er schien Julias Antwort nicht abzuwarten, sondern dozierte weiter.

»Cumulonimbus gehört zu den vertikalen Wolken. Sie besteht in ihrer untersten Schicht hauptsächlich aus Wasser- oder sogar Hagelkörnern. Ich tippe, wir haben noch ca. dreißig Minuten, bevor die ersten Tropfen runterkommen. Dann dauert es nicht mehr lange, bis Blitz und Donner folgen. Die perfekte Nacht.«

Julia drehte ihren Kopf nach links und blickte in Hendriks Augen. Eine Gänsehaut fuhr ihr über den Rücken. Jetzt, wo es dunkel war, wurde es kalt im Wald. Überall knackte und wisperte es. *Nur Mäuse und der Wind.* Julia versuchte sich zu beruhigen. *Jetzt nur nicht verrückt machen lassen.*

Hendrik hatte seinen Monolog abgeschlossen und schien in sich gekehrt. Vorher hatte Hendriks Gebrabbel sie beruhigt, jetzt war es seine Stille, die Julia Angst einflößte. Die einsetzende Dunkelheit und das Fehlen von anderen Menschen und ihren Stimmen machten sie nervös. Der Wind wurde stärker. Hendrik schien mit seiner Einschätzung richtig zu liegen, ein Gewitter würde sich anbahnen.

»Alles okay mit dir?«

Julia konnte Hendriks Blick nicht deuten. Er schien vollkommen in ihr versunken zu sein und sagte keinen Ton.

»Ich werde auf der Station anrufen, ob Lena jetzt ansprechbar ist und wir noch reindürfen. Sonst können wir ja von hier aus den Berg hinunterlaufen Richtung Kessenich und dort die Bahn nehmen.«

Sie steckte die Hand in ihre Jeanstasche, aber da war nichts. Andere Tasche, gleiches Ergebnis.

»Scheiße! Ich glaub, ich hab mein Handy verloren!«

Sie fluchte im Stillen über ihre Ungeschicklichkeit. Das war ihr noch nie passiert!

»Wir müssen den Weg noch mal ablaufen, bevor es so dunkel ist, dass wir nichts mehr sehen! Kannst du mich mal anklingeln?«

Sie hatte noch nie ihr Handy verloren. Jetzt wurde sie unruhig. Sie wollte dringend los und den Weg absuchen. Aber Hendrik rührte sich nicht von der Stelle. Lächelte er? Julia wurde ärgerlich.

»Bist du plötzlich eingefroren oder was? Was soll der Mist? Hast du mein Handy? Wenn ja, ist das nicht lustig! Raus damit!«

Sie streckte ihre rechte Hand geöffnet nach vorne, um Hendrik zu signalisieren, dass er ihr Handy hineinlegen solle. Doch der rührte sich nicht. Er sprach nicht, er stand einfach nur da und schaute sie mit einem überlegenen Lächeln an.

»Du hast sie ja nicht mehr alle.«

Julia drehte sich weg vom Gitter des Wildschweingeheges, um schnellen Schrittes den Weg zurück anzutreten. Da traf sie etwas Hartes am Hinterkopf, und der Wald versank in einer mondlosen Nacht.

***

Lena spürte ein Brennen in ihren Lungen. Sie hastete über den mit Kies befestigten Waldweg, das dichte Blätterdach über ihr sorgte für einen fast lichtfreien Tunnel. Sie spürte die Anstrengungen der letzten Tage, die eingeflößten Beruhigungsmittel, spürte ihre schweren Beine und ein leises Rauschen in ihren Ohren. Alles fügte sich nun zusammen. Als hätte jemand ein Licht angeknipst.

Mit einem Mal konnte sie die Bilder deutlich erkennen. Hendrik, wie er in der Uni immer neben ihr saß, ungefragt Kaffee brachte, ihren Sitz im Hörsaal hinunterklappte, damit sie sich setzen konnte. Hendrik im Hofgarten, wie er sie und Luisa beobachtete. Lena glaubte plötzlich, sich an kleine Berührungen erinnern zu können. Ein Streicheln über ihren Arm, eine Umarmung zur Begrüßung, die eine Sekunde zu lange gedauert hatte. Alles für sich Kleinigkeiten, denen man niemals Bedeutung zumessen würde, wenn Barbara nicht den entscheidenden Hinweis geliefert hätte. Hendrik war vor ihrer Wohnung gewesen. Niemand hatte ihn hinausgehen sehen, und die Wohnungstüre hatte lange genug offen gestanden, um ihm Zeit zu geben. Er musste ihre Wäsche durchwühlt haben. *Aber das konnte nicht sein!*

Lena lief noch schneller. Ihr Atem ging kurz und stoßweise. Der Schweiß lief ihr über die Stirn und vom Nacken den Rücken hinunter. Ihr Verstand sagte ihr, sie solle weglaufen, aber die Angst um Julia ließ sie nur noch schneller auf das Unglück zulaufen.

Da! War das ein Schrei? *Verdammt!* Lena blieb abrupt stehen und lauschte angestrengt in die Geräuschkulisse des Waldes. Sie hatte keine Ahnung, ob das gerade wirklich ein menschlicher Schrei war. Vielleicht war es nur ein Vogel, Wildschein oder was auch immer hier im Wald lebte. Langsam ging sie vorwärts, während sie angestrengt horchte. Sie vernahm leise Schnaufgeräusche. Wie weit war sie gelaufen? Ob das hier schon das Wildschweingehege war? Jegliches Gefühl für Zeit und Raum war ihr auf der kurzen Strecke verloren gegangen.

Doch, sie hörte ein leises Knacken links von ihr. Alle Muskeln ihres Körpers spannten sich an, sie ging leicht in die Knie und hielt ihre Fäuste dicht am Körper. Da nahm sie in der Dunkelheit eine Bewegung wahr. Circa drei Meter links vom Weg war eine kleine Lichtung zu sehen, auf der sich jemand oder etwas bewegte. Dieser Jemand war entweder sehr klein oder arbeitete dicht über den Boden gebückt. Lena konnte nur Schemen erkennen.

Behutsam setzte sie ihre Füße auf den Rand des Kieswegs, um sich nicht zu verraten. Sie hatte beim Training gelernt, dass man unauffälliger war, je langsamer man sich bewegte. Sie spürte den Wechsel von Kies zu Waldboden durch ihre feuchten Turnschuhe. Sie roch den noch nassen Erdboden, nahm den Flügelschlag der Vögel in den Bäumen und das Rascheln der Blätter wahr. Die kleinen Härchen auf ihren Armen schienen aufgestellt. Alle ihre Sinne arbeiteten auf Hochtouren. Nur ihr Atem ging ruhig ein und aus, die Ruhe vor dem Sturm. Körper auf Autopilot.

Nach wenigen Schritten war sie nah genug heran. Beim nächsten hellen Blitz entstand vor ihren Augen für Sekunden ein grausiges, nur allzu bekanntes Bild: Auf dem Boden lag eine Person, die zu strahlen schien. Ihre nackte Haut reflektierte das wenige Mondlicht, das auf die Lichtung fiel.

Neben ihr kniete eine nur schemenhaft zu erkennende Person, die sich an ihrem rechten Knöchel zu schaffen machte. Lenas Atem wurde schneller. Er tat es schon wieder. Es musste derselbe Mann sein wie vor sechs Jahren. Sie spürte es mit jeder Faser ihres Körpers. *ER musste derselbe sein!*

Die Person, die ausgestreckt auf dem Boden lag, schien aufzuwachen. Lena bemerkte ein leichtes Zucken in Armen und Beinen, dann konnte sie sehen, dass der Kopf hochgestreckt wurde. Wie von selbst kamen auch ihre Albtraumbilder zurück. Aber dieses Mal kämpfte sie dagegen an. Dieses Mal würde sie sich nicht in einen reglosen Stein verwandeln, denn dieses Mal lag nicht sie gefesselt am Boden, sondern Julia.

22. Kapitel

Lena spürte, wie ihr trotz der Hitze eine Gänsehaut über den Nacken kroch. Er hatte Julia! Er wollte sie genauso benutzen und demütigen, wie er sie benutzt hatte. Wollte sie ebenso zerstören. Das konnte sie nicht zulassen. Ihre Gedanken rasten. Sie hatte nichts bei sich außer ihrem Hausschlüssel, den sie an einem ziemlich langen Schlüsselband aufbewahrte. Sie hatte den Schlüssel die ganze Zeit krampfhaft festgehalten, damit ja kein Klappern zu hören war.

Jetzt nahm sie vorsichtig den größeren der beiden Schlüssel und steckte ihn zwischen Mittel- und Ringfinger ihrer rechten Hand. Das Band umschloss sie mit der Faust. Sie atmete tief ein und versuchte, ihren Herzschlag zu beruhigen. Sie hatte das Gefühl, jeden Moment zerplatzen zu müssen, so angespannt war sie.

Während sie sich vorsichtig näherte, bemerkte sie, wie Hendrik etwas aufhob, das neben Julias Kopf lag. Julia warf den Kopf hin und her, aber Hendrik umfasste mit einer Hand ihren Kiefer und stopfte ihr mit der anderen etwas in den Mund. Die Fesseln gaben ein wenig nach, weil Julia in panischer Angst versuchte, sich mit aller Kraft loszureißen. Aber sie hatte keine Chance. Er stand auf und ging langsam um sie herum, bis er zwischen ihren Beinen stand.

Jetzt! Lena hatte sich so weit vorgearbeitet, dass sie im Schutz einer dicken Eiche genau hinter Hendrik hockte. Sie zögerte keine Sekunde, schnellte nach vorne und stach mit dem Schlüssel in Hendriks Nierengegend. Ein kurzer, hoher Ton zischte durch die Luft, und Lena konnte hören, wie Hendrik mit einem Zischen den Atem einsog.

Langsam drehte er sich zu ihr um. Lena sah das Lächeln in seinem Gesicht.

»Du bist zu früh.«

Er blickte ihr in die Augen.

»Ich wollte mit meinem Vorspiel durch sein, bevor ich mir dich noch einmal vornehme.«

Lena schüttelte sich. Die Gänsehaut hatte jetzt ihren ganzen Körper überzogen. Das hier war Hendrik – ihr Freund, der Typ, neben dem sie stundenlang in Vorlesungen gesessen hatte, der Typ, mit dem sie ihren Kaffee geteilt hatte. Sie spürte, wie ihre Magensäure hochkam. *Nicht kotzen! Du musst klar bleiben!* Sie blickte hoch und sah Hendrik in die stahlblauen Augen. Sein Mund lächelte, aber seine Augen strahlten eisige Kälte aus.

»Was zum Teufel hast du da? Ein Messer?« Er schnaufte. »Glaubst du wirklich, du könntest mich mit einem Stich plattmachen und alles wäre wieder gut?« Er lachte. »So funktioniert das leider nicht.« Er kam einen Schritt auf sie zu. »Ich lass mich nicht so schnell abstechen.« Jetzt stand er direkt vor ihr.

»Du siehst so wunderschön aus. Wie eine Statue. Bewegungslos und regungslos. So warst du auch, als wir uns zum ersten Mal begegnet sind. Ich konnte nicht aufhören, an dich zu denken. Ich musste dich wiedersehen! Ich wollte wissen, ob du genauso schön sein würdest, wenn wir uns als Freunde lieben würden.« Sein Blick wurde hart. »Stattdessen lässt du dich volllaufen und von dem erstbesten Typen angraben. Das war nicht sehr clever!«

»Hast du ihn deswegen umgebracht?«

Hendrik lächelte zufrieden.

»Es ging nicht anders.«

»Wie meinst du das?«

Er wiegte sich vom rechten auf den linken Fuß und zurück.

»Ich habe euch zusammen gesehen. Er hat dich nach Hause gefahren.« Er schnaubte. »Wie er dir hinterhergeglotzt hat!«

»Christoph war schwul!«

»Na klar! Du glaubst auch alles, oder?« Hendrik verspottete sie. »Der hat sich eingeschleimt mit seiner Mitleidsnummer. Und selbst wenn …«, Hendrik zuckte mit den Schultern. »Er war das perfekte Opfer. Die Polizei sollte denken, dass er sich selbst umgebracht hat, weil er als Katrins Mörder nicht weiterleben wollte. Leider musste ich den Abschiedsbrief ein wenig abkürzen. Seine Mitbewohner kamen mir in die Quere. Ekelhaftes Pack!«

Er spuckte neben sich auf den Boden.

»Aber was hatte Katrin mit der Sache zu tun?«

Hendrik zog die Augenbrauen hoch.

»Sie hat mich gesehen. Und sie hat gestört. Ihre ständige Nörgelei über Männer und dass du dich von allen fernhalten sollst. Sie passte nicht in mein Konzept.«

»Dein Konzept?«

»Ja. Mein Konzept. Du solltest mir gehören. Wir beide. Ein perfektes Paar. Es hätte so einfach sein können.«

Er lächelte gedankenverloren.

»An dem Abend der Ersti-Party bin ich in die Garderobe eingebrochen und habe deine Jacke mitgehen lassen. Ich wollte etwas, das nach dir riecht.«

Hendrik sog langsam die kalte Herbstluft durch die Nase ein.

»Katrin hat mich entdeckt, wie ich an der Rheinpromenade stand und an deiner Jacke gerochen habe. Sie tat so, als würde sie mich nicht sehen, aber ich konnte das Risiko nicht eingehen. Also schlug ich sie tot.«

Er lachte kurz und abgehackt.

»Es war so leicht.«

Lena war fassungslos. Katrin musste sterben nur wegen ihrer Jacke? Weil diese Jacke Hendrik hätte verraten können? Wie krank konnte man sein?

Eine Strähne fiel ihr ins Gesicht; diese leichte Bewegung irritierte Hendrik. Er wollte automatisch nach der Strähne greifen und hob den rechten Arm, der sich Lenas Gesicht näherte. Sie ging mit dem rechten Fuß zurück, hob die rechte Hand, ließ das Schlüsselband über Hendriks Arm fallen, ohne den Schlüssel selbst loszulassen, und fing mit der linken Hand das Ende vom Band auf. Eine schnelle Drehung und ein weiterer Schritt – und Hendrik verlor das Gleichgewicht. Lena bewegte die Beine gleichzeitig mit dem Band und brachte schließlich Hendrik zu Fall.

Es hatte keine zehn Sekunden gedauert und vollkommen unspektakulär ausgesehen, aber Hendrik lag auf dem Bauch und Lena kniete auf seinem Rücken, wobei sie seinen rechten Arm ausgestreckt nach oben hielt. Das Schlüsselband baumelte an ihrem Arm. Sie verlangsamte ihre Bewegungen und legte das Band vorsichtig um seinen Hals. Sie hörte sein kehliges Lachen.

»Das hätte ich dir gar nicht zugetraut. Du wehrst dich doch sonst nie.«

Das Lachen wurde leiser. Das Band schnürte ihm die Luft ab.

»Als ob du mich erwürgen könntest. Du brauchst mich doch.«

Er hatte schreien wollen, doch dazu reichte sein Atem nicht. Er flüsterte:

»Du brauchst mich, Lena. Du brauchst jemanden, der immer bei dir ist. Der auf dich aufpasst. Der aus dir diese wunderschöne Marmorstatue macht, die so unvergleichlich ist.«

Sie spürte nur noch das Schlüsselband, das sich auf Hendriks Hals abzeichnete und ihr in die Hände schnitt. Sie hörte seinen Atem, der röchelnd ein und aus ging. Sie hätte nicht gedacht, dass es so viel Kraft kostet, jemanden zu erwürgen. Ihre Finger griffen fester um das Band.

Da wurde sie plötzlich von hinten gepackt und von Hendrik heruntergerissen. Ein paar Arme griffen um ihren Körper und hielten sie fest. Es dauerte einen kurzen Augenblick, bis sie die Stimme wahrnahm – Tobias' Stimme.

»Es ist alles gut. Shhhh, alles ist gut.« Er flüsterte in einem leisen Singsang in ihr Ohr und hielt sie fest umschlungen. Erst jetzt erkannte Lena die vielen Polizisten um sie herum. Alle in dicken schwarzen Schutzanzügen mit Helm und schwerer Bewaffnung. Barbara hatte Wort gehalten und Alarm geschlagen, und das anscheinend mit großer Dramatik.

Sie sah, wie Hendrik von zwei groß gewachsenen Beamten in Schwarz abgeführt wurde. Erst dann fiel ihr Blick auf Julia, die immer noch nackt am Boden lag. Ein Beamter durchschnitt gerade die letzte Fessel mit einem kleinen Messer, ein zweiter hielt eine Decke bereit. Eine von diesen kratzigen grauen Notfalldecken.

Lena wand sich aus Tobias' Umarmung, lief zu Julia und ließ sich neben ihrer Freundin auf die Knie fallen. Sie legte ihr die Arme um den Hals, lehnte ihre Stirn gegen Julias Kopf und wiederholte den Satz, der sie gerade aus ihrem Autopiloten gerettet hatte.

»Es ist alles gut. Shhhh, alles ist gut. Ich bin bei dir.« Sie fühlte, wie sich Julias Muskeln entkrampften. Sie sackte förmlich in sich zusammen. Lena wickelte die Decke noch ein wenig fester um sie und flüsterte ihr leise und beruhigend zu.

»Jetzt ist es vorbei. Shhh.«

23. Kapitel

Julia war endlich eingeschlafen. Lena hatte bis zum Morgengrauen an ihrem Krankenbett gesessen und ihre Hand gehalten. Sie hatte sich damals auch jemanden gewünscht, der nur ihre Hand hielt und bei ihr saß; jemanden, der Geborgenheit und Ruhe ausstrahlte und dem man nichts erklären musste. Dieser jemand wollte sie nun für Julia sein.

Aber jetzt, nachdem Julia eingeschlafen war, merkte sie, wie ihr eigener Kopf immer wieder auf ihr Brustbein sackte und die Augen zuklappten.

Da hörte sie ein leises Klopfen und das Öffnen der Zimmertür. Bedächtig und fast geräuschlos trat Tobias ins Zimmer. Er blieb erst auf der anderen Seite des Bettes stehen und betrachtete Julia, die fest schlief, dann ging er zu Lena hinüber. Er stellte sich hinter sie, legte ihr vorsichtig den Arm um die Schulter und flüsterte: »Du brauchst eine Pause.«

Lena blickte zu ihm auf, sah den besorgten Blick und wusste, dass er recht hatte. Sie stand wortlos auf, um sich von ihm aus dem Zimmer führen zu lassen. Im Flur wartete bereits Barbara, die Tobias verschwörerisch zunickte und in Julias Zimmer verschwand.

Sie gingen schweigend zu den Aufzügen und verließen das Krankenhaus. Sein Arm in ihrem Rücken schien sie davon abzuhalten, stehen zu bleiben und umzufallen. Er schob sie zum Parkplatz und in sein Auto. Dort beugte Tobias sich kurz über sie, um sie anzuschnallen. Lena atmete den feinen Duft von Sandelholz und Zitrusöl ein. *Ich muss ihn unbedingt fragen, wie dieses Parfum heißt.* Ihr fiel die Unsinnigkeit ihrer Gedanken auf.

»Deine Aussage können wir morgen noch aufnehmen. Für heute reicht es. Werner weiß Bescheid, Hendrik sitzt in Untersuchungshaft, und Barbara wird die nächsten Stunden an Julias Bett wachen und ihre Hand halten. Es ist für alles gesorgt. Du kannst abschalten.«

Lena atmete tief ein und merkte, wie sich ihr Brustkorb hob und senkte. Ihr Körper fühlte sich furchtbar schwer an und irgendwie fremd.

Als das Auto zum Stehen kam, war sie fast eingeschlafen. Tobias half ihr beim Aussteigen. Sie sah, wie er einen Schlüssel aus der Jeanstasche zog und eine schwere Glastür öffnete. Sie spürte seine Hand auf ihrem Schulterblatt und ließ sich von ihm die wenigen Treppen zu seiner Wohnung hinaufführen – sie agierten wie ein eingespieltes Tanzpaar.

Ihr Blick streifte kurz über seine Einrichtung, ohne sie richtig wahrzunehmen. Vor einem ausladenden Doppelbett blieben sie stehen. Durch den sanften Druck auf ihre Schultern ließ sie sich hinauffallen. Sie spürte, wie ihre Turnschuhe ausgezogen wurden. Als die Hand an ihren Hosenbund griff, schnellten ihre Hände zur Abwehr nach vorne.

»Shhh. Es ist alles gut. Du kannst dich hinlegen und schlafen. Ich dachte nur, es wäre ohne Jeans vielleicht angenehmer.«

Lena lag mit geschlossenen Augen da und schien in Gedanken Tobias' Worte abzuwägen. Dann zog sie ihre Hände weg und ließ ihn gewähren.

Er zog sie langsam aus bis auf Slip und T-Shirt. Der Rest sammelte sich zusammen mit seinen Klamotten neben dem Bett. Sie spürte, wie er sich vorsichtig neben sie legte. Darauf bedacht, sie nicht zu berühren.

Im selben Moment spürte sie die Reaktion ihres eigenen

Körpers. Schon im Halbschlaf hob sie die linke Hand und legte sie in seine. Wie von selbst griffen ihre Finger ineinander und hakten sich ein. Er folgte ihrer stummen Aufforderung und legte den anderen Arm schützend um ihre Schulter. Als er merkte, dass sie sich entspannte, strich er ihr langsam mit der Hand über die Wange. Ihr Körper schob sich näher an seinen.

Sie hatte ihre eigenen Dämonen bekämpft und gesiegt. Ihre Gefühle schwankten zwischen unendlicher Erschöpfung und unfassbarem Stolz. Jetzt, da sie selbst ihren Albtraum beendet hatte, konnte sie endlich wieder leben! Sie spürte, wie diese Erkenntnis ihren Körper durchflutete. Es gab keinen Grund mehr, Angst zu haben. Sie wollte fühlen. Hier fühlte sie sich sicher.